JULES VERNE
ET
LE GENTILHOMME
CAMBRIOLEUR

Céline Ghys

JULES VERNE
ET
LE GENTILHOMME
CAMBRIOLEUR

Fayard

DE LA MÊME AUTRICE

Jules Verne contre Nemo, éditions Fayard, 2024.
Le Crâne de saint Jean-Baptiste, éditions Nord Avril, 2023.
Le Secret de Guy de Ponthieu, éditions Nord Avril, 2022.
Le Manuscrit perdu de Saint-Riquier, éditions Nord Avril, 2021.

Couverture : Thibaud Redval

ISBN : 9782213731810
Dépôt légal : Mai 2025

« Ne juge pas chaque jour à la récolte que tu fais,
mais aux graines que tu sèmes. »

R. L. Stevenson

1

Vendredi 28 septembre 1883
Commissariat principal d'Amiens
8 heures

— Mais enfin, je vous répète que le commissaire Gamardin m'attend ! Savez-vous qui je suis ? Je suis le baron de Ronnachant !

— Monsieur, cela n'est, hélas ! pas po…

— Assez ! Il suffit, jeune homme ! Mon affaire est des plus urgentes !

L'inspecteur Perrin, un grand échalas roux au regard vif, rejoignit le planton de service au guichet. Il ne comprenait pas la raison de l'agitation du petit septuagénaire ventripotent qui vociférait devant le comptoir, se prévalant de son titre de noblesse.

L'individu, toujours très nerveux, ordonna à nouveau, frappant le pupitre de sa canne :

— Allez de ce pas me chercher le commissaire Gamardin !

Agacé de tout ce remue-ménage, mais aussi un peu impressionné par le ton péremptoire de l'importun, le policier, qui d'habitude n'obéissait qu'à son supérieur hiérarchique, s'exécuta.

Il disparut quelques instants, puis revint d'un pas déterminé :

— Le commissaire m'a affirmé qu'il n'attendait personne aujourd'hui, monsieur.

— Comment cela ? M'avez-vous annoncé ? Lui avez-vous dit que le baron était là ? Avez-vous bien épelé mon nom ? Ronnachant, avec deux *n* !

L'énergumène, devenu écarlate, ajouta en hurlant :

— Jeune homme, retournez le chercher sur-le-champ !

L'inspecteur était sur le point de hausser le ton, se demandant s'il faudrait ou non appeler du renfort pour placer cet individu en cellule de dégrisement, quand :

— Laissez, Perrin, je vais m'occuper de monsieur.

La personne qui venait de prononcer ces mots, alertée par les cris d'orfraie du baron de Ronnachant, avait un physique capable de calmer et faire taire immédiatement n'importe quel fâcheux. C'était un policier bourru, à la face patibulaire, doté d'un nez fort proéminent ressemblant au boutoir d'un sanglier. Juste au-dessus des sourcils naissait une chevelure noire, hirsute et légèrement grisonnante, comme l'étaient ses épais favoris, donnant l'impression qu'il était dépourvu de front.

Il regardait le petit homme d'un œil réprobateur. Son visage affichait une moue dédaigneuse derrière une moustache semblable à celle d'un morse, terminée par deux extrémités touffues qu'il n'avait pas pris la peine de cirer.

Il examina attentivement le baron de Ronnachant, qui continuait à réclamer le commissaire Gamardin avec ardeur, se demandant ce qu'il devait bien faire de lui.

Il était clair que cet hurluberlu était un aristocrate. Ses vêtements attestaient son rang, mais aussi une certaine confusion. Sa chemise à jabot bouffait hors de sa redingote et le nœud de soie autour de son cou avait été desserré à la hâte afin de mieux respirer. En effet, sa carotide palpitait avec force, témoignant d'une accélération de son rythme cardiaque, et un léger essoufflement était perceptible dans ses supplications. De plus, sa canne à pommeau, en argent vermeil, tambourinait nerveusement sur le bois du guichet. Tous ses doigts boudinés étaient sertis de bagues plus outrageuses les unes que les autres.

Assurément, le monsieur très fortuné devait habiter Henriville, le plus riche quartier d'Amiens.

— Suivez-moi, dit le policier. Je vais vous conduire auprès du commissaire.

Le baron cessa soudain de parler, soulagé que l'on accédât enfin à sa requête.

L'inspecteur souleva une planche pour le faire passer derrière le guichet et l'introduire dans l'office.

Le petit homme reprit alors avec vigueur :

— Pourquoi diable le commissaire Gamardin n'est-il pas revenu à mon domicile ? Je l'attendais chez moi, rue Saint-Fuscien. Il devait faire diligence !

— Quand vous a-t-il dit cela ? demanda l'inspecteur en l'invitant, d'un geste, à entrer dans un couloir sombre.

— Grand Dieu, mais il y a au moins deux heures, après avoir passé la nuit chez moi ! Il a été témoin d'un vol du « Gentilhomme cambrioleur » !

— La nuit chez vous ? Un nouveau larcin ? répéta le policier dubitatif, s'arrêtant au milieu du passage.

Tout à coup, le baron plongea un regard courroucé dans celui de son interlocuteur, puis se remit à crier :

— Je veux voir le commissaire ! Je n'ai pas de temps à perdre avec un subalterne !

— Mais naturellement, monsieur le baron.

Au bout du couloir, le policier ouvrit une porte au chambranle plutôt bas. Celle-ci donnait sur une arrière-cour.

Elle était entourée d'entrepôts aménagés, vestiges de la « nouvelle brigade criminelle » d'Amiens qui avait été créée l'année précédente, en 1882, sous l'égide du préfet Kuhn. La tentative de renouveau et la tournure des événements n'avaient toutefois pas été au goût du haut fonctionnaire. Il avait du jour au lendemain renoncé à l'idée de réformer la police de la Somme. L'ancien commissaire, un certain Gaston Chastagnol, qui venait pourtant d'être fraîchement nommé, avait soudain déserté les lieux[1]. Son successeur, Justin Gamardin, avait été muté à sa place, justement parce qu'il travaillait « à l'ancienne ».

Les deux hommes longèrent un hangar désormais désaffecté, celui-là même où, un an auparavant, Chastagnol avait installé un

1. Voir *Jules Verne contre Nemo*, éditions Fayard.

laboratoire et résolu, en partie grâce à des techniques novatrices, « l'affaire Nemo ». L'accès était à présent condamné et les crimes de l'éventreur d'Amiens ne hantaient plus les cauchemars des habitants de la capitale picarde.

Le policier bourru pénétra dans un bureau attenant, seul souvenir épargné par l'actuel commissaire.

Il tendit une chaise au baron, s'assit face à lui et dit :

— Je vous écoute.

— Je crois vous avoir déjà dit que je souhaitais m'entretenir avec le commissaire Gamardin en personne !

— Vous le verrez d'ici peu… mais, au préalable, je dois recevoir votre plainte.

Le baron de Ronnachant sortit un monocle de sa poche et examina attentivement son interlocuteur pendant que celui-ci tirait une feuille d'un casier pour y recueillir sa déposition. Le policier débouchait un encrier. Ses doigts étaient énormes et ses phalanges recouvertes de poils noirs. Il s'empara ensuite d'un porte-mine, qui semblait ridicule entre ses mains gigantesques, et le trempa dans le flacon.

Le baron se dit qu'il n'était pas en présence d'un homme raffiné, mais plutôt d'une sorte de garçon boucher. Ce dernier était pourvu d'un impressionnant cou de taureau.

De ceux dont on hérite en charriant sur ses épaules des carcasses ou bien… des pierres !

Il avait également remarqué son accent parisien. Il pensa qu'il avait affaire à un vétéran du service de la Sûreté ou des mœurs de l'île de la Cité. On disait que, parmi eux, il y avait d'anciens forçats, des casseurs de cailloux du bagne de Cayenne.

Il l'observa désormais avec un peu de crainte et estima que, en attendant le retour de son chef, il suffirait bien pour un dépôt de plainte.

Il ne put cependant s'empêcher de lui lancer avec mépris :

— Puisque vous savez écrire et que cela peut contribuer à ne pas perdre de temps… notez, mon brave ! J'ai été victime, la nuit dernière, du Gentilhomme cambrioleur.

L'homme commença à rédiger, puis s'interrompit pour demander d'une voix grave :

— Je croyais que vous aviez passé la nuit en compagnie du commissaire ?

— Le vol s'est justement déroulé alors qu'il gardait ma demeure. Je suis le baron de Ronnachant ! Avec deux *n* ! Je suis le propriétaire du Malaquis, le plus grand des hôtels particuliers d'Amiens. Le commissaire Gamardin et deux de vos comparses ont tenté d'empêcher le malandrin de me dérober mes œuvres d'art cette nuit, mais en vain !

— Gamardin, dites-vous ?

— Concentrez-vous donc un peu ! lança le baron excédé. Il y a quinze jours, j'ai reçu une lettre du « Gentilhomme », que j'ai justement dans ma poche, m'annonçant ceci...

Il déposa sur le bureau un courrier que le policier ouvrit et lut à haute voix :

Monsieur,

Vous êtes bien trop riche et je trouve votre fortune bien mal acquise. Votre petit château porte très bien son nom, d'ailleurs.

J'ai donc décidé de vous voler votre collection de tableaux, vos deux Rubens et votre Watteau. Quand ils seront vendus, leur valeur profitera à ceux qui en ont vraiment besoin.

Ne perdons pas de temps inutilement, voulez-vous ? Emballez-moi ces œuvres et déposez-les à la consigne de la gare Saint-Roch à l'attention de monsieur Gentilhomme ! Dans le cas contraire, je viendrai les chercher moi-même dans la nuit du 27 au 28 septembre.

Le Gentilhomme cambrioleur

— Or, non seulement il m'a bien volé ces tableaux, mais il l'a fait lors de la nuit annoncée dans sa lettre !

— Veuillez être plus clair ! répliqua le policier avec une autorité soudaine.

— Mais je le suis ! Votre commissaire est bien plus vif d'esprit que vous l'êtes ! Lorsque j'ai reçu cette missive, j'ai commencé par éclater de rire, et puis, je me suis dit que cette menace pouvait être sérieuse. Après deux nuits sans trouver le sommeil, je me suis rendu ici. Il y avait deux policiers qui fumaient sur le trottoir. Un des deux m'a demandé ce que je voulais. J'ai simplement souhaité m'entretenir avec le commissaire. « Justement, c'est moi ! » a-t-il répondu.

— Et ensuite ?

— Gamardin m'a proposé d'entrer dans le commissariat, mais je lui ai affirmé que c'était une affaire privée, très délicate et très confidentielle. J'ai préféré qu'il vienne au Malaquis, dans la soirée, pour en discuter.

— Ce qu'a fait le commissaire ?

— Tout à fait ! Gamardin n'avait qu'une hâte : empêcher de nuire ce triste individu, qui rapine à Henriville, s'en prenant à bon nombre de mes amis. J'ai donc décidé, sous sa recommandation, de congédier tous mes domestiques. Il s'est adjoint deux auxiliaires pour une opération policière et m'a dit hier au soir que, conformément à notre accord, ses deux hommes et lui allaient veiller, armés, au pied de mes collections. J'ai barricadé et verrouillé toutes les issues. J'étais rassuré par la présence de la police entre mes murs, je suis allé m'allonger.

— Et à votre réveil, laissez-moi deviner, ils avaient disparu et vos tableaux aussi…

— Les tableaux s'étaient volatilisés, oui ! Mais les deux agents et le commissaire dormaient dans la pièce, d'un sommeil hypnotique. La fenêtre était grande ouverte sur la cour. Ils avaient été drogués par une substance ajoutée dans les carafes d'eau.

— Qu'avez-vous fait ensuite ?

— J'étais bouleversé et Gamardin, furieux ! Il est sorti afin de prévenir le procureur d'Amiens. Ses hommes l'ont suivi jusqu'ici pour quérir du renfort. Et voilà deux heures que le vol a eu lieu. Où sont-ils ? Et où est donc le commissaire ?

Le policier passa sa grosse main sur ses joues tombantes et caressa ses favoris. La circonspection se lisait sur sa mine défaite.

Il demanda :

— Gamardin serait allé chez le procureur ?

— Oui, avec en sa possession le mot que le Gentilhomme a laissé sur le rebord de la fenêtre ouverte et qui disait : « Attrapez-moi, si vous le pouvez ! »

— Donc, si je comprends bien votre affaire, vous avez attendu qu'ils reviennent avec le procureur… Et ne les voyant pas rentrer, vous voilà ici.

— Mais oui, à la fin ! Et puis, il suffit, monsieur ! siffla le baron, les lèvres pincées. Je n'ai pas de temps à perdre avec vous ! Non seulement vous ne prenez plus de notes pour ma plainte, mais, en plus, vous vous payez ma tête ! J'en parlerai au commissaire ! D'ailleurs, où est-il ?

— Le commissaire Gamardin ? Mais, il est là, voyons !

— S'il est ici, allez donc le chercher !

— Il est juste sous vos yeux.

— Plaît-il ?

— Je suis le commissaire Gamardin ! Et je crains que vous ne vous soyez fait duper par le Gentilhomme cambrioleur et par deux de ses complices…

Le visage de l'aristocrate prit tout à coup une inquiétante teinte cramoisie. Il fut alors saisi d'un violent malaise. Ses coudes, posés sur le bureau, cédèrent et son front percuta lourdement celui-ci, dans un bruit sec comparable à un coup de canne à pommeau donné sur le pupitre.

— Perrin !

Le jeune inspecteur apparut dans l'embrasure de la porte et vit le baron inanimé.

— Qu'y a-t-il, patron ? Que s'est-il passé ? Cet homme ne sentait pourtant pas l'alcool. Voulez-vous que je le fasse dégriser ?

— Vérifiez tout d'abord s'il est toujours vivant. Le cas échéant, allongez-le dans une cellule. Quand il reviendra à lui, recueillez sa déposition. Il vient d'être victime d'un vol du Gentilhomme.

— Encore un ?

Perrin se retira et réapparut, quelques secondes plus tard, avec un collègue et un brancard.

Le baron, tout juste sorti de l'inconscience, geignait comme un petit enfant malheureux.

Malgré son agacement envers le vieil aristocrate, Justin Gamardin ne prenait toutefois pas de plaisir à se moquer de lui. Il ne ressentait pas pour autant d'empathie particulière pour sa détresse. Le sentiment qui commençait à poindre était plutôt une appréhension, une inquiétude même : comment réagirait le préfet de la Somme lorsqu'il serait avisé de ce nouveau vol du Gentilhomme cambrioleur ?

Le commissaire venait d'entrer dans sa cinquantième année. Dans sa longue carrière parisienne, il avait croisé un très large éventail de malfrats, allant des petits voleurs à la tire à ceux qui vous laissent les tripes à l'air sur le trottoir pour quelques sous. Il avait eu affaire, le plus souvent, à une pègre bête à manger du foin, bien loin de l'intelligence du Gentilhomme. Ce voleur-là, lui, agissait par ruse et était d'une tout autre trempe. Et il avait fallu qu'il acceptât cette nomination en province pour avoir maille à partir avec ce cynique scélérat... Il s'était d'ailleurs lui-même baptisé « cambrioleur ». Ce mot nouveau, Gamardin ne le supportait déjà plus. Il ne l'avait pourtant jamais entendu en vingt-cinq ans de métier ! Cependant, il était désormais dans toutes les bouches des Amiénois et Amiénoises. Le commissaire allait du reste le retrouver, dès ce soir, dans une édition spéciale du *Progrès de la Somme* qui titrerait à la une :

Le commissaire Gamardin à nouveau ridiculisé par le Gentilhomme cambrioleur !

L'inspecteur Perrin revint.

Gamardin trouva que ce grand échalas roux avait à présent un regard moqueur.

Pourquoi lui avait-on adjoint ce Poil de carotte qui semblait ne pas l'aimer et qui parlait sans cesse de l'ancien commissaire, comme s'il eût été le bon Dieu ?

— C'est cocasse ! Le baron vient de me raconter le tour que lui a joué le Gentilhomme.

— Assez, Perrin ! Nous allons faire les choux gras de la presse ! cria-t-il en retroussant ses babines. C'est le troisième vol en trois mois et toujours dans le même quartier. Je vous avais dit de renforcer les rondes. Votre « Gentilhomme » à la noix s'est moqué de nous, juste sous notre nez. Devant le commissariat principal, en plus ! Et vous voulez que je vous dise comment ? Après avoir annoncé à Ronnachant dans un courrier qu'il le dépouillerait bientôt, il l'attendait sur le trottoir avec un complice en se faisant passer pour moi. Il savait bien que le baron viendrait demander l'aide de la police. Il a usurpé mon identité pour pénétrer sans effraction dans son logis. Deux larrons et lui-même l'ont détroussé pendant la nuit. Et il a eu le toupet d'être là au réveil de sa victime pour lui apprendre qu'il partait prévenir le procureur !

— Ce Gentilhomme est malin comme Ulysse…

— Mais, à la fin, de qui parlez-vous, Perrin ? Qui est cet Ulysse ? dit Gamardin, en plissant le front.

— Mais… Ulysse d'Homère !

— Qui est cet individu ? Je ne comprends rien de ce que vous dites !

— Ulysse, le héros mythologique de l'auteur grec Homère ! Il s'est introduit dans le lieu qu'il convoitait par la ruse grâce à la technique du cheval de Troie.

Maurice Perrin regretta davantage l'ancien commissaire en réalisant que le nouveau ne connaissait même pas ses classiques.

— Bon, ce ne sont pas vos balivernes d'histoires pour enfants qui nous feront avancer. Réveillez-vous, Perrin, c'est la vraie vie ! Quand le baron sera remis de ses émotions, prenez donc sa déposition précise et le signalement complet du Gentilhomme. Et n'oubliez aucun détail ! En attendant, apportez-moi le dossier de ce monte-en-l'air !

Il avait prononcé ces phrases en lui aboyant littéralement dessus.

Avec calme, Maurice Perrin ouvrit le placard et lui tendit la chemise à soufflet qui portait une étiquette « Le Gentilhomme cambrioleur ».

— Fermez la porte derrière vous !

Une fois seul, le commissaire Gamardin commença par ôter sa veste et la plier méthodiquement. Il se mit en bras de chemise, une habitude de travailleur qu'il avait héritée de l'enfance, celle de se retrousser les manches pour tremper les cuirs dans les bassins.

Gamardin avait été le rejeton d'une fille-mère du faubourg Saint-Marceau à Paris. Il avait vécu dans l'indigence avec elle, qui marnait pourtant plus de douze heures par jour dans une tannerie du bord de la Bièvre. À huit ans, il l'avait rejointe et avait développé de solides épaules grâce au battage des peaux. Et puis, l'année de ses douze ans, les nouveaux jus tannants rendirent sa mère malade. Quand le médecin annonça que sa mauvaise toux venait des vapeurs de chrome, le garçon avait dû voler du pain pour survivre. C'est à ce moment qu'il fut arrêté aux Halles par Hector Collet-Meygret, le chef de la Sûreté de l'époque. Gamardin avait été jeté en prison le jour de son anniversaire, dans la même cellule qu'un anarchiste. Ce dernier, adepte de la pensée de Pierre-Joseph Proudhon, lui avait appris à lire et à écrire sans, toutefois, le contaminer avec ses idées, auxquelles, de toute façon, le jeune garçon n'entendait rien. Cependant, il partageait avec son précepteur une aversion pour la noblesse et la bourgeoisie. Par la suite, il avait été remarqué par l'institution pénitentiaire et avait servi de « mouchard » pour espionner des détenus. Le commissaire Collet-Meygret avait eu vent de ses prédispositions et avait décelé, durant un entretien, un sens inné de l'observation et un pragmatisme exacerbé. À sa sortie de prison, le chef de la Sûreté générale avait fait effacer son casier – comme pour le fameux Vidocq avant lui –, si bien que tout le monde ignorait ses antécédents. De simple agent, le repris de justice qu'il était avait alors gravi les différents échelons pour devenir sous-chef du Quai de l'Horloge à Paris, au cœur de l'île de la Cité, et bras droit du commissaire Gustave Macé.

Ce poste à Amiens, qui était arrivé le jour de l'anniversaire de feu sa pauvre mère, était un signe. Alors qu'il avait toujours œuvré dans l'ombre des chefs de la Sûreté parisienne, il rêvait dorénavant de reconnaissance – notamment celle de l'élite amiénoise – et disait souvent : « Un homme se distingue par son labeur et non par sa naissance. » Devenir commissaire principal de cette ville était une promotion et le couronnement d'une carrière bien remplie. Il avait tout sacrifié pour cette dernière. Pas d'épouse, pas d'enfant ! Gamardin avait dédié sa vie à sa fonction. Il habitait d'ailleurs un modeste garni, rue de la République, dont l'unique qualité était d'être situé à vingt pas du commissariat.

Et voilà que, quelques mois après son arrivée, ce « Gentilhomme cambrioleur » le tournait en ridicule. Personne, auparavant, ne l'avait jamais offensé de la sorte ! Bien que la nature ne l'eût pas doté d'un physique gracieux – seule sa mère l'avait trouvé beau –, ce sujet ne lui avait guère valu d'attaques. Il faut dire que son visage de brute épaisse provoquait davantage la crainte qu'il ne suscitait le rire. D'ailleurs, il avait maté les plus sombres crapules engendrées par la capitale. Les copains délinquants du ruisseau du faubourg Saint-Marceau, il les avait jetés sans ménagement derrière les barreaux. La pègre parisienne le redoutait et, pire, le respectait ! À présent, ce « Gentilhomme », avec ses lettres ampoulées, faisait remonter une rogne ancienne contre les nantis.

Mais qui est donc ce voleur ? Sans doute un gars de la haute plutôt qu'un gosse des arrière-cours qui sentent l'oignon !

Gamardin avait deux voix en lui : celle du commissaire et celle du gamin de Saint-Marceau qu'il avait été, teigneux et récalcitrant.

Il ouvrit le dossier et pensa, en argot parisien, au sujet de Ronnachant :

Encore un vioc avec les flaculs pleins de billes[1] *!*

La richesse était en effet le point commun de tous les vols qui figuraient dans la pochette à soufflet : un collier précieux chez les

1. Encore un vieux avec les poches pleines d'argent !

Bressoux-Dieu, le coffre-fort de madame Imbret… et les œuvres d'art du baron de Ronnachant !

Et de trois ! Il n'en veut qu'à la thune des rupins.

Par rupins, il entendait les privilégiés, les industriels ou les nobles rentiers.

Encore un incident à Henriville, dans le faubourg cossu d'Amiens !

Le préfet Kuhn lui administrerait une sévère remontrance et, sans doute, regretterait de lui avoir confié les rênes de sa police.

Gamardin tourna les feuilles du dossier. Il découvrit deux figures, composées avec des morceaux de visages découpés sur des photographies.

— Perrin ! cria le commissaire.

Le grand policier roux ouvrit la porte.

— Qu'est-ce que c'est que ça ? reprit Gamardin.

— Des portraits-types que j'ai réalisés ! L'ancien commissaire Chastagnol avait mis au point cette technique. L'an dernier, nous avons photographié des centaines d'individus avec des têtes différentes. Il suffit que les victimes ou les témoins composent, d'après leurs souvenirs, celui de leur agresseur ou du malfaiteur avec ces découpages d'yeux, de nez, de bouches, de…

— De la bricole ! C'est ridicule, vous m'entendez ! De l'argent jeté par les fenêtres ! Foutez-moi ça aux orties ! hurla le commissaire.

Une grosse veine se mit à battre sous sa tempe grise.

— Mais… j'ai pu identifier le meurtrier d'un cocher, avec cette technique, la semaine dernière.

— Pas d'objection, je vous prie. Vous voyez bien qu'il n'y a pas de ressemblance entre vos individus. Là, le type a de bonnes joues. Ici, elles sont creusées. Pour le vol du coffre-fort, le cambrioleur porte une moustache et dans celui du collier, une barbe !

— Monsieur le commissaire, dans nos deux premières affaires, les cartons que nous avons retrouvés étaient bien signés par le Gentilhomme cambrioleur. C'est la même écriture… C'est bien le même homme qui a perpétré ces deux forfaits, vous en conviendrez. Et observez les yeux… ils sont identiques. Comme disait

Chastagnol : « Il n'y a que le regard qui ne change pas quand on se grime ! Les joues peuvent se gonfler avec du coton, une barbe peut être un postiche… »

— Ces découpages pour enfants sont des foutaises !

Gamardin balaya d'un revers de main les portraits-types de Perrin, les morceaux de photographies s'éparpillant sur le carrelage. L'inspecteur s'agenouilla pour ramasser les documents.

— Au lieu de jouer, frottez-moi plutôt le sol du commissariat, qui est repoussant. Il a besoin d'être savonné.

De son enfance dans son taudis de Saint-Marceau, Gamardin avait hérité un dégoût pour la crasse.

Il poursuivit :

— Et je ne veux plus jamais entendre parler de ce Castagnol !

— Vous voulez dire Chastagnol ?

— C'est ce que j'ai dit… Faites revenir le baron ! Finalement, je vais prendre sa déposition, car on n'est jamais mieux servi que par soi-même. Je dois connaître tous les détails de cette affaire.

2

Vendredi 28 septembre 1883
Au large du Crotoy
En fin d'après-midi

Jules Verne tenait fermement la barre du *Saint-Michel.* Une brume de mer s'était soudainement levée alors que le bateau était encore à quelques milles marins du port du Crotoy.

C'était la dernière bordée de l'année et elle avait été, jusque-là, ensoleillée. Avec les deux matelots qui constituaient l'équipage, ils avaient vogué si loin des côtes qu'ils n'avaient pas aperçu âme qui vive, outre d'immenses oiseaux venus pour essayer de leur voler leur déjeuner.

Comme l'aurait fait Pencroff, le marin aguerri de *L'Île mystérieuse,* les yeux bleus de l'écrivain fouillaient avec une grande attention les nappes de brouillard laiteux, qui désormais flottaient sur la Manche, à la recherche du feu de marée ou des remparts du Crotoy.

Jules était un peu inquiet. La pression du baromètre avait dangereusement baissé, et cela en quelques secondes à peine.

— J'crois bien qu'on va essuyer un grain ! déclara Sandre en bourrant sa pipe.

Alexandre Delong, surnommé « Sandre » par ses amis, avait été, pendant les campagnes de Crimée, quartier-maître canonnier à bord d'un cuirassé. On disait que son œil était capable de détecter, bien en amont, les mines marines et les torpilles de l'ennemi. Il avait également la réputation de porter chance en mer, car jamais il n'avait attrapé la dysenterie, le scorbut ni le choléra pendant ses traversées de la Baltique, de la mer Noire ou de la Méditerranée. C'était un excellent navigateur et, depuis quelque temps, un pêcheur hors pair.

Chaque saison, il mettait ses lignes, ses filets et sa grande expérience maritime au service du *Saint-Michel*, avec Jules Verne pour capitaine de bateau. Autant dire qu'un gros grain au-dessus de la Manche ne l'effrayait pas outre mesure.

Malgré la menace d'un bon coup de vent, le deuxième matelot, Alfred Berlot, fredonnait un air à la mode, tranquillement assis sur le plat-bord. Fred, comme l'appelait Jules Verne, avait vécu en Nouvelle-Calédonie et sillonné tout le Pacifique avec des Kanaks.

Chaque été, Jules engageait donc ces deux hommes qui, avec le temps, étaient devenus des amis. Ensemble, ils voguaient vers Dieppe ou Le Havre, s'aventurant parfois jusqu'aux côtes de l'Angleterre.

Jules Verne confia les commandes du navire à Sandre. Il emprunta à la hâte l'échelle qui descendait du pont à sa cabine, où il verrouilla l'armoire contenant la bibliothèque de bord. Au moins, si le bateau se mettait à gîter soudainement, l'écrivain ne retrouverait pas pêle-mêle sur le plancher son annuaire des marées, ses cartes, ses gros dictionnaires, ses volumes de voyages, ses liasses de papiers et tout son matériel de travail. Tout cela lui était précieux, au large, car l'inspiration surgissait partout, à n'importe quel moment, et surtout durant les navigations.

En effet, la mer nourrissait depuis toujours son imagination. L'élément marin lui avait permis de se faire un nom d'auteur illustre et bon nombre de ses romans s'y déroulaient. Ses héros parcouraient tous les océans, reliant les différents points du globe. Ils affrontaient des mers connues et inconnues, réelles ou fictives, de la Méditerranée à l'Arctique, des infinies étendues de l'océan Pacifique aux couchers de soleil sur l'Atlantique Nord, ou sur des flots souterrains inexplorés, comme dans *Voyage au centre de la Terre*.

Le roman qui l'avait rendu célèbre était *Vingt mille lieues sous les mers*, paru quelques années auparavant. Avec cette aventure, il avait fait rêver ses lecteurs à bord d'un submersible, le *Nautilus*, dans les profondeurs marines, à la découverte des fonds peuplés d'algues minéralisées, de roches primordiales et d'un terrible kraken.

« Homme libre, toujours tu chériras la mer ! » récita mentalement Jules Verne en rangeant sous clé son recueil des *Fleurs du Mal* de Baudelaire.

Lorsqu'il remonta sur le pont, on eût dit qu'il faisait nuit tant les nuages assombrissaient le ciel. Il se souvint qu'il fallait craindre la marée d'équinoxe, que certains Crotellois appelaient les « vives-eaux », car elle détraquait le temps. De plus, cette nuit, la lune promettait d'être pleine, alignée sur le Soleil, et les deux astres dans le prolongement de la Terre, ce qui donnerait un marnage redoutable, annonciateur de la fin de la belle saison. Le lendemain matin, de très bonne heure, il envisageait de se promener dans la baie, puisqu'elle serait devenue un vaste désert de sable offert aux oiseaux et aux moutons. Mais ces grandes marées n'avaient rien à envier à celles du Mont-Saint-Michel, il faudrait être prudent.

La mer remontera à l'allure d'un cheval au galop.

Enfin, entre deux couches de brouillard, la presqu'île du Crotoy, où s'élevaient les remparts et le feu de marée placé en haut d'une potence de cinq mètres, apparut au loin. Jules Verne reprit la barre pour ramener le bateau à bon port. La brume, encore plus épaisse à l'approche de la côte, enserra bien plus fort l'embarcation, si bien que l'écrivain ne distinguait plus au-dessus des murailles les tourelles du Grand Hôtel où son épouse, Honorine, aimait tant déjeuner le dimanche.

Jules avait justement faim et se demandait ce qui l'attendait sur sa table, ce soir au dîner.

Comme s'il avait deviné ses pensées, Sandre lui lança :

— Honorine va d'voir écailler ch'bieau macrieu !

Jules, qui avait pourtant grandi à Nantes, comprenait fort bien le picard et répliqua :

— Mon ami, tu sais bien qu'Honorine a horreur du maquereau !

Sandre se gratta la tête et rétorqua :

— Dans ch'cas, eul pichon aurait été miux dins l'ieau !

Son camarade éclata de rire et l'écrivain leur répondit avec un franc sourire.

En quelques minutes, un vent fort se leva et le brouillard se dispersa rapidement. Le ciel prit alors une teinte gris foncé et l'eau devint verte comme l'émeraude.

— Voilà le grain !

Jules boutonna sa vareuse bleue en drap de laine, accrocha la lanière qui pendait de son chapeau de cuir goudronné et se mit à tenir fermement la barre. Les vagues écumaient sur l'estacade et de fortes rafales soufflaient dans les cordages. Sandre et Fred réduisirent donc les voiles pour accoster en douceur.

Jules ôta son couvre-chef et ses cheveux blancs furent balayés par le vent. Des embruns maculaient à présent sa peau burinée par le soleil.

Ce sera sans aucun doute ma dernière sortie de l'année.

En effet, traditionnellement, dès le premier jour d'octobre, il regagnait sa maison d'Amiens pour se consacrer encore davantage à l'écriture. Le Crotoy finissait alors de se vider de ses villégiateurs parisiens et amiénois ; la morne saison reprenait peu à peu ses droits.

Jules pensa au *Saint-Michel III*, son steam-yacht de soixante tonneaux, qu'il avait acheté six ans auparavant pour la somme de cinquante mille francs. Il abritait une machine à vapeur de cent vingt chevaux. Comme l'écrivain le ferait dans quelques jours dans la capitale picarde, le navire allait entrer en hivernage dans un hangar du Tréport, jusqu'à ce qu'il reparte en mer à la belle saison.

Jules avait une fascination pour les bateaux depuis toujours. Durant son enfance nantaise, il avait admiré les majestueux trois-mâts voguant sur la Loire. En imagination, il avait mille fois grimpé à leurs haubans et à leurs hunes. Ainsi, sa plus grande fierté était de posséder un yacht à vapeur pour naviguer. Il était un excellent marin. Il pouvait se targuer d'avoir rejoint Alger en passant par le détroit de Gibraltar au sud et d'avoir accosté à Copenhague en empruntant le canal d'Eider au nord. Un exploit, vu son étroitesse !

Son *Saint-Michel* du Crotoy allait également lui manquer, tout comme la curiosité des gens de mer et des nombreux badauds lorsqu'il rentrait au port les jours de beau temps. Jules l'avait pourvu d'innovations étonnantes pour un simple bateau de pêche, remplaçant le bourset – la voile traditionnelle – par un foc, une grand-voile et une voile d'artimon. Les Crotellois y voyaient désormais le navire de plaisance le plus rapide de la baie de Somme. La cale à poissons avait été – *ô sacrilège* ! – elle aussi modifiée sous le rabot et le marteau d'un charpentier de marine pour devenir la cabine du capitaine Verne, selon ses propres plans. Il ne s'expliquait pas pourquoi il dormait bien mieux, au large, sur le matelas de varech ensaché de sa couchette que sur celui recouvert de soie de sa maison d'Amiens. C'était d'ailleurs sur ce lit d'algues qu'il avait rêvé l'histoire de *Vingt mille lieues sous les mers.*

Malgré le vent et la pluie qui l'assaillaient en accostant sur l'estacade, Jules était plongé dans ses pensées. Fred et Sandre l'en firent sortir quand ils insistèrent pour dégréer le *Saint-Michel* sans lui. Les deux hommes connaissaient le caractère volcanique de la femme du capitaine. Ce dernier ne protesta pas, remercia chaleureusement ses matelots et se dirigea, sans perdre une seconde de plus, vers sa maison, car il était déjà fort en retard pour le dîner.

Les premiers pas dans le port furent assez pénibles, car il avait piétiné toute la journée sur le bateau. Ses muscles et ses articulations, âgés de cinquante-cinq ans, étaient douloureux.

La pluie se mit alors à dégringoler de plus belle et il dut se forcer à courir.

Les grosses gouttes semblaient mitrailler les toits. C'était une « bonne drache » qui tombait, comme disaient les gens du cru.

Dans le petit port, on sortait décrocher, à la hâte, les filets et les voiles étendus pour éviter qu'ils ne se déchirent ou ne s'envolent. Une vieille femme tardait à rentrer le produit de sa pêche à pied, qu'elle avait déposé sur le seuil de sa porte. Jules lui rendit service en attrapant son lourd panier d'osier pour le mettre à l'abri dans l'unique pièce de son logis.

Il passa ensuite devant le café du Port. Jacquot, le patron, l'observait, debout sous son auvent de toile qui résistait à toutes les tempêtes. Il bourrait sa pipe, qui venait de s'éteindre, l'air amusé.

— V'là l'dernier à quai ! Qu'est-ce qui buvro, l'écrivain ? Eune tite chopine d'ieau-d'vie pour eus' récauffer ?

— Non merci, Jacquot, ma femme m'attend !

— Comme té veux, min grand ! Y'a qu'ça d'vrai de ch'temps-là !

Jules Verne ne tenait pas à déplaire aux gens de mer et respectait habituellement leurs us et coutumes. Mais l'alcool – surtout lorsqu'il était presque pur – lui mettait le ventre trop à l'épreuve.

Il se hâta encore plus, car la pluie redoublait d'intensité.

Bien vite, des flaques d'eau géantes apparurent sur les chemins, qui, en s'éloignant du port, n'étaient plus pavés.

Jules Verne était trempé des pieds à la tête. Peut-être aurait-il dû accepter la proposition du cafetier pour s'abriter un moment.

Sur son passage, les maisons de pêcheurs s'allumaient et les femmes sortaient, les unes après les autres, attacher leurs volets qui battaient dans le vent contre les façades blanchies à la chaux.

Une puissante perturbation s'annonçait. Il espéra que tous les bateaux étaient bien rentrés, comme Jacquot l'avait sous-entendu. Il se dit qu'il le saurait bientôt, si la cloche de l'église se mettait à tinter sinistrement. Tous, ici, parlaient encore de la tempête du siècle, survenue en 1842. La Manche avait englouti des centaines de marins de la côte. Le récit était toujours dans les mémoires des Crotellois, surtout dans celles des veuves et des orphelins.

C'est certain, le Saint-Michel *était le dernier navire en mer !* se rassura-t-il.

Au bout d'un chemin perpendiculaire au port se dressait enfin sa maison.

Il aimait louer cette vaste demeure de briques, disposant d'un étage et de combles, toute recouverte d'un toit d'ardoises. Il l'avait d'ailleurs habitée cinq ans durant, avant de s'établir à Amiens. Elle était bâtie en retrait de la rue et offrait un jardin en devanture où Honorine s'asseyait volontiers pour exercer ses travaux d'aiguille.

Quand il arriva, les volets étaient déjà fermés. Au-dessus, le grand œil-de-bœuf en zinc semblait le regarder et le gronder pour son retard, comme l'aurait fait un cyclope en colère. Mais ce dernier faisait bien pâle figure comparé à son épouse ! Il s'abrita sous la marquise de la porte pour racler ses bottes sur le décrottoir scellé au mur. Il ne voulait pas fâcher davantage Honorine en salissant toute la maison.

Au retour du printemps, la villa l'attendait, mais, comme elle était inoccupée à la morne saison, les habitants lui avaient donné le nom de *La Solitude.* Si Jules aimait Le Crotoy, désert de l'automne à l'hiver, Honorine Verne préférait l'agitation d'Amiens. Dans quelques jours, l'écrivain devrait faire ses malles et reprendre le chemin de fer pour la capitale picarde, car il sentait bien que son épouse brûlait d'envie de retrouver leur hôtel particulier et leur vie mondaine.

Le mariage est un compromis, pensa-t-il en ouvrant craintivement la porte de la maison.

Un feu l'attendait dans la salle à manger et une marmite trônait au centre de la table.

— Enfin, Jules ! Je me suis fait un sang d'encre ! gronda Honorine Verne.

Elle se tenait debout, près de la cheminée. Elle avait posé son canevas sur le bras du fauteuil de velours.

Jules trouva que, avec sa paire de lunettes rondes qui lui permettaient de voir de près et ses cheveux pris dans un fichu, elle ressemblait à l'autoportrait du peintre Chardin. Cette pièce de tissu qu'elle portait sur la tête en témoignait : elle avait dû l'attendre, avec angoisse, sur le perron.

Il en fut un peu honteux.

— Ça sent bon ! Qu'a mijoté Berthe aujourd'hui ? demanda-t-il pour ne pas avoir à s'excuser.

— C'est un pot-au-feu.

La vieille Berthe habitait la maison d'à côté. Elle cuisinait à la place d'Honorine. Déjà que cette dernière devait se passer des services de Rose, sa domestique amiénoise, qui entretenait avec son mari la demeure d'Amiens en leur absence, il n'aurait plus manqué qu'elle doive également préparer les repas !

Le retour à Amiens s'annonçait comme une délivrance pour Honorine, car elle détestait les tâches ménagères que lui imposait la tenue de leur villégiature crotelloise.

Jules pendit son paletot à la patère de l'entrée. Le vêtement ruisselait généreusement sur le carrelage. Son tricot marin à rayures avait heureusement échappé à la fureur du ciel.

Il ôta ses bottes, qu'il aligna méthodiquement contre le mur.

Il donna un baiser sur le front d'Honorine.

— Tu sens la mer !

— C'est que j'en viens, dit-il calmement, en se mettant à table et en se versant un verre de vin rouge.

— Du courrier est arrivé ce matin, annonça Honorine en lui tendant une enveloppe rangée dans le tiroir du buffet.

— Une lettre d'Hetzel[1] ?

— Non, de notre nièce, Claudine, avec deux beaux timbres d'Amérique représentant le président George Washington.

— Brave petite ! Elle donne de ses nouvelles !

— Gaston Chastagnol l'a enfin épousée, mais sans la présence des familles ! Heureusement que Claudine est sur un autre continent. Fréquenter un homme en dehors du mariage… Si cela n'est pas choquant en Amérique, il n'en est pas de même ici ! Dieu seul sait à quel point elle aurait entaché notre réputation. Quelle époque !

Jules repensa à Claudine et aux événements qu'ils avaient traversés tous les deux, l'an passé, accompagnés du commissaire Chastagnol[2]. Honorine n'avait pas suivi le quart de ce qu'ils avaient vécu. La vérité l'aurait affolée. Elle était juste au courant qu'à cette époque Claudine avait rencontré le chef de la brigade criminelle d'Amiens, qui l'avait emmenée jusqu'à Pittsburgh et qu'à présent elle travaillait dans le journalisme.

Dieu merci pour Honorine, il l'a enfin épousée !

---

1. Pierre-Jules Hetzel, éditeur de Jules Verne.

2. Voir la première aventure de Jules Verne dans *Jules Verne contre Nemo*, *op. cit.*

Là-bas, il était devenu détective, alors qu'il aurait bien pu continuer d'exercer ses fonctions dans la capitale picarde, où il avait écroué l'éventreur d'Amiens, alias Nemo. Elle n'avait pas réalisé l'importance de Jules dans cette affaire. Elle n'était pas non plus consciente de tous les risques pris par son mari pour appréhender l'assassin qui lui avait ravi le nom de son illustre personnage. Il avait même mis sa vie en danger…

Elle ignore tout. Fort heureusement !

Jules déplia la lettre et lut :

Ma chère tante, mon cher oncle,

Gaston et moi avons le plaisir de vous annoncer que nous nous sommes mariés, samedi dernier, en présence de deux témoins. Papa n'a pu être là, car il vogue en ce moment sur l'océan Indien. Je suis donc devenue officiellement madame Chastagnol, même si j'ai préféré garder mon nom de jeune fille…

Nous vivons à quelques rues du célèbre Jardin botanique, dans une jolie maison typique de Pennsylvanie.

Ici, la vie est passionnante ! Au Pittsburg Dispatch, j'ai obtenu ma propre rubrique, dans laquelle je couvre les affaires criminelles. Le rédacteur en chef ne voit pas d'inconvénient à ce que je porte une jupe, contrairement à la France. J'occupe même un bureau au troisième étage du bâtiment, que je partage avec une autre journaliste, Nellie Bly, qui s'est fait un nom dans cette ville et qui réalise de véritables enquêtes d'investigation. En tant que femmes, nous sommes encore victimes de moqueries et de curiosité, mais le propriétaire du Pittsburg Dispatch est progressiste.

Sais-tu, mon oncle, que j'ai fait lire tes romans à Nellie et que, depuis, elle rêve de te rencontrer et de se lancer prochainement dans un tour du monde en quatre-vingts jours[1], comme ton Phileas Fogg ?

1. Le 14 novembre 1889, Nellie Bly, à seulement vingt-cinq ans, entamera un tour du monde pour battre le record de Phileas Fogg. Elle le réalisera en soixante-douze jours et viendra saluer Jules Verne à Amiens.

Ici, les journaux sont prospères, les industries florissantes, l'économie se porte très bien. Gaston a pu fonder sa propre agence de détectives. Les méthodes du « petit Français », comme on l'appelle en Amérique, font leurs preuves et il a déjà résolu, en quelques mois, pas moins de dix affaires. Ce qui fait pâlir de jalousie la police locale ! On lui a proposé de la rejoindre… Mais, mon oncle, tu connais Gaston, il ne veut plus travailler sous les ordres d'un chef. Maintenant, il mène son entreprise et ses enquêtes de la manière dont il l'entend. Il te passe le bonjour et t'enverra prochainement des romans de nouveaux auteurs américains qui t'enchanteront, j'en suis convaincue. Ils ne sont, hélas ! pas encore traduits et il faudra te faire aider par un des membres de ton cercle.

Mon cher oncle, je t'écris aussi pour te dire que nous avons reçu notre courrier de France. Il y a une lettre d'un certain Lucien Carambel qui a connu l'ami de Gaston, je veux parler du chroniqueur avec lequel il a résolu l'affaire de Nemo : monsieur Delafuye[1]. À l'époque de leur rencontre à Paris, ce jeune homme, Lucien Carambel, avait fugué. Il souhaitait rédiger des articles et devenir journaliste, refusant de travailler dans une fabrique de laine comme son père le désirait. Carambel va prochainement faire des piges au Progrès de la Somme. Je lui ai écrit pour lui proposer de venir te voir lorsqu'il sera à Amiens, au début du mois d'octobre, puisqu'il ne connaît personne là-bas. D'ailleurs, la chambre que j'occupais l'an dernier est peut-être à louer ?

Je t'embrasse, ainsi que vous, ma tante adorée !

Votre Claudine, qui pense fort à vous.

1. Voir le premier tome cité précédemment.

Le visage de Jules Verne s'éclaira et sa bouche esquissa un sourire.

— Oh non, Jules ! Ne me dis pas que tu vas inviter cet étranger chez nous ! De quoi se mêle notre nièce ? Recevoir un jeune homme dont nous ne connaissons pas la famille, c'est inconcevable. Et mécontenter un père qui souhaite le meilleur pour son enfant l'est encore plus ! Claudine est bien intrigante depuis qu'elle a décidé de se lancer dans le journalisme. Je la préférais infirmière.

— Voyons, Honorine, elle n'a pas tort. La jeunesse est vivifiante ! Comme la mer ! Et puisque tu me prives du grand large, ne m'ôte pas la compagnie de cette jouvence.

— Bien, mais ne va pas te plaindre du retard que tu auras sur l'avancée de tes romans ! L'an dernier, lorsque tu courais les rues avec ce journaliste, ce… Delafuye, et Gaston Chastagnol, tu étais épuisé. Fourbu, même !

— Je pense que tout se passera bien. Amiens a retrouvé la quiétude d'une ville de province…

— Vraiment ? N'as-tu pas lu la presse ? Un brigand détrousse les habitants de notre quartier. Heureusement que nos domestiques gardent notre demeure en notre absence et que nous rentrons bientôt.

— Oui… juste un voleur avec un style romanesque. Rien de bien méchant. Cela n'a rien à voir avec un assassin sanguinaire.

— Quand on a goûté au larcin, on peut faire couler le sang ! C'est un monde… l'époque… tristesse… déplorable…

Jules Verne n'écoutait déjà plus son épouse. Il plongea sa fourchette dans son assiette et la porta à sa bouche.

Dieu que les carottes de ce pot-au-feu sont fondantes !

3

Lundi 15 octobre 1883
Caisse d'épargne d'Amiens
21 heures

Louis Dubrion fils travaillait au premier étage de la Caisse d'épargne de Picardie, au 19 de la rue des Rabuissons, à Amiens.

Comme dans les appartements de Louis XIV à Versailles, l'antre du directeur donnait sur une cour de marbre et se situait au centre d'un bâtiment flanqué de deux ailes construites en équerre.

À cette heure tardive, les parquets de l'établissement avaient fini de craquer sous les pas des commis en écriture et les lieux s'étaient vidés de tous leurs occupants. Le tumulte de la journée avait fait place au silence de la nuit dans lequel le banquier préférait lire ses rapports.

Près des fenêtres, dont les rideaux de velours étaient tirés, trônait son immense bureau. Le lion en bronze massif qui ornait ce meuble ressemblait à s'y méprendre à celui de la proue de l'*Hermione*, célèbre frégate du marquis de Lafayette. C'était une pièce de collection remarquable. Tous les amis du directeur savaient qu'il avait une passion profonde pour le Grand Siècle et l'époque des Lumières. Tout ici les évoquait : une console ayant appartenu à Marie-Antoinette posée contre le mur, une armoire à liqueur de la Pompadour, recouverte d'écailles de tortue et de dorures à l'or fin, de petits fauteuils en marqueterie Boulle dans lesquels s'asseyaient face à lui ses clients fortunés. Louis Dubrion était un amateur d'antiquités et, à ce titre, il finançait le musée de Picardie. Il en était même le principal mécène.

Dans le confort de son bureau, le patron de la Caisse d'épargne étudiait un rapport sur le canal interocéanique de Panama et se réjouissait de ses avancées en tant qu'actionnaire majoritaire de la compagnie créée trois ans auparavant par monsieur de Lesseps. Il venait d'apprendre que la Chambre des députés avait envoyé un inspecteur dans l'isthme. Le compte rendu de ce dernier était des plus rassurants. Louis Dubrion ne s'en étonna pas ; il avait une foi aveugle dans le « génie de Ferdinand[1] » ! Le « grand Français », comme il avait coutume de l'appeler, était selon lui « l'homme le plus admirable et aventureux de son temps ».

Le banquier releva la tête, soudain dérangé. Sa porte était ouverte et, en bas de l'escalier, deux veilleurs de nuit discutaient bruyamment. Leurs voix puissantes résonnaient en écho dans le hall. Et voilà que parvenait à son oreille, déjà irritée par ce remue-ménage, une gouaille tapageuse et vulgaire à l'accent de la Picardie.

Je ne les paie pas pour se faire la conversation et encore moins pour s'amuser. Il me faudra sévir. Un prélèvement sur leur quinzaine leur inculquera les bonnes manières !

Ils ne valaient guère mieux que les indigènes d'Algérie qui travaillaient dans la plantation de coton de son père, se dit-il. Il y avait passé une grande partie de sa jeunesse et y avait appris comment diriger des subalternes. À l'époque, le contremaître n'hésitait pas à utiliser le fouet des mules pour mettre à la tâche les plus récalcitrants. Dubrion fils regrettait d'ailleurs cet âge d'or, à présent révolu, où l'on pouvait user des châtiments corporels.

Il maugréa :

— Paltoquets d'Amiénois… tas de gougnafiers…

Louis Dubrion avait bien du mal à accorder sa confiance.

---

1. L'entreprise fut un désastre financier, à l'origine de ce que l'on appellera plus tard le scandale de Panama, une affaire de corruption qui a éclaboussé plusieurs hommes politiques et industriels français durant la Troisième République et ruiné des centaines de milliers d'épargnants. Ferdinand de Lesseps a fait perdre tant d'argent aux actionnaires qu'il fut condamné à cinq ans de prison, mais, en raison de son grand âge (quatre-vingt-huit ans) et de son état de santé précaire, il ne purgea jamais sa peine.

Ah, si tout le monde était comme le sous-directeur Mignard ! Un ami appliqué et consciencieux...

Il était vrai que, grâce à leur travail conjoint, la Caisse d'épargne avait résisté à la crise financière de 1882. Les deux cent cinquante actionnaires n'avaient pas fait de bénéfices l'an passé, soit, mais ils n'étaient pas ruinés. Sa banque jouissait toujours d'une solide réputation. Elle était connue pour être l'établissement de crédit le plus sûr et le plus sérieux de France. Parmi ses clients figuraient les grands noms de Picardie, ainsi que les hommes politiques les plus influents de Paris et de province. Grâce à lui, la « maison » pouvait se targuer de patronner des sociétés immobilières et des groupes d'affaires dont les intérêts étaient convergents. Elle investissait dans les manufactures de velours et de coton, les filatures de laine, les fonderies, les usines métallurgiques et les tourbières du Nord. Elle liait de plus en plus ses « sympathies » au monde des industriels du fer et du charbon. Louis Dubrion était connu pour ses initiatives très souvent judicieuses. Dans la profession, on le surnommait le « Mozart de la finance » ou bien « l'homme-chèque » pour avoir été l'un des plus fervents promoteurs de ce mode de paiement d'origine anglaise dont les provinciaux se méfiaient tant. C'est dire s'il était important dans le milieu des affaires. Dubrion avait également étendu les durées de crédits hypothécaires et la crise, qui secouait les petits patrons et les épargnants modestes, avait permis à son établissement de prospérer davantage. En confisquant les biens de ceux dont il se moquait volontiers dans les salons ou à son club, il avait, de surcroît, très bien résisté d'un point de vue personnel à la récession économique.

Les « débâcles honteuses » étaient le passe-temps de cet homme. En dehors du système bancaire, il aimait en effet prêter son propre argent à ses « amis », surtout quand il savait la cause perdue d'avance. Les joueurs et les parieurs étaient ceux qu'ils préféraient. N'importe qui aurait trouvé cette pratique grotesque pour un usurier, mais, dans son cas, c'était tout le contraire, puisqu'il exigeait bien plus en retour que la somme consentie aux futurs banqueroutiers. Pour éviter la ruine et le qu'en-dira-t-on qui s'abat sur ceux « s'adonnant au vice », il proposait à ses débiteurs de lui céder un bien de valeur, une œuvre d'art ou un bijou de famille. Ainsi, il pouvait revendre le gage à un collectionneur au moins dix fois le montant du prêt ! Quand il tenait au collet un insolvable, il aimait jouir de ce rapport de force. Il devenait vorace, le vidant jusqu'au sang, par appât du gain, mais également pour le plaisir, tirant cent francs de ce qui lui avait coûté dix sous.

Toutefois, à la tête de sa banque, il prenait des risques beaucoup plus calculés, mais tout aussi lucratifs, surtout quand ses amis ministres lui indiquaient à l'avance quelle politique ils allaient mener aux commandes du pays. Dubrion n'y voyait là rien de mal, surtout pas un trafic d'influence, juste un «service entre gens de bonne société». Ce «petit scribouillard de Zola», comme il l'appelait, pouvait bien vilipender les hommes de sa trempe dans ses romans vulgaires, il expliquait à l'envi lors de ses dîners mondains : «Il faut bien des audacieux comme mon frère et moi pour mettre en marche la Nation vers le progrès ! »

Louis Dubrion lut la dernière phrase du rapport sur les conditions sanitaires des ouvriers creusant le canal :

Les nègres de la Jamaïque ont été pris d'une épidémie de fièvre jaune et les terrassiers blancs d'un mal contracté avec des femmes noires.

Il referma pourtant le dossier avec cette pensée optimiste :

Faut-il s'en inquiéter ? L'Européen se montrant en général peu friand de réglisse, fût-elle cueillie à Cythère[1].

Il rit alors tout haut à sa propre plaisanterie.

Puis, à la lueur de la lampe qui se reflétait sur son crâne dégarni, le directeur regarda l'heure à la pendule qui trônait sur le manteau de la cheminée. Il réalisa soudain qu'il serait en retard au théâtre d'Amiens. Il avait pourtant promis à sa jeune épouse de l'y retrouver pour assister à la première d'une pièce.

---

1. Réflexion parue dans *Souvenirs d'un échappé de Panama*, de Paul Mimande, Librairies Didier/Perrin, 1893. Le nombre de travailleurs qui périrent de maladie durant la construction a été évalué à plus de 5 600 pour la seule période française, entre 1881 et 1889.

Elle m'attendra, voilà tout ! J'arriverai pour l'entracte.

Il voulut auparavant parapher une dernière hypothèque, mais son encrier était à sec. Il se rappela alors une invention confisquée la veille chez un banqueroutier. Dans la poche intérieure de sa veste, il chercha l'objet en question. Le saisissant enfin, il déboucha le capuchon de ce que l'homme criblé de dettes avait baptisé « stylographe », s'il s'en souvenait bien. Il signa de ses initiales la liasse de papiers, tandis que l'encre ne cessait jamais d'alimenter la plume. Dubrion trouva la chose révolutionnaire. Il bénit en son for intérieur le débiteur qui lui avait cédé l'outil et le brevet de fabrication en échange de l'effacement de son emprunt. Il s'agissait d'un sinistre directeur d'une école de dessin, adepte, *fort heureusement*, de divers jeux d'argent. Ce misérable lui avait donc offert la jouissance pleine et entière de l'objet, ainsi que de sa future exploitation. Il regarda ce qui était désormais à lui. Commençant alors à réaliser les profits substantiels qu'il pourrait accumuler avec son stylographe, il se mit à penser :

Cette petite chose ingénieuse qui n'a même pas besoin d'être trempée dans l'encrier, quel inestimable gain de temps ! Et quel plaisir de pouvoir signer une confiscation en tout lieu et en toutes circonstances !

Il imagina soudain se lancer dans l'usinage et le commerce à grande échelle.

Si j'en faisais fabriquer en atelier ? Tout homme du monde devrait avoir son propre stylographe et paierait cher pour cela !

Tout en pensant à ses futurs profits, il se leva pour décrocher sa veste pendue au portemanteau.

Ne fâchons pas plus ma petite Italienne, qui doit bien s'impatienter !

Alors qu'il enfilait la deuxième manche de son pardessus, le quinquagénaire reçut un gigantesque coup de poing en plein visage, qui le propulsa sur le tapis.

Dubrion, presque assommé, gisait au pied de son bureau. Ses oreilles bourdonnaient et sa vue était troublée. Il secoua la tête pour reprendre ses esprits et articula difficilement :

— À l'aide… à l'…

Sa bouche était ensanglantée et cela l'empêchait presque de parler. Il cracha même une incisive cassée.

Son agresseur se tenait dans l'ombre de la pièce.

Il chuchota :

— Inutile d'appeler au secours. Les gardiens sont dehors, ils fument sur le trottoir.

Dubrion tenta en vain d'apercevoir son assaillant, car ce dernier était entouré de ténèbres.

Le banquier prononça alors péniblement :

— Mais qui êtes-vous ? Et… que me voulez-vous ? Si c'est de l'argent, voici mon portefeuille !

Il enfonça avec difficulté ses doigts tremblants dans la poche de son veston.

— Ne t'fatigue pas, Dubrion, c'est la clé du coffre que j'veux ! lança en réponse la voix tonitruante de son agresseur.

— Mais… mais vous n'y pensez pas ! s'indigna le directeur, qui retrouvait soudain un peu de sa superbe. Ce capital est aux épargnants. Vous ne pouvez pas voler la France et les Français !

L'homme mystérieux se mit à rire aux éclats, une effusion inquiétante teintée de rage.

— Tu peux parler, ordure ! Je ne connais pas plus grand malfrat que toi. Ce n'est pas l'argent de tes clients qui m'intéresse, mais juste le tien. Dépêche-toi d'ouvrir ! Je sais ce que tu dissimules sous le portrait de ton père.

Les prunelles de Louis Dubrion fils, qui vacillaient de peur, cherchèrent en vain à sonder l'obscurité de la pièce pour identifier le visage de son assaillant. Cette voix, il la connaissait. Ce timbre, pour sûr, il l'avait déjà entendu… Qui se cachait dans l'ombre ? Un créancier furieux ou bien le voleur dont on parlait dans la presse dernièrement et qui détroussait la bonne société amiénoise ? Aucune de ses victimes n'avait avoué avoir été molestée. Pourquoi se faisait-il appeler « Gentilhomme », s'il jouait des poings ?

Le métal d'une arme à feu se mit à luire dans le noir, captant la faible lumière du dehors.

— Retourne-toi ! Regarde le mur !

Il se redressa péniblement en s'appuyant de tout son poids sur son lourd bureau de ministre.

Comment diable ce voleur a-t-il appris pour ma cachette ?

Personne ne connaissait l'existence de son coffre-fort. Il avait même interdit à la fille de salle de faire les poussières du tableau qui le dissimulait.

Pourtant, il est au courant.

Le directeur s'approcha du portrait, se demandant si son féroce entrepreneur de père aurait si facilement obéi sous la contrainte d'une arme. Jusqu'aux derniers instants de sa vie, il avait toujours lutté avec courage. Le regard de son géniteur ressemblait à celui, réprobateur et sinistre, du commandeur dans le *Dom Juan* de Molière. Il blêmit. Pour la première fois de son existence, il fut envahi par un sentiment de honte teinté de culpabilité.

Il réalisa alors qu'il avait été présomptueux et qu'il aurait sans doute mieux fait de placer son pactole ailleurs. Pourtant, à l'époque, il s'était félicité d'avoir eu la judicieuse idée de cacher l'argent de ses transactions illicites dans le mur de sa banque. Dissimulé derrière le tableau, le coffre-fort regorgeait de lingots, de billets et de titres boursiers. Une véritable fortune !

Allait-il capituler comme un poltron ?

— Il n'y a pas de clé… c'est un nouveau modèle…, balbutia Dubrion en s'appuyant à présent sur le manteau de la cheminée.

Le dos tourné, il ressentit pourtant distinctement le déplacement d'une puissante masse d'air. Le malfaiteur n'était désormais plus qu'à quelques centimètres de lui. Un souffle chaud sur sa nuque le fit soudainement frissonner.

Les mains tremblantes, il tira le cadre du tableau vers lui, enclenchant un mécanisme qui permit à l'œuvre d'art de pivoter, telle une fenêtre retenue par deux charnières. Puis le coffre apparut, scellé dans une cache creusée à l'intérieur du mur. En façade, un disque cranté, aux milliers de combinaisons possibles, en commandait l'ouverture.

Le banquier se mit alors à sangloter.

Il commença à supplier :

— Je vous en prie ! C'est mon épargne personnelle ! Le fruit de mon labeur !

— Le produit de tes vols et autres bassesses, oui ! Tu me dégoûtes, Dubrion !

Au même moment, le canon de l'arme exerça une pression intense à l'arrière de son crâne. Il sentit tout à coup la froide morsure du métal sur sa peau.

Il se résigna à ouvrir le coffre-fort. Ses doigts tremblaient sur la molette. Le banquier aligna le 1, puis le 8, suivi d'un 4 et enfin d'un 5.

— 1845 ! Quelle ironie !

L'agresseur fut secoué d'un rire terrible, un mélange de rage et de plaisir, une sorte d'affreux râle diabolique.

Le directeur de la Caisse d'épargne en fut saisi d'une sueur froide.

Tremblant à présent de tout son être, Dubrion ouvrit la porte du coffre et, bien qu'il fît sombre dans la pièce, les lingots d'or attrapèrent la lueur de la lune et l'éblouirent.

— Et maintenant ? demanda-t-il dans un souffle.

La voix, qui semblait venir d'outre-tombe, annonça sa sentence :

— C'est l'addition ! L'heure du bilan a sonné !

— Je… vous… en… supplie…, articula Dubrion en sanglotant face à son magot.

— Tu vas enfin payer pour ton nom ! Recommande ton âme au diable !

Dubrion ferma les yeux. À cet instant, il fut parcouru d'une dernière pensée pour son père, qui, contrairement à lui, avait pu regarder la mort en face.

Alors, un coup de feu éclata, déchirant le silence de la nuit.

La balle pulvérisa la tête de Louis Dubrion et la répandit aux quatre coins de la pièce.

Une giclée de sang et de cervelle macula la pendule, qui sonna, à ce moment précis, le glas de l'existence du plus illustre banquier que la Picardie eût connu.

4

Jeudi 18 octobre 1883
Maison à la Tour
Au matin

— M'sieur Verne ! M'sieur Verne !

— Allons bon, Rose !

Jules Verne suspendit son geste. Il rédigeait un passage particulièrement complexe pour un roman qui paraîtrait en feuilleton dans *Le Magasin d'éducation et de récréation*, la revue de son éditeur, Hetzel. Son histoire lui demandait mille recherches sur les gisements diamantifères et il n'avait plus de temps à perdre, il devait rendre ses épreuves au plus vite.

La domestique tambourinait à présent à la porte de la bibliothèque.

Il posa sa plume avec délicatesse sur son sous-main, se leva, rangea sa chaise sous son bureau et ouvrit alors, afin de découvrir ce qui mettait Rose en émoi.

— M'sieur Verne ! Y a un m'sieur qui veut vous voir ! C'est urgent, qu'y dit !

— Rose, je vous ai déjà expliqué que les affaires courantes étaient du ressort de Madame. Ce sont mes écrits qui paient votre salaire. Et si je n'écris plus…

Elle haussa les épaules et répondit :

— Mais, c'est vous qu'y veut voir, ch't'homme ! Madame peut pas lui faire la causette, elle est partie prendre l'air avec eul baronne de Segonzac.

Jules grommela, verrouilla la porte de son antre et glissa la clé dans la poche de son gilet. Il n'était pas question que la domestique entrât en son absence pour passer son chiffon sur les précieuses couvertures de ses livres. L'autre jour, dans un moment d'inattention où il avait omis de fermer, il l'avait retrouvée en train d'astiquer son globe terrestre et elle avait, en partie, effacé les lignes rouges retraçant les trajets de ses croisières nordiques avec son frère, Paul.

Contrarié, il suivit Rose dans l'escalier en colimaçon et pénétra dans le salon.

À côté du piano se tenait un jeune homme qui ressemblait à un étudiant. Qui était cet importun ? Le fils d'un ami ? Celui d'une connaissance ? Un représentant de commerce que Rose n'avait pas réussi à éconduire ? Qui avait osé déranger sa sacro-sainte écriture ?

Le garçon tardait à prendre la parole pour se présenter. Il était visiblement impressionné. Jules l'observa et détailla son visage imberbe, à la peau tendre et aux traits réguliers. Une raie séparait une masse de cheveux bruns dont s'échappait, sur le dessus du crâne, un épi rebelle. Ses yeux, d'un marron très accentué, se décidèrent à le fixer au bout d'un certain temps. Il lut, dans son regard, l'éclat de l'intelligence, contrastant avec la jeunesse qui émanait de tout son être, malgré son habit d'homme. Enfin, il prononça d'une voix à peine assurée :

— Monsieur Verne, je suis Lucien Carambel, le nouveau chroniqueur du *Progrès de la Somme*.

Le journaliste lui tendit une main ouverte, que l'écrivain serra, la trouvant moite.

Soudain, Jules se souvint :

— Ah oui ! Bonjour, monsieur. J'ai reçu un courrier, le mois dernier, qui mentionnait votre venue à Amiens.

Le jeune homme semblait recouvrer petit à petit ses moyens et prononça un peu plus fort :

— De mon confrère Claude Delafuye, sans aucun doute ! Nous correspondons. J'ai fait sa connaissance à Paris, l'an passé.

— Ce cher Delafuye, fit Jules avec un petit sourire amusé.

— C'est une bien aimable personne et un journaliste talentueux, au demeurant. J'ai beaucoup étudié le style novateur de ses articles quand il couvrait les meurtres de Nemo, l'an dernier à Amiens, attesta l'apprenti chroniqueur.

Jules Verne indiqua un fauteuil au jeune homme, qui s'y installa sur le bord, sans oser en écraser le coussin.

À cet instant, le gros chat angora d'Honorine vint discrètement se frotter à sa jambe de pantalon. Lorsque Lucien Carambel le sentit, il sursauta.

— Allez ouste, Mistigri !

— Non, laissez-le, monsieur Verne ! J'aime beaucoup la compagnie des chats. Ma mère en possède sept.

— Sept ? Saperlipopette ! J'ai déjà bien du mal à supporter celui-là !

Le matou, insensible à tout ordre et toute discipline, était à présent allongé sur les souliers du jeune homme et réclamait une caresse. Le journaliste semblait réellement l'apprécier, alors Jules cessa de s'en préoccuper.

Il reprit :

— Ainsi donc vous n'êtes pas d'ici ?

— Effectivement, je suis rouennais. Si je suis venu à Amiens, c'est que mon père – qui désavoue ma vocation – préfère me savoir en province plutôt qu'à la capitale pour exercer ma profession.

— Tous les pères se soucient de l'avenir de leur enfant. Mon fils est le sujet de bon nombre de mes inquiétudes… Où logez-vous ?

— J'ai posé mes valises au début du mois dans un hôtel en face de la gare.

— Laissez donc ce galetas mal famé qui vous coûte sûrement plus de vingt sous la journée ! J'ai promis à mon ami Delafuye de vous héberger le temps que durera votre séjour amiénois. Vous écrirez à monsieur votre père que vous logez désormais chez moi, il sera rassuré. Le quartier de la gare est assez mal fréquenté. Cet endroit grouille de voleurs et de filles de joie qui auront tôt fait de vous délester de toutes vos économies. Et cela, rien qu'en marchant sur le trottoir !

Les yeux de Lucien Carambel se mirent à briller.

Il s'exclama avec la sincérité de la jeunesse :

— Monsieur Verne, je ne sais pas comment vous exprimer ma gratitude ! Je peux vous garantir que, avec Maupassant et Flaubert, vous êtes mon écrivain préféré !

— Pas de flagornerie, voulez-vous ?

Jules était toutefois flatté. D'aucuns le considéraient comme le romancier des enfants et non comme un auteur admirable, cela malgré ses nombreux succès.

Lucien Carambel sursauta. Visiblement, Mistigri trouvait ce jeune intrus à son goût puisqu'il venait de bondir sur ses genoux.

Tout en le caressant, il poursuivit :

— Monsieur Verne, si je vous rends visite ce matin, c'est que j'ai besoin de votre expertise dans l'affaire du Gentilhomme cambrioleur.

— Mon expertise ? Vraiment ? En quoi pourrais-je bien vous aider ? Passons dans le fumoir, nous y serons plus à l'aise.

Jules venait d'apercevoir Rose. Elle était entrée dans le salon avec un petit arrosoir en zinc, davantage pour écouter la conversation que pour s'occuper des plantes de la maîtresse de maison.

Lucien Carambel voulut poser délicatement le chat par terre. Ce dernier, offusqué, en profita pour le faire savoir et lui mordit l'index. Fier de son attaque, il déguerpit entre les jambes de Jules Verne, qui manqua de se prendre les pieds dans le tapis.

Lorsque Jules eut fermé la porte et qu'ils furent installés dans les confortables fauteuils du fumoir, le jeune chroniqueur commença son explication en malaxant son doigt blessé, au bout duquel une petite goutte de sang perlait :

— Vous avez sans doute lu, dans le journal, que le Gentilhomme a revendiqué le meurtre de Louis Dubrion. Il aurait laissé une lettre d'aveux sur son bureau.

— Un crime affreux, en effet. Tirer dans la tête d'un homme, c'est abject ! Comme tout crime, d'ailleurs. Mais, dans le cas présent, cela me semble accompagné d'une lâcheté sans nom. Exécuter quelqu'un par-derrière ! Le récit de ce drame dans *Le Progrès de la Somme* m'a glacé le sang.

— C'était mon article.

— Eh bien, mon garçon, vous êtes doué, malgré votre jeune âge !

— Je l'étais...

— Pourquoi parlez-vous au passé ?

— On m'a retiré la rubrique. C'est désormais D. Bynov, le chroniqueur mondain, qui la reprend. J'ai été affecté aux annonces commerciales.

— Et pourquoi donc ?

— J'ai écrit ce matin que ce n'était pas le Gentilhomme cambrioleur qui avait tué monsieur Dubrion. Le rédacteur en chef, Francis Français, n'a pas voulu de mon article. Il m'a dit : « Vous ne pouvez pas prouver vos billevesées ! Allons, mon petit, ce n'est pas bien sérieux. »

— Il n'a pas tort... Je ne connais pas grand-chose au journalisme, mais, à sa décharge, les faits doivent être étayés pour être publiés.

— Je n'ai pas de preuves matérielles, hélas ! mais une solide intuition qui repose sur des observations. Je suis allé voir le commissaire Gamardin, mais il m'a claqué la porte au nez. Il m'a demandé de « m'occuper de mes oignons ».

— Je ne comprends pas bien, monsieur, ce que je peux faire pour vous...

— Monsieur Verne, vous êtes reconnu. Votre réputation et vos amitiés pourraient m'aider à avoir accès à la lettre laissée sur le bureau de monsieur Dubrion. Je suis persuadé qu'elle nous apprendrait que j'ai raison. Je suis certain que ce crime n'a pas été signé de sa main, que sa confession épistolaire doit se distinguer de toutes celles consécutives aux vols. Et si j'avais pour le prouver un expert pour comparer l'écriture de cette dernière avec les précédents messages du Gentilhomme...

— Vous parlez de graphologie ? J'en suis féru !

— C'est l'objet de ma visite. Je l'ai lu dans un article d'il y a quelques années vous concernant.

— L'écriture est le reflet de l'âme et elle ne ment jamais... Mais puis-je vous proposer un cigare ? Je les ai baptisés les « rayons verts ». C'est un petit producteur cubain qui les confectionne pour moi. Ils portent le nom de mon roman, celui qui est paru l'an passé. J'ai trouvé cela fort drôle.

— Volontiers !

Jules regarda plus attentivement encore le visage de Lucien Carambel. Malgré la maturité de son langage et l'assurance de sa pensée, on eût dit un enfant qui aurait poussé trop vite.

L'écrivain se remémora alors sa jeunesse. Lui aussi avait été victime d'un père longtemps sourd au désir viscéral d'un fils impatient de s'affranchir de l'héritage familial. Et lui aussi avait souffert de préjugés dus à son âge…

Je n'étais pas fait pour le droit, mais pour la littérature. Ce garçon n'est pas fait pour la laine et le tissage. Il a, au contraire, la vocation d'informer et de rendre compte de la vérité. Comme il me rappelle Delafuye…

Carambel s'empara d'un « rayon vert ». Dès qu'il l'eut en main, Jules remarqua qu'il ne savait pas par quel bout le tenir. Il saisit alors son coupe-cigare, les guillotina, puis plaça le sien entre ses lèvres. Le jeune homme l'imita en tirant sur le cylindre, comme l'écrivain l'avait fait après l'avoir allumé avec son briquet.

— Monsieur Verne, comme je vous disais, je suis certain que le commissaire fait fausse route. Il impute ce crime au Gentilhomme cambrioleur et je suis sûr qu'il a tort.

— Et qu'est-ce qui vous fait penser que ce n'est pas lui, l'assassin de monsieur Dubrion ?

— Pour commencer, son style. Ses trois premiers vols étaient rocambolesques.

Le jeune homme se mit à tousser en aspirant la fumée de son cigare.

Jules Verne en profita pour dire :

— Votre adjectif est plutôt bien choisi. Je n'y avais pas songé moi-même. C'est vrai que l'analogie avec les exploits de Rocambole, le personnage de mon confrère Ponson du Terrail, est fort à propos.

— Oui, ce nom est bien trouvé. Je suis également un passionné de botanique et on appelle aussi une tête d'ail, une « rocambole ». C'est la plante qui relève un plat fade. On lui doit la saveur d'un mets… La dernière action du Gentilhomme est tellement dénuée de style, de piquant, d'audace. Ce meurtre n'a rien d'une farce. Ce n'est ni burlesque ni sensationnel. Et surtout personne ne peut attester avoir vu le Gentilhomme avec son loup en satin sur le visage. Oui, cette fois, pas l'ombre de son masque ni d'une apparition fantomatique ! Savez-vous que Bynov, mon remplaçant, préfère l'appeler le « fantôme-masque » ?

— C'est grotesque ! Le fantôme-masque ? Ce néologisme ne fera jamais recette ! Trop dur à prononcer… À moins que l'on en fasse un mot-valise, comme Lewis Carroll dans son roman *De l'autre côté du miroir*, un terme qui, à l'image d'un bagage, révèle deux compartiments, un mot disant deux choses en même temps… Fantômasque ? Peut-être qu'en gommant la dernière syllabe…

Carambel reprit :

— Alors, comment croire que le Gentilhomme cambrioleur, cette figure fantasque, se transformerait tout à coup en vil assassin ? Quand on sait que le couvent des sœurs grises, dans le quartier Saint-Germain, a reçu avant-hier une corbeille de fruits, garnie de pièces et de billets, destinée aux indigents, avec un carton signé de sa main… C'est un bandit au grand cœur !

— Tout à fait ! Le Robin Hood français ! Un brigand qui détrousse les nantis et les nobles pour mieux redistribuer les richesses aux pauvres et aux opprimés, à l'image du *Robin des bois, le Prince des voleurs* d'Alexandre Dumas père !

— J'en suis persuadé, ce n'est pas un meurtrier, mais seule l'écriture pourrait nous le prouver formellement…

— Sur ce point, je ne peux nullement vous venir en aide pour le moment. Il faudrait que j'analyse les différents courriers.

— J'ai demandé à un inspecteur, fort sympathique au demeurant, du nom de Perrin, de me laisser consulter les lettres du dossier. Il a refusé par peur d'être remercié lui aussi.

— Je connais bien Maurice Perrin, qui est l'ancien bras droit de Gaston Chastagnol. S'il vous a dit non, c'est qu'il risque vraiment sa place ! Mais, dans ce cas, qu'attendez-vous de moi, alors ?

— Que vous fassiez une requête au préfet, monsieur Verne ! Que vous usiez de vos relations pour passer au-dessus du commissaire et du juge chargés du dossier ! Ce serait si simple pour vous… Et vous êtes un expert en graphologie.

— N'exagérons rien, jeune homme… un amateur éclairé, tout au plus. J'ai lu en effet les articles de Jean-Hippolyte Michon dans *Le Journal des autographes* et son livre, *Les Mystères de l'écriture*. Comme j'ai aimé étudier ses travaux en compagnie du fils d'Alexandre Dumas quand je vivais à Paris ! Bien que je ne croie pas, comme Michon, que la graphologie soit une science divinatoire au même titre que le magnétisme ou l'hypnotisme, je suis persuadé en revanche que l'écriture naît de la rencontre entre la pensée et la réalité matérielle, c'est-à-dire entre l'âme et le corps. Je suis convaincu que nos tracés sont le reflet de tout ce qui fait un être humain.

— Je peux donc compter sur vous ? insista Carambel.

— Mon garçon, mon garçon… vous avez décidé de me faire prendre du retard dans mon prochain roman ! Cependant, vous m'intriguez… Il est vrai que, lorsqu'une histoire débute avec le ton de la comédie et de la légèreté et qu'une des péripéties nous plonge dans la tragédie la plus sombre, quand nous passons du cabotinage à l'horreur d'un crime de sang-froid, nous sommes en droit de nous interroger sur la cohérence de l'auteur. Je vais voir si je peux accéder à votre demande, mais n'attendez pas de moi un miracle. Quoi qu'il en soit, j'ai fini d'écrire pour la journée. D'autant plus que je dois me rendre à l'enterrement de Louis Dubrion. Mais j'y pense… ajouta Jules Verne en caressant sa barbe poivre et sel, vous devriez m'accompagner. Il est toujours intéressant d'observer ces cénacles. Et si vous avez raison et que le meurtrier du banquier n'est pas le Gentilhomme, peut-être que le véritable coupable y assistera ? Ce serait ainsi le parachèvement de son œuvre. Edgar Allan Poe ne dit-il pas, dans un de ses romans, que « l'assassin ne se délecte pas seulement de l'acte de tuer, mais aussi du spectacle de la désolation que provoque la mort » ? Rien de tel, s'il souhaite se repaître du malheur, que des funérailles – et de voir un ennemi recouvert de pelletées de terre !

— Croyez-vous que le meurtrier y sera ? demanda Lucien Carambel, les yeux brillants.

— C'est fort probable, mon garçon.

5

Jeudi 18 octobre 1883
Maison à la Tour
Dans l'après-midi

Lucien Carambel accepta donc l'invitation de Jules Verne et déjeuna avec le couple dans la salle à manger bordeaux d'inspiration médiévale qui faisait la fierté d'Honorine Verne. Il avait été impressionné par cette pièce qui sentait bon la cire d'abeille, toute décorée de bois sculptés jusqu'au plafond à caissons soutenu par de petits marmousets ciselés dans les poutres.

La maîtresse de maison avait accueilli l'arrivée de l'intrus assez froidement, mais avait tout de même dit à Rose de sortir les couverts en argent et le service en porcelaine au monogramme des Verne. Petit à petit, Honorine avait été conquise par la conversation du jeune homme.

La discussion avait été charmante, car Lucien Carambel avait évoqué la douceur de vivre des rives de la Seine et du pays de Caux dont il était originaire. Bien que natif des bords de Loire, Jules chérissait aussi cet autre grand fleuve où passaient les fiers bateaux qu'il appréciait tant. Des images de sa jeunesse insouciante lui étaient revenues en mémoire, des souvenirs de son père, de repas champêtres à proximité de Provins... Hormis leur âge, ils ne se trouvaient que des points communs. Jules Verne reconnut en Lucien son amour des plaisirs simples, de la nature, et un goût pour l'aventure au contact des éléments.

Si Honorine avait ronchonné, au Crotoy, lorsqu'elle avait appris la venue de cet étranger, elle semblait à présent sous le charme de ce garçon affable et courtois. Sans doute Lucien lui rappelait-il son fils, Michel, quand il était dans ses bons jours. Madame Verne ne voulait pas se l'avouer, mais, depuis le départ de ses trois enfants, elle souffrait de solitude.

Après le déjeuner, les époux montèrent se changer et revinrent tous deux revêtus du noir du deuil. Puis, accompagnés de Lucien Carambel, ils prirent un fiacre qui les déposa près de l'hôtel de ville. Sur le trajet, ils constatèrent que tous les établissements financés par le directeur de la Caisse d'épargne affichaient porte close. Dans les kiosques et dans les bras des petits vendeurs à la criée, les journaux d'Amiens avaient orné leur une d'un cadre noir. « Dubrion, l'illustre banquier, Dubrion, le mécène, est mort ! Ce grand homme a rejoint le Créateur ! » placardait la presse catholique et conservatrice, concurrente du *Progrès de la Somme*.

Jules Verne constatait que le défunt avait droit à des funérailles quasi nationales, presque un hommage royal. Cela lui rappela une gravure d'Auguste Lepère, qui avait immortalisé les obsèques de Gambetta, représentant le peuple de Paris en recueillement devant la Chambre des députés en berne. Le décès de l'élu, ancien président du Conseil et plusieurs fois ministre, à seulement quarante-quatre ans, était survenu quelques minutes avant le Jour de l'an 1883, surprenant tout le monde.

C'est une chose quand la disparition d'un financier provoque un émoi comparable à celle d'un père de la Nation.

L'écrivain se demanda ensuite si le grand Hugo, alors âgé de plus de quatre-vingts ans, ou lui-même plus tard, aurait droit à pareil hommage.

Dans ce monde, les lingots auront toujours plus de poids que la plume…

Le couple et Lucien Carambel jouèrent des coudes pour atteindre l'entrée de l'hôtel de ville.

Il fut également pénible de se frayer un passage dans la salle du rez-de-chaussée : une foule impressionnante s'y massait. Le cercueil du banquier le plus puissant de la Somme y avait été exposé après la messe du matin. Certains avaient tenté d'apercevoir le visage du défunt à travers le voile de tulle noir qui le recouvrait. Parmi eux, on comptait de nombreux adeptes des cabinets de curiosités ou des monstres de foire, avisés que l'hémisphère manquant avait été remplacé par un masque de cire pareil à celui d'un pharaon d'ancienne Égypte. La rumeur s'était répandue à la vitesse de l'éclair. Les badauds avaient plus d'une fois menacé l'équilibre de la bière sur ses tréteaux, si bien que le maire avait dû organiser un circuit de procession dans le sens des aiguilles d'une montre. Un policier veillait désormais. Tous les curieux tournaient autour de la dépouille du banquier avec une politesse convenue et un silence de circonstance. Il n'était plus permis de s'arrêter que pour se signer devant le corps.

Vers seize heures, le corbillard, drapé de tentures à franges d'argent et tracté par quatre chevaux noirs, vint se ranger devant la grille. On cloua le couvercle du cercueil et quatre solides gaillards le déposèrent au milieu de centaines de couronnes de fleurs fraîches piquées sur des coussins et tressées sur des gerbes.

Le défilé funéraire démarra de l'hôtel de ville et prit la direction du cimetière de la Madeleine, qui se trouvait dans le faubourg Saint-Maurice.

Une longue colonne noire de notables se mit en branle maladroitement. Des banquiers, notaires, avocats, politiques, militaires s'y côtoyaient dans un silence pesant.

Au début, on piétinait, on poussait dans le dos, on jouait des cannes, puis les rangs s'éclaircirent et l'on put marcher un peu plus à son aise.

Le clergé du diocèse était à la tête du cortège, suivi par sa jeune veuve et le frère jumeau du regretté défunt, accompagné de son épouse. Le couple possédait une villégiature à Amiens, mais était arrivé expressément de Lens. Charles Dubrion y était devenu, depuis peu, le nouveau directeur de la Compagnie des mines.

Derrière les proches, les banquiers de la Somme rendaient un ultime hommage à leur éminent collègue. Les hommes politiques d'Amiens étaient également présents, parmi lesquels le maire et son conseil municipal, ainsi que le préfet, flanqué du commissaire Gamardin. Le policier avait revêtu un habit neuf, aussi sombre que sa figure.

Curieusement, aux dernières places du cortège se trouvaient les intellectuels et les journalistes. Jules Verne marchait donc à l'arrière, au côté d'Honorine, qui avait donné le bras à Lucien et semblait l'avoir adopté définitivement.

Sur le trajet du corbillard, les habitants d'Amiens baissaient la tête en signe de respect et se signaient. Bon nombre pleuraient même en silence. Tout le long de la procession, les ouvriers et certains petits commerçants de la ville, ignorant l'identité du mort, ôtèrent leur couvre-chef pour se recueillir.

Les notables, quant à eux, relevaient le menton dans cette longue colonne noire et cheminaient vers le faubourg Saint-Maurice d'un pas leste, mais empreint de dignité.

Au milieu du parcours, on ne sut pourquoi, l'allure s'accéléra, tel un trot militaire cadencé par le bruit des souliers qui martelaient le pavé du boulevard. En dépit de la vitesse du cortège, on était encore bien loin du cimetière de la Madeleine.

Il se mit à faire assez chaud pour la saison. Il y eut un regain de douceur, comme si l'été ne voulait pas mourir. On commença à suer sous les beaux habits, n'osant pas, par convenance, desserrer le moindre bouton du gilet ou du col de chemise. Lucien tendit un mouchoir à Honorine pour qu'elle s'éponge le front. Cette dernière semblait conquise par la prévenance de ce jeune homme.

Plus on s'enfonçait dans les faubourgs, plus on entendait surgir, des mansardes ou de derrière les haies bordant les trottoirs, de longues plaintes pareilles à celles des pleureuses de l'Antiquité. Malgré la température élevée, Jules Verne frissonnait à chacune d'elles. Il cherchait à chaque fois à voir qui pouvait bien se lamenter de la sorte. C'étaient toujours des femmes du peuple, sans lien aucun avec le défunt, qui sanglotaient comme si elles avaient perdu un père ou un fils, alors que personne, dans le cortège, ne semblait verser de larmes, pas même l'épouse de la victime.

Lucien avait essayé d'apercevoir madame Dubrion sous son immense chapeau noir. Il avait remarqué son port altier, lors de la déambulation autour du cercueil à l'hôtel de ville. Il avait également observé qu'elle avait constamment les poings serrés, comme si elle était prête à se battre à tout instant.

Un signe de grande colère ? s'était-il demandé.

À la tête du cortège, Charles Dubrion tenait le bras de son épouse, Iphigénie, une femme avec un triple menton et des hanches très larges qui la gênaient pour se déplacer. Elle avait bien deux fois l'âge de la veuve du banquier. Son chapeau, pourtant cerné de crêpe, semblait aussi lourd à porter qu'un casque de cuirassier. Elle maudissait intérieurement la modiste parisienne qui le lui avait vendu.

Iphigénie Dubrion, née Thibaudin, était la fille du ministre de la Guerre dans le gouvernement de Jules Ferry. Elle avait été élevée dans le plus grand respect de la morale. Son père, ancien commandant d'infanterie, lui avait inculqué les us et coutumes de la bonne société. Elle n'avait jamais adressé un traître mot à sa belle-sœur. Elle n'avait jamais non plus souscrit à l'histoire de cette aristocrate italienne déchue et croyait plutôt en un passé d'aventurière, pour ne pas dire de catin.

Iphigénie Dubrion jetait des regards noirs à la jeune veuve, qu'elle nommait intérieurement « l'Italienne ».

À l'arrière, plus on s'approchait du cimetière, plus les discussions allaient bon train.

Alors que la procession était enfin parvenue aux portes du faubourg Saint-Maurice, Lucien demanda à Jules :

— Étiez-vous un ami du défunt ?

— Non, je ne l'ai croisé que lors d'inaugurations. Et il ne m'a jamais salué.

Jules Verne réalisa qu'il s'aventurait peu dans ce faubourg, même s'il connaissait parfaitement son histoire, qu'il raconta d'ailleurs dans le détail à Lucien.

Avant d'être absorbé par la croissance d'Amiens à la Révolution, le quartier n'était qu'un village tranquille où l'on cultivait des légumes, des céréales et une vigne qui donnait un bien mauvais vin, très pauvre en sucre. Au siècle dernier, on s'était mis à extraire de la tourbe dans les prairies des marais bordant la Somme. Puis les teinturiers s'y étaient installés et le bourg accueillit de plus en plus d'ouvriers peu fortunés, les industries réclamant davantage de main-d'œuvre. À cette époque, sur l'emplacement d'une ancienne maladrerie, on décida d'implanter un nouveau cimetière en périphérie de la ville, ceux du centre étant déjà bien remplis. Les vallons et les coteaux naturels devinrent alors l'écrin de ce lieu voué au repos éternel.

On disait que c'était un bel endroit pour une dernière demeure. Certains venaient même s'y promener le dimanche. Les dizaines d'hectares aménagés par l'architecte de la ville d'Amiens, François-Auguste Cheussey, au début du siècle, constituaient un magnifique parc à l'anglaise où alternaient plaines, arbres et allées entre les caveaux. Les plus fortunés y faisaient bâtir leur mausolée. Les frênes, les tilleuls et les érables élevaient leurs branches dorées vers le ciel et les grands tombeaux des familles bourgeoises tentaient de rivaliser en hauteur avec ces géants.

La procession pénétra plus en avant dans le cimetière. Dans la dernière travée, les roues s'immobilisèrent sur le sable et toutes les discussions cessèrent immédiatement.

On se déploya, tels les éventails des dames qui s'étalaient dans l'allée, afin de bien voir le spectacle mortuaire.

Enfin, l'ultime demeure du défunt apparut.

Un monument funéraire somptueux leur fit front.

Jules Verne posa alors son regard sur l'imposante sculpture qui représentait Louis Dubrion.

La statue a été érigée de son vivant. Le banquier a été prévoyant. Un buste massif, une main droite relevée, et un index dressé vers le ciel : on dirait un dieu antique, observa-t-il.

L'écrivain analysa la sépulture : on se trouvait devant l'incarnation de la vanité de cet homme. Il jugea la chose ostentatoire et, en fin de compte, très vulgaire.

Par opposition, il se mit alors à songer à ce que pourrait être son propre monument funéraire dans ce cimetière. Il s'imagina que celui-ci n'aurait rien à voir avec de la prétention ou de l'orgueil. Ce serait, au contraire, une allégorie ou un symbole de l'esprit fécond qui l'anime, la représentation de son énergie créatrice, jaillissant vers les cieux.

Il en était là de ses pensées quand son regard se posa sur le marbre et distingua une inscription sur la pierre tombale. Sa vue de loin n'étant plus ce qu'elle était, il demanda à Lucien de la lui lire.

— Le 8 février 1828.

Il chancela légèrement.

C'était la même que lui ! Même jour, même année.

— Il est mort à cinquante-cinq ans, constata le jeune homme.

Honorine serra le bras de son mari et se signa comme pour conjurer le mauvais sort.

Jules avait toujours trouvé lugubre que le futur occupant d'un caveau fît graver, de son vivant, sa date de naissance, n'attendant plus que le jour de son dernier sommeil.

Les discours commencèrent alors.

Le maire prit la parole le premier, puis le préfet, suivi du frère du défunt, tous saluant l'homme vertueux qu'Amiens avait perdu.

Au terme d'interminables hommages, le prêtre entama un *De profundis* des plus sinistres.

Il déclamait ce psaume à la manière d'un mauvais comédien, d'une voix de stentor, en roulant les *r* comme un mage indien :

— Des prrrofondeurrrs je crrrie vers toi, Seigneurrr ! Seigneurrr, écoute mon appel ! Que ton orrreille se fasse attentive au crrri de ma prrrièrrre. Si tu rrretiens les fautes, Seigneurrr, qui donc subsisterrra… ?

Tout à coup, Iphigénie Dubrion leva la tête, puis montra le ciel du doigt.

Au-dessus de l'assemblée, une multitude de petits ballons flottaient dans les airs, avec une nacelle suspendue à chacun d'eux.

— Qu'est-ce donc ? chuchota le préfet Kuhn à Gamardin.

— On dirait de minuscules montgolfières… Oui, c'est bien cela. Chacune à peine plus grosse qu'une miche de pain, répondit aussitôt le député d'Amiens.

— Quelqu'un aura certainement voulu adresser un hommage à monsieur Dubrion ! reprit le préfet.

— Un hommage ? Ces vessies peintes en noir ? rétorqua le commissaire.

— Mais oui ! s'exclama le député. C'est sans doute à l'initiative de Jules Verne. Messieurs, avez-vous lu *Cinq semaines en ballon* ? J'en ai justement fait la lecture à mon fils hier au soir. Ces petites répliques ressemblent fort à l'aérostat gonflé à l'hydrogène du docteur Samuel Fergusson.

Le préfet, qui n'avait jamais lu Jules Verne, répondit pourtant :

— Sans aucun doute, mon cher ! Quelle charmante attention de notre sommité locale, symbolisant assurément les bontés de l'âme de notre regretté ami, montant rejoindre le Créateur au paradis !

L'assemblée contemplait les ballons, qui, après s'être élevés très haut dans le ciel, commençaient à retomber mollement.

Jules Verne observait lui aussi ces petits engins. Il n'en était pas l'instigateur, mais, à en croire les regards étonnés qui se posaient alternativement sur lui et sur les aérostats, bon nombre en étaient persuadés.

Rien de sorcier ! Sans aucun doute des vessies d'animaux, dont l'air se dilate en chauffant, ce qui diminue sa densité et permet au ballon de s'envoler ! Il y a certainement une braise chaude dans la nacelle. Ne me fixez pas comme ça, badauds ! En Chine, on utilise des lanternes en papier depuis l'Antiquité, bien avant les frères Montgolfier. Hmmm, cela demande néanmoins de la maîtrise et des connaissances. C'est un scientifique qui a lancé ces ballons… ou bien…

Le commissaire avait les yeux rivés sur le ciel.

Tout à coup, quelque chose siffla au-dessus des têtes, à plusieurs reprises.

— On nous attaque ! C'est un tour du Gentilhomme ! cria Gamardin, en dégainant son arme de service.

Les premiers rangs exprimèrent leur effroi et reculèrent, se bousculant les uns les autres.

Plusieurs projectiles fusèrent sans que l'on voie l'ennemi. Les messieurs oublièrent leurs bonnes manières et leurs charmantes épouses et, comme à la guerre, ils se mirent à couvert derrière les troncs des grands tilleuls.

Le préfet et le maire furent les premiers à s'abriter.

Jules, quant à lui, avait bondi sur Honorine pour la protéger. Lucien Carambel avait eu le même réflexe, si bien qu'elle s'exclama :

— Mais vous m'étouffez ! Arrêtez ! Vous voyez bien que ce ne sont que des montgolfières crevées par des flèches !

Honorine avait raison, personne n'avait été blessé. Lorsque le mouvement de foule avait cessé et que tous avaient repris leurs esprits, le curé, toujours les yeux fermés, récita un *Pater noster*, sans faire rouler les *r* cette fois.

Seul Gamardin bondissait de ballon déchiré en ballon éventré pour les inspecter un à un.

Ils étaient tous percés d'une flèche et gisaient un peu partout autour des sépultures. Les nacelles en osier s'étaient disloquées en touchant le sol. Une multitude de papiers s'envolait de leurs flancs béants, emportés par le vent qui s'engouffrait dans les allées du cimetière de la Madeleine.

Le commissaire en ramassa un.

Il le déplia.

Il disait :

> **Je suis innocent !**
>
> Le Gentilhomme cambrioleur

Le visage de Gamardin prit soudain une expression féroce. Il écrasa le papier au creux de sa main d'un geste rageur.

Il se mit alors à courir en vain, à l'assaut d'un ennemi invisible, dans la direction opposée à celles des flèches, inspectant les grands tombeaux du cimetière dressés face à lui comme une muraille crénelée et infranchissable.

Le Gentilhomme était déjà loin.

6

Vendredi 19 octobre 1883
Maison à la Tour
Au matin

Après le repas qui suivit la cérémonie, Lucien Carambel et Jules veillèrent très tard dans le fumoir. Les deux hommes analysèrent à la loupe un des petits papiers récupérés au cimetière.

Les trois mots et la signature, étudiés pourtant avec minutie par l'écrivain, étaient, hélas ! de trop maigres indices pour étayer un profil psychologique digne de ce nom, grâce à de simples déductions graphologiques.

Jules Verne avait toutefois conclu :

— Une écriture alerte ! Celle d'un esprit vif et d'un corps jeune ! Mais ce ne sont là que des hypothèses. Il m'en faudrait davantage pour que je puisse dresser le portrait moral et physique de cet individu.

Cette soirée avait néanmoins grisé Lucien.

En secret, il souhaitait résoudre cette enquête. Il voulait découvrir qui se cachait derrière le rocambolesque Gentilhomme cambrioleur. Il était toujours persuadé que ce voleur n'avait rien à voir avec l'assassin de Dubrion. Le tour de passe-passe du cimetière renforçait sa conviction, qui était maintenant devenue une certitude.

Toute la nuit, il bougea et s'agita dans son lit, incapable de trouver le sommeil.

Aux aurores, il quitta le domicile des Verne, non pas pour se rendre au journal rédiger les annonces commerciales, mais pour demander une audience à la veuve du banquier.

Cela peut être un bon point de départ... Il me faut comprendre pourquoi Dubrion a été assassiné. Quelle personne diabolique a pu profiter des frasques du Gentilhomme pour lui imputer un meurtre qu'il n'a pas commis ?

Lucien décida de rejoindre la demeure des Dubrion à pied.

J'arriverai en retard au journal, mais qui s'en rendra compte ?

Le jour était à peine levé. La brume enveloppait la ville d'une ouate cotonneuse, comme si la chaleur de la veille l'avait fait transpirer sous l'effet d'une mauvaise fièvre. L'air était humide et malsain.

Il releva le col de son paletot et s'engagea sur le mail.

À cette heure, une armée de fiacres remontait déjà de la gare, leurs vieilles suspensions grinçaient sinistrement sur les pavés et, par instants, ils empiétaient sur le trottoir à cause du brouillard. Lucien longea donc les façades avec prudence.

Après quelques minutes de marche, il arriva rue Lamarck et s'arrêta devant l'adresse indiquée sur le faire-part de décès.

Un somptueux hôtel particulier, dont le toit s'enfonçait dans le ciel laiteux, paraissait inaccessible et reposait bien à l'abri derrière sa grille en fer forgé.

Soudain figé devant le portail, Lucien n'osait pas agiter la cloche pour s'annoncer. Sans doute était-il impressionné par la grandeur de ce bâtiment, la prestance et la richesse qu'il dégageait...

Qui suis-je ? Un pauvre petit chroniqueur rouennais qui vient déranger la veuve d'un banquier parce qu'il a une simple intuition...

— Qu'est-ce qu'y veut ? lui demanda une voix qui le fit sursauter.

Un homme, au béret vissé sur la tête, tenait un râteau entre ses mains calleuses. Il réalisa que c'était le jardinier. Foudroyé par son regard hostile, Lucien se rappela l'œil terrible de son père lorsqu'il lui arrivait de le décevoir ou de faire une bêtise. Perdant toute contenance, il bredouilla :

— Je... Je suis journaliste au *Progrès de la Somme*. Je souhaiterais m'entretenir avec Madame... Je peux revenir plus tard. Elle n'est... sûrement pas en état de...

— Bougez pas, fit le jardinier en s'essuyant les mains maculées de terre sur son tablier, puis en tournant les sabots.

Lucien le vit contourner la maison, sans doute pour aller transmettre son message.

Il était certain qu'il allait être éconduit.

Le jeune homme commença à s'impatienter, arpentant de long en large le trottoir. À un moment, il se demanda même si on ne l'avait pas oublié et si ce n'était pas mieux ainsi. Il allait s'en aller quand un domestique, vêtu comme un laquais à Versailles, déverrouilla la serrure de la grille sans un mot.

Lucien le suivit timidement et pénétra dans la cour gravillonnée. Deux palmiers grandissaient dans des pots encadrant le perron. Il n'en avait jamais vu. Il n'en poussait pas sur les berges de la Seine.

Le jardinier fait des prodiges, se dit-il, admiratif, lui qui aimait tant la botanique.

Il gravit les quatre marches derrière le domestique, qui se mit enfin à parler :

— Veuillez me suivre !

Il parcourut un hall somptueux agrémenté de piliers dont les chapiteaux portaient gracieusement des voûtes sur croisées d'ogives.

À droite, un escalier s'enroulait, comme une coquille d'escargot, délicatement vers l'étage.

Ces carreaux sont magnifiques également ! Du marbre de Carrare ?

Sur les murs, de beaux tableaux représentaient de simples scènes champêtres, contrastant avec le faste du lieu.

Le domestique sillonnait les pièces en enfilade et, finalement, lui fit traverser la demeure entière.

Un peu désorienté, Lucien se retrouva dans le parc.

Ses pas fouettèrent alors les feuilles d'arbres bigarrées et tombées en masse dès les premiers jours d'automne. Elles craquaient comme des petits gâteaux secs sous ses semelles de cuir.

Il se demandait où le valet pouvait bien le mener.

Soudain, un pavillon apparut au détour d'une allée sinueuse où des nappes de brouillard spectral flottaient ici et là entre les immenses marronniers.

Une fois sur le seuil, le laquais dit d'une voix puissante :

— Madame vous attend !

L'homme désigna le bâtiment avec la main et la paume ouverte, d'un geste gracieux. Ce dernier semblait bien plus récent que l'hôtel particulier.

C'était une grande serre rectangulaire en fer riveté, construite à la manière des ouvrages très modernes de cette fin de siècle, observa Lucien. Les vitres, entre les pilastres métalliques, étaient toutes recouvertes de buée.

Le journaliste fut soulagé. Assurément, la veuve du banquier devait être en train de jardiner à l'intérieur. Lui-même partageait cette passion de l'horticulture qui lui apportait du réconfort, surtout après les violentes disputes avec son père. Cet amour des plantes était hérité de sa mère. Elle composait toujours de magnifiques bouquets fleuris et harmonieux dans la maison. Elle agrémentait de plantations le moindre espace encore disponible de la propriété familiale.

Les chagrins peuvent être allégés par une saine occupation ; celle de faire éclore la vie à partir d'une simple graine est probablement la plus belle.

Finalement, après ces pensées, il se mit à redouter davantage cette entrevue.

Quelle idée j'ai eue de déranger une femme en plein deuil afin de lui poser des questions sur son époux !

Il eut alors envie de rebrousser chemin.

Pourtant, Lucien fit preuve de courage et saisit la poignée métallique en inspirant à pleins poumons.

Ce qu'il vit en ouvrant la porte le décontenança un peu plus, mais eut le mérite de faire disparaître toute appréhension.

À sa grande surprise, il ne trouva pas de veuve, à genoux, affairée à rempoter une fleur ou bien prostrée dans un coin en train de pleurer son défunt mari. Non, elle faisait tout autre chose, ce qui laissa Lucien pantois.

Ce bâtiment, qui ressemblait pourtant à une serre moderne, était en réalité à la fois une salle d'armes et une salle de gymnastique. Au fond trônaient un espalier de bois et un cheval d'arçons. Au centre, un escrimeur s'entraînait sur un mannequin bourré de crin ou de paille. À sa droite, un vieil homme voûté indiquait des positions que le bretteur touchait agilement, d'un coup de pointe.

Instantanément, Lucien fut projeté dans l'univers du romancier Paul Féval qu'il aimait tant. Il conservait dans sa malle des exemplaires originaux du feuilleton « Le Bossu », paru dans le journal *Le Siècle*. Il avait même plusieurs fois assisté à sa représentation au théâtre, en province. La réalité dépassa alors la fiction quand le vieux maître d'armes ordonna de sa voix chevrotante :

— À présent, la botte de Nevers !

Lucien aurait pourtant juré que cette série de passes d'escrime avait été inventée par l'auteur du roman de cape et d'épée.

Il ne peut pas véritablement exister pareille estocade fatale !

Cependant, le professeur reprit :

— En garde ! Tirez droit en prime… dégagez en seconde ! Coupez en tierce ! Doublez en quarte ! Coup mortel en étoile au front, entre les deux yeux !

La lame de l'élève virevolta et se planta sur le sommet du crâne du mannequin en faisant craquer la paille.

— Très bien !

Lucien ne put s'empêcher d'exprimer sa stupéfaction.

Le disciple se retourna et s'exclama :

— *Chi è*[1] ?

Il ôta alors son masque d'escrime.

Une magnifique chevelure de jais aux reflets presque bleus jaillit, dégageant un parfum de tubéreuses.

Lucien resta sans voix quelques secondes.

1. « Qui est-ce ? »

— Je… Je suis désolé d'interrompre votre cours, madame. Je croyais que votre domestique m'avait annoncé.

Madame Dubrion dévisagea le jeune homme.

Elle paraissait un peu surprise par son âge. Lui était sidéré par sa beauté.

Ils s'observèrent intensément.

Cet échange de regards sembla durer une éternité.

Le professeur mit alors fin au silence :

— Notre leçon est terminée.

— *Grazie signore !* Je vous attends demain à la même heure.

Le vieux maître d'escrime adressa une petite révérence qui lui arracha une grimace et se dirigea, en boitant, vers la sortie. Cet homme souffrait visiblement de rhumatismes. Lucien eut juste le temps d'observer les médailles qui pendaient, accrochées à son pourpoint. Sans aucun doute, cet ancien militaire avait été le bras armé des régimes qui s'étaient succédé.

Le jeune Carambel détestait la politique. Non content de considérer le Second Empire de Napoléon III comme une dictature, il se méfiait aussi de la Troisième République, qu'il jugeait bien trop patriotique. Lucien se disait libre-penseur. D'instinct, il repoussait les disputes, prônant la paix et la fraternité entre les peuples. Il percevait chaque jour, dans la presse qu'il lisait et dans laquelle il travaillait, la montée de la haine et d'un esprit belliqueux. Lors d'un repas dominical, il avait prophétisé un conflit d'envergure enflammant les nations gangrénées par le système d'alliances naissantes qui se tissait partout dans le monde. Son père l'avait fait taire, lui assenant qu'il ne comprenait rien à la politique et qu'on n'avait encore jamais vu d'embrasement généralisé, encore moins de la part de peuples civilisés. Ce dont il ne se rendait pas compte, c'est surtout que son fils craignait d'y prendre part un jour, en tant que chair à canon.

Ainsi un vieillard apprend à se battre à une femme !

Lucien était très surpris.

Était-ce le signe que l'escrime était partout à la mode ? On disait qu'elle développait les qualités physiques, morales et intellectuelles de la jeunesse. Depuis peu, le combat à l'épée était une discipline obligatoire dans la cavalerie et l'infanterie françaises. Les duels alimentaient jour après jour la rubrique des faits divers et se répandaient dans les milieux aisés. Un journaliste parisien était mort la semaine passée, transpercé par la lame d'un député qu'il avait malmené dans un papier. Depuis la toute récente création de la Société d'encouragement de l'escrime, les salles d'armes fleurissaient partout en province, sans oublier les cours particuliers dispensés à domicile par des vétérans. Les professeurs accouraient de l'Europe entière et fondaient des cercles de bretteurs que la Troisième République soutenait comme une œuvre nationale, prétendument capable de régénérer l'âme conquérante de la France.

Il est cependant très incongru qu'une femme ait été gagnée par cette lubie…

Tandis qu'elle déposait son épée dans le râtelier et ôtait ses gants, prenant tout son temps, il dit d'un ton grave :

— Madame, je vous présente toutes mes condoléances pour la perte douloureuse de votre époux.

Elle se tourna vers lui, lentement, le foudroyant du regard.

Elle lança alors, avec froideur, dans un français parfait teinté d'une pointe d'accent :

— Il se moque bien de votre sollicitude là où il est maintenant !

Lucien, grandement troublé par cette réaction, pensa :

Dieu que cette femme est belle ! Encore plus quand elle est en colère !

En pantalon d'homme et décoiffée, la jeune veuve, qui avait la moitié de l'âge de son mari, était magnifique.

Élancée, brune, la poitrine haute, les jambes galbées dans sa tenue d'escrimeuse, elle ressemblait à ces fières Amazones qui avaient bercé les récits d'enfance de Lucien. Ses histoires favorites étaient peuplées de ces farouches guerrières, contre qui Achille avait combattu. Mais elle lui faisait davantage penser à Antiope, dont Thésée, fondateur d'Athènes, était tombé amoureux après l'avoir vaincue. Josefa Dubrion lui évoquait également une de ces sublimes roses entourées d'épines, aussi belles que dangereuses quand on ose les approcher. Une de celles qu'il se jurait de ne pas cueillir, regrettant, juste après l'avoir fait, qu'elle ait entamé sa chair.

— Le temps des larmes est terminé, annonça la jeune veuve. L'heure de la vendetta a sonné. Je passerai moi-même le Gentilhomme cambrioleur par le fil de mon épée ! La vengeance n'est pas l'apanage des Corses. En Italie, nous avons autant le sens de l'honneur. Un jour, je me retrouverai face à lui et je lui transpercerai le cœur !

Elle avait parlé avec une telle autorité qu'il ne douta pas du respect de cette promesse le moment venu.

Il lui opposa pourtant :

— Madame, vous oubliez qu'il a clamé son innocence, hier, au cimetière de la Madeleine.

— *È un bugiardo !* C'est un menteur, reprit-elle en français. Je n'en crois pas un traître mot !

Une lueur de haine était apparue dans son regard.

Elle se rapprocha de lui et plongea ses yeux de feu dans les siens.

— Monsieur, savez-vous vous battre ?

Elle toisait désormais Lucien avec mépris.

— Madame… je…

— Si j'ai accepté de vous recevoir, c'est parce que j'étais gagnée par la curiosité. Je voulais voir à quoi ressemblait le journaliste qui disculpe le meurtrier de mon époux.

Son menton était relevé, effrontément, et ses mains étaient à présent posées sur ses hanches.

Il recula de quelques pas :

— Madame, je n'ai pas…

— On dirait que vous tremblez ! Vous croyez que je ne sais pas qui vous êtes. Votre patron est un ami fidèle de mon mari. Il m'a raconté au cimetière qu'il avait empêché la publication d'un article. Vous vouliez écrire que ce Gentilhomme cambrioleur n'aurait peut-être pas tué mon époux. *Basta così !* Vous oubliez que cet assassin a signé son crime bien avant de s'en défendre. Savez-vous qui je suis ?

Je suis de la famille de Cagliostro ! J'ai craché à la face de Garibaldi et je l'ai giflé ! Alors, qu'ai-je à craindre de vous ?

Les prunelles de la jeune veuve vacillaient maintenant de colère.

— Madame, je ne suis pas un menteur ! Et je ne suis pas un poltron ! Je mène ce qu'on appelle une investigation. Je suis à la recherche de la vérité. Selon moi, le Gentilhomme cambrioleur est peut-être étranger au crime de votre époux, comme il l'a fait savoir le jour des obsèques. Vous ne voudriez tout de même pas vous en prendre à un innocent, s'il l'était ?

La jeune femme le dévisagea un moment et, sans prononcer un mot de plus, se dirigea vers un guéridon pour se saisir d'une clochette qu'elle agita.

Le valet qui plus tôt l'avait accompagné entra dans la salle de gymnastique.

— Conduisez-le au salon !

Lucien comprit qu'il avait fait mouche. Madame Dubrion lui accordait une audience.

Il suivit à nouveau le majordome, qui traversa le parc en direction de la demeure et, une fois arrivé, le fit pénétrer dans une pièce.

Dans ce salon, qui ressemblait à un musée, figuraient des tableaux et des bustes de ses ancêtres du duché de Parme et Plaisance, les Bourbon-Parme. La maîtresse des lieux était donc bien de noble lignée. Le manteau de la cheminée était décoré des armoiries de l'illustre famille et le monogramme du dernier souverain était sculpté dans le plafond à caissons.

Lucien examina les collections, les bras croisés dans le dos, comme s'il admirait les œuvres d'une galerie d'art.

Il patienta un moment, impressionné.

Il redoutait à présent le retour de son hôtesse, qui marquerait le début du second acte.

C'était la première fois qu'il était reçu par une aristocrate, fût-elle déchue par la République italienne, et il s'en était déjà fait une ennemie.

Une escrimeuse, la fille d'un noble ou la cousine d'un duc d'Italie, une parente d'un alchimiste franc-maçon, l'épouse du plus riche banquier de la Picardie... Une femme hors du commun que cette jeune veuve !

Josefa Dubrion revint enfin. Elle portait un gilet de costume d'homme avec une chemise en dentelle ouverte sur une gorge magnifique, une tenue qui n'avait rien à voir avec celle d'une Amiénoise. Sa longue jupe grenat était en fait un pantalon large.

Une sorte de jupe, mais aussi de culotte, se dit Lucien, qui pensa que ce nouveau vêtement pourrait convenir aux cavalières ou à celles qui faisaient du vélocipède, comme lui. *Une «jupe-culotte» ! Voilà un néologisme qu'aurait sans doute approuvé Jules Verne, s'il eût été là.*

Quoi qu'il en fût, la veuve n'était pas en noir.

Elle reprit la conversation à l'endroit même où elle l'avait laissée.

— Un innocent ?

— C'est une possibilité, répondit le journaliste en s'armant de courage.

— Un innocent ! *Mi viene così tanto da ridere che non ce la faccio a respirare, cretino*[1] !

Elle releva encore un peu plus le menton, avec défi, les mains toujours posées sur les hanches, et poursuivit :

— Mais l'assassin a signé !

Lucien n'avait pas saisi la tirade en italien, mais avait parfaitement compris l'insulte. Il fit comme si de rien n'était. Cette femme avait le sang chaud et savait manier une arme blanche. Il était certain de perdre si elle le provoquait en duel. Il tâcha de répondre le plus calmement possible, alors que son cœur battait la chamade.

— Madame, essayez d'envisager un instant qu'il ne soit pas l'auteur de cette lettre. Votre mari avait-il des ennemis ?

Elle croisa les bras en s'approchant à quelques centimètres de lui. Allait-elle lui cracher au visage comme elle l'avait fait pour le chef

1. «Je ris tellement que je n'arrive pas à respirer, crétin ! »

de l'expédition des Mille ? La peau de son front lisse forma une ride pareille à celle d'un lion.

— On dit que l'on reconnaît la valeur d'un homme au nombre de ses ennemis ! Et Louis en avait beaucoup ! Pour commencer, tous ceux qui n'ont pas pu rembourser la banque ! Et ceux à qui il prêtait sur notre fortune et qui n'ont pas pu solder leurs dettes ! Louis avait à dos au moins la moitié de *la buona società* !

Elle désigna ainsi la bourgeoisie amiénoise.

— Et vous, madame, avez-vous des détracteurs ? Des personnes qui auraient pu vous atteindre en s'en prenant à votre époux ?

— *Ma certo !* J'ai ceux de mon mari ! Qui s'en prenait à lui, s'en prenait à moi ! Louis était tout pour moi. Les souvenirs de cette pièce, hérités de mes parents, étaient ma seule fortune. Nous avons été jetés sur les routes par les troupes de Garibaldi ! Quand j'ai rencontré Louis en Italie, à Naples, j'étais obligée de danser pour survivre et j'étais désargentée, bien trop fière pour demander l'aumône de mon cousin ! Mon époux m'a sauvée de la misère. Alors oui, j'ai tous ses ennemis sur les bras. Et à présent, je ne vis que pour le venger !

— Les derniers jours avant sa mort, s'était-il disputé avec quelqu'un en particulier ?

— Je ne sais pas. Le commissaire Gamardin est persuadé que c'est le *Gentiluomo*. Et moi aussi, car mon mari était un grand homme et il n'a pas pu être tué par quelqu'un d'insignifiant. *Basta !*

Elle tira sur un cordon relié à une clochette qui sonna dans l'autre pièce.

La porte s'ouvrit et le domestique pénétra dans le salon.

Elle indiqua alors d'un geste de la main que l'entrevue était terminée.

Lucien, un peu décontenancé, ne sut pas comment prendre congé.

Il était sur le point de faire une révérence, mais, contre toute attente, ce fut elle qui lui tourna le dos dédaigneusement et qui partit en déplaçant un courant d'air glacial.

7

Samedi 20 octobre 1883
Maison à la Tour
Au matin

— Avez-vous bien dormi, mon garçon ? Êtes-vous satisfait de votre chambre ? demanda Honorine, alors que Lucien venait tout juste de descendre du premier étage de la maison des Verne après une nouvelle nuit de sommeil agité.

— Merci, madame, elle est parfaite. Mais je ne souhaitais pas vous importuner. J'aurais très bien pu rester à l'hôtel Continental.

Honorine se tenait face à la fenêtre du salon et l'avait questionné tout en regardant le ciel. Devait-elle se munir d'un parapluie pour sortir ? De gros nuages gris menaçants annonçaient une averse. Elle savait que l'automne allait être humide à présent, car ses rhumatismes s'étaient réveillés.

— Pourquoi séjourner à l'hôtel quand il y a, ici, des chambres libres et inoccupées ? Bien, je vous laisse maintenant, je dois me rendre ce matin à la charité avec la baronne de Franvillers.

Honorine Verne semblait revêche, mais cachait une âme généreuse. Elle œuvrait, chaque semaine, à améliorer le sort des indigents par des actions de bienfaisance. Sa miséricorde s'adressait aux paroissiens les plus pauvres d'Amiens, ceux de Saint-Sulpice, de Saint-Firmin-le-Confesseur et de Saint-Leu. Tout comme Jules, elle s'indignait des conditions d'existence des ouvriers, qui s'entassaient dans des taudis, réduits d'une seule pièce, mal aérés, en contrebas de la chaussée. Si elle se sentait impuissante concernant l'état des habitations, elle incitait en revanche ses amies à se montrer généreuses envers les familles les plus misérables, à donner du linge de corps, des draps et des couvertures. Elle souhaitait également que chacun ait son propre lit, se scandalisant que des enfants des deux sexes, faute de place, doivent dormir ensemble ou partagent la couche de leurs parents. Quand on ne les casait pas dans le tiroir d'une commode en guise de berceau !

Honorine Verne aperçut la berline de la baronne et se hâta de sortir du salon. Jules Verne la croisa dans l'embrasure de la porte.

— J'y vais. Je rentrerai tard. Oh non, tu as encore sali ton gilet en écrivant !

— Saperlipopette ! s'exclama-t-il. Je n'avais pas vu.

— Et l'encre a séché, par-dessus le marché !

Jules avait dû se tacher tôt le matin. Il avait commencé à travailler à cinq heures, dans son petit bureau au deuxième étage de la maison, avant même le lever du soleil.

Honorine appela :

— Rose ! Rose !

La domestique arriva, son plumeau à la main.

— Monsieur a sali son gilet !

— Comment qu'il a encore fait son compte ! Faites-moi voir c'que j'peux y faire ! Maint'nant qu'c'est tout sec, va falloir frotter au savon noir ! Mais pas trop, car ça va tout pelucher !

Les mains de la domestique et de son épouse couraient désormais sur son torse, comme les bras du kraken sur le *Nautilus*. Sans compter le plumeau qui lui chatouillait maintenant les narines !

Il s'écria :

— Il suffit, mesdames ! Allons, ce n'est pas si urgent !

— Jules, remets ton vêtement à Rose, veux-tu ?

— Bien sûr. Ne te retarde pas. Je vais le lui donner tout de suite, mentit l'écrivain. À tantôt, ma chérie.

Il fit un baiser à Honorine, qui sortit aussitôt.

— Alors… j'peux l'avoir, oui ou non ?

— Cela peut attendre, ma fille. Dites-moi, vous reste-t-il une tranche de ce succulent pâté de lièvre que vous nous avez servi au repas, hier au soir ?

— Mais, m'sieur Verne, j'vous ai rapporté un verre de lait dans la salle !

— Et donc ? Je suis affamé ! Je me suis levé à cinq heures pour écrire. N'as-tu pas un petit creux, mon garçon ?

Lucien Carambel, que Jules Verne venait de tutoyer, répondit :

— Euh… oui. J'en voudrais bien une tranche, moi aussi, avec mon café.

— N'es-tu pas plutôt, en bon Normand, adepte du camembert ? Mais en avons-nous ?

Rose fit la moue et Jules Verne reprit :

— Allons à la cuisine, nous y serons mieux.

— M'sieur ! Madame a dit que j'vous serve plus là-bas. Vot'place, elle est dans la salle, qu'elle répète tout l'temps !

— Si vous ne mouchardiez pas, Rose, elle n'en saurait rien !

La domestique, vexée par les mots de son employeur, était déjà descendue alors que les deux hommes empruntaient l'escalier.

Tout en veillant à ne pas tomber sur les marches étroites qui s'enroulaient vers le sous-sol, il dit :

— Mon garçon, j'ai repensé à ce que tu m'as appris hier au dîner. Comme cela, la veuve du banquier, Josefa Dubrion, souhaite se venger… Cette histoire aurait sans doute fortement intéressé Claudi… Claude Delafuye.

— Vous ne m'avez pas raconté… Qui est pour vous Claude Delafuye ? Un ami ? Un parent ?

— Un peu des deux… mais, je t'en prie, ne parle pas de Claude à mon épouse. Elle est très fâchée contre lui.

— Ah ? Pour quelle raison ?

— Disons que, l'an dernier, je l'ai accompagné sur une affaire qui m'a fort fatigué.

Dans la cuisine, Jules tira deux tabourets et s'installa à la table où Rose avait déposé les légumes du marché.

La domestique alla chercher la bouilloire qui sifflait sur le poêle à charbon et versa à Lucien du café noir.

— Et mon verre de lait ? demanda Jules.

Sans un mot, Rose s'empara du cruchon et remplit la tasse de l'écrivain. Elle apporta ensuite la terrine et en coupa deux tranches généreuses qu'elle disposa sur du pain frais qui venait de chez le boulanger Trogneux.

— Voilà ! J'peux avoir vot'vêtement maint'nant ?

— Vous êtes aussi têtue que mon épouse, souffla Jules Verne, en ôtant son gilet.

Il le lui tendit, en boule.

Elle maugréa :

— J'm'en vais frotter ça tout d'suite ! Si m'dame, elle apprend qu'vous fourrez vot'nez dans la cuisine !

— Regardez dans la poche du gilet ! Vous trouverez une pièce. Prenez-la ! C'est le prix de votre silence.

Il était vrai qu'Honorine rouspétait quand elle le savait au sous-sol. Elle voulait que son mari profitât de sa renommée, dans un endroit digne de lui et à la hauteur de ses succès. Elle préférait le cadre de la salle à manger, un lieu fastueux à l'image de sa somptueuse demeure bâtie, à l'origine, pour un notaire. Le baron de Ronnachant pouvait bien dire qu'il habitait le plus bel hôtel particulier du quartier, c'était faux. La maison de Jules Verne l'emportait aisément avec ses deux étages et ses combles. Une tour cylindrique, qui cachait l'escalier, s'élevait du sous-sol au grenier, tel un phare au coin de la rue Charles-Dubois et du boulevard Longueville. Quiconque la voyait se disait que c'était la résidence d'un visionnaire, ce qui correspondait bien à l'écrivain et à ses histoires.

Jules aimait la cuisine. Il y faisait chaud et, surtout, les odeurs de nourriture évoquaient pour lui l'enfance.

Comme chez ses parents, les casseroles de cuivre étaient alignées dans le vaisselier et, au-dessus du garde-manger, des touries de paille protégeaient un excellent vin de pays dont Jules raffolait quand son estomac le tolérait.

Le jeune homme était ravi ; il prenait un petit déjeuner avec un auteur qu'il admirait autant que Maupassant et Flaubert.

— Vous arrive-t-il de travailler ici ? lança-t-il alors que Jules Verne engloutissait une énorme tartine de pâté.

— Non… pas… du… tout ! répondit-il en manquant de s'étrangler. La lumière des soupiraux est atroce et mes yeux fatigueraient trop. J'écris toujours dans mon petit bureau, là-haut. Par la fenêtre, je peux apercevoir les rails et les trains aller et venir de la gare en contrebas. Je te ferai voir. Si tu me promets de ne toucher à rien !

— N'est-ce pas trop bruyant ?

— Disons que cela rythme mes histoires… Et si j'aime le chant de mes chères locomotives, j'apprécie surtout la quiétude de cette ville de province. Lorsqu'on ne s'aventure pas dans ses bas quartiers, c'est un endroit charmant. On est près de Paris, assez pour en avoir le reflet, mais sans le vacarme insupportable et l'agitation stérile. Au loin, je distingue la cathédrale Notre-Dame d'Amiens… Tu devrais monter au sommet de la tour de la maison, tu la verrais mieux. Surtout le soir, quand elle est nimbée par les rayons du soleil. Et toi, Lucien, parle-moi un peu de ta vie.

— Il n'y a pas grand-chose à dire, répondit-il, gêné, en plantant son regard dans sa tasse de café. Comme vous le savez déjà, je suis né à Rouen, d'une lignée qui réside depuis plusieurs générations dans le pays de Caux. J'ai deux sœurs et je suis l'enfant du milieu, le seul fils. Mon père a fondé beaucoup d'espoirs en moi pour que je devienne entrepreneur et que je dirige une usine de lainage. Et je le déçois ! Il a l'industrie chevillée au corps. Ma mère aussi est issue d'une famille de teinturiers fort renommée. Pour le moment, le seul événement remarquable de mon insipide existence est que je suis venu au monde grâce à notre médecin, le docteur Flaubert, le frère du grand écrivain rouennais. Et je crains qu'une fée ne se soit penchée sur mon berceau et ne m'ait donné goût à la littérature. J'ai étudié au prestigieux lycée Corneille et j'étais plutôt bon élève, même si j'ai obtenu mon bachot de justesse. J'avais, l'an dernier, l'esprit ailleurs. Connaissez-vous Rouen ?

— Oui, bien sûr ! C'était une remarquable cité au temps des Romains, florissante au Moyen Âge. Elle possède des églises gothiques, comme celles de Saint-Maclou et Saint-Ouen, ainsi qu'un centre aux ruelles pavées, doté de maisons médiévales à colombages, une ville tristement célèbre pour avoir abrité le bûcher de Jeanne d'Arc…

— Personnellement, je n'aime pas vraiment la vie citadine. Je préfère la campagne. Connaissez-vous les vieilles pierres de l'abbaye de Saint-Wandrille ou celle de Boscherville ? Et les falaises d'Étretat ?

— Bien sûr ! J'ai même vogué au pied de ces géantes. Je suis passé sous les grandes arches de calcaire avec un petit voilier. J'en garde un souvenir unique.

— Comme je vous comprends !

Un silence s'installa, chacun perdu dans ses pensées. Jules Verne croqua à nouveau dans sa tartine, puis, après avoir avalé sa bouchée, demanda :

— Ainsi, mon garçon, tu ne souhaites pas reprendre l'entreprise de ton père ?

— J'ai besoin de bouger sans cesse et de faire de l'activité physique. Hélas ! je n'ai pas pu apporter à Amiens mon vélocipède. Mais ce que j'aime le plus, c'est découvrir et décrire ce que je vois. L'an dernier, mon père m'avait trouvé un emploi à la fabrique de cardes dans le faubourg Saint-Sever, alors j'ai fugué pour vivre mon propre rêve. J'ai frappé à la porte d'un journal parisien. Étant donné mon jeune âge et sans lettre de recommandation, on m'a jeté dehors *manu militari*. Mais Delafuye, qui y était chroniqueur, m'a rattrapé et m'a conseillé de tenter ma chance en province. Me voilà donc, un an plus tard, avec des désirs plein la tête ! Le journalisme m'attire, mais pourquoi pas un jour, comme vous, devenir écrivain et entrer à l'Académie française…

Jules Verne lâcha sa tartine et s'empourpra.

— Mais, mon garçon, je ne porte pas l'habit vert ! Les immortels de l'Académie française ne veulent pas de moi ! Ils n'ont daigné me donner que deux prix, dont celui d'une obscure fondation, en récompense de mes ouvrages publiés dans *Le Magasin d'éducation et de récréation* d'Hetzel, et les ont qualifiés d'« utiles aux mœurs et recommandables par un caractère d'utilité morale». Pas de distinction pour leurs qualités littéraires ! Lorsqu'un fauteuil se libère sous la Coupole, je suis systématiquement rejeté par mes pairs. Comprends-tu ce que cela signifie ?

Carambel ne sut quoi répondre.

L'écrivain poursuivit :

— Cela veut dire que je suis et serai toujours, pour eux, «un instructeur qui amuse ou un amuseur qui instruit».

— Mais non, voyons !

— Mais si ! Je les ai déjà entendus maintes fois railler la formule de mon éditeur. Je crains que, comme l'a dit mon ami Dumas[1], mon drame soit de ne pas être né anglais ou américain. Là-bas, j'aurais peut-être été considéré comme un des plus grands maîtres de la fiction… Mon cher enfant, c'est un fait : je ne compte pas dans la littérature française[2]. Je ne vaux rien face à un Victor Cherbuliez, un Maxime Du Camp ou un Adolphe Perraud ! Tous ces noms dont pas un ne mourra, que c'est beau !

Le jeune homme, qui ne connaissait pas un seul de ces académiciens, sourit à ce sarcasme et dit :

— En tout cas, vous comptez pour vos lecteurs. Je crois que c'est le plus important. Qui peut s'enorgueillir d'avoir créé des personnages aussi aventureux que Nemo, le capitaine Grant ou Phileas Fogg ? Qui d'autre que vous maîtrise ainsi l'art romanesque de nouer et de dénouer des intrigues inattendues ? Personne ! Lorsque je vous lis, je sens passer dans mes poumons un souffle de géant. Je quitte littéralement cette terre, la banalité de mon existence, et je suis, grâce à vos mots et à votre talent, projeté dans le cosmos ou sous l'océan. Je ne connais pas plus puissant créateur. C'est cela, pour moi, être écrivain : faire rêver son lecteur dans l'univers que l'on a inventé.

---

1. Alexandre Dumas fils.

2. Propos prononcés plus tard par Jules Verne dans un entretien pour *McClure's Magazine*, 1894.

Jules esquissa un petit sourire. Il savait décerner la flagornerie, mais, là, ce n'en était pas. Les yeux du jeune homme brillaient véritablement d'admiration.

— Et à part Flaubert et moi, qui apprécies-tu ?

— Dans un tout autre style que le vôtre, j'aime beaucoup Maupassant.

— C'est un génie qui a reçu du ciel le don d'écrire et qui le fait aussi facilement qu'un pommier produit ses fruits ! De plus, c'est un homme bon. J'ai milité à ses côtés l'an dernier pour la création d'un asile pour animaux, un hospice où les pauvres chiens sans maître trouvent à présent de la nourriture et un abri. Nous partageons ce même amour des bêtes. Bien ! Si tu as terminé ta tartine, nous pourrions nous rendre à la préfecture. J'ai obtenu un entretien avec le préfet. Finalement, je pense avoir le poids nécessaire pour qu'on me laisse examiner les lettres du Gentilhomme.

— Comment ? Vous avez décidé de m'aider dans mon entreprise ? Mais… c'est merveilleux ! Je vous remercie beaucoup, monsieur Verne, exulta Lucien.

— Appelle-moi Jules ! Tu as l'âge d'être mon fils.

— Je n'oserais pas ! Non seulement je vous dérange dans l'écriture de votre prochain roman, mais je vous fais peut-être perdre votre temps. Comment pouvez-vous avoir foi en mon inexpérience ?

— Mon garçon, comme je l'ai dit l'autre jour à Honorine, la jeunesse est vivifiante. À son contact, mes histoires s'en voient considérablement améliorées. J'ai suivi, l'an dernier, la fougue de mon ami, Delafuye, et du commissaire Chastagnol. Je crois ne m'être jamais autant amusé et mon *Rayon vert*, qui m'a été inspiré par cette aventure, a conquis le cœur de nombreux nouveaux lecteurs. Mais j'ai aussi beaucoup tremblé. Allez, viens, je te raconterai tout cela en chemin !

Jules Verne avait bien fait de prendre son parapluie et de donner un de ceux d'Honorine à son jeune invité.

Fort heureusement, il est noir et n'a rien d'une ombrelle pour élégante, s'était dit Lucien.

Une pluie diluvienne tombait sans discontinuer sur Amiens et plongeait la ville dans une grisaille pesante, semblant envahir tous les passants qui avançaient, tête baissée, sur les trottoirs. Les deux hommes marchaient côte à côte, évitant de se faire tremper par les véhicules qui roulaient à toute allure dans les flaques du boulevard de la République.

L'hôtel de la préfecture de la Somme, un vaste bâtiment avec une grille monumentale, construit au siècle précédent dans un style classique, s'élevait sur deux étages. Situé juste en face du musée de Picardie, il impressionna le jeune Rouennais.

Jules et Lucien traversèrent une grande cour pavée et se présentèrent au planton. Ils purent ensuite pénétrer dans la préfecture.

Le vestibule regorgeait d'hommes en costume qui allaient et venaient comme des fourmis, sans paraître avoir de but précis, contrairement aux insectes que Lucien aimait observer à la loupe dans le jardin familial.

Jules Verne s'adressa poliment au guichetier. Celui-ci les conduisit à l'étage, frappa trois coups à la porte du préfet et déguerpit lâchement, comme un enfant craignant d'être grondé.

— Entrez ! ordonna une voix puissante.

— Bonjour, monsieur le préfet, répondit Jules Verne en s'engageant dans la vaste pièce.

Le haut fonctionnaire ne lui renvoya pas sa courtoisie et resta assis, stoïque, derrière son imposant bureau.

Face au préfet Kuhn se trouvait un homme de dos, également assis, qui ne se retourna pas tout de suite. Jules Verne reconnut ce colosse, en habits sombres, au cou de taureau et aux biceps herculéens. Il l'avait vu poursuivre un bandit invisible à l'enterrement de Dubrion. Néanmoins, Jules frémit lorsqu'il pivota sur son fauteuil et qu'il plongea ses yeux dans les siens. De près, sa mine était encore plus patibulaire.

Sans prendre la peine de se lever non plus, comme la politesse l'exigeait pourtant, le chef de la police observa les nouveaux arrivants du coin de l'œil.

Toujours sans un mot, le préfet fit un signe de la main grandiloquent pour l'inviter à s'asseoir.

Jules Verne pensa :

On dirait un empereur romain au cirque. En voilà un accueil de mufle !

L'écrivain prit place en face du bureau et Lucien Carambel resta debout, près du siège de son aîné.

— Monsieur Verne, vous avez déposé une requête, lança le préfet, en ajustant ses lorgnons d'une main et en caressant de l'autre la barbe qui cachait ses joues vérolées par une rougeole fièrement vaincue dans l'enfance.

— Tout à fait, monsieur le préfet ! Hier, à votre secrétaire.

Le haut fonctionnaire regarda alors le papier qui était déplié sur son sous-main en cuir et corna un coin machinalement, avant de répondre d'une voix pleine d'autorité :

— Je ne peux y souscrire !

Jules Verne vit les épaules de taureau du commissaire se détendre, comme si cette nouvelle le soulageait.

L'écrivain allait protester, mais le préfet poursuivit en disant :

— Je ne vous ai pas présenté le commissaire Gamardin.

Jules se tourna vers lui et l'observa attentivement.

Rien chez lui n'inspirait la sympathie.

Une mine atroce que celle-là !

Une grosse moustache hirsute lui mangeait la lèvre du haut et laissait seulement apparaître celle du bas, très lippue. Des sourcils broussailleux recouvraient des arcades proéminentes, formant une barre noire sur un front court et saillant.

— J'ai été nommé en lieu et place de votre ami, le commissaire Chastagnol, annonça Gamardin d'une voix grave.

Il avait insisté avec lourdeur sur les mots « votre ami ».

— Je suis enchanté de faire enfin votre connaissance, mentit Jules, alors qu'un tressaillement soudain lui parcourait le dos. Je vous ai aperçu aux obsèques, l'autre jour. Voici monsieur Lucien Carambel ! Je l'héberge actuellement. Il est…

— Je sais tout à fait qui il est ! gronda le commissaire en coupant la parole à l'écrivain.

— Bien, si les présentations sont faites, reprit le préfet Kuhn, écartant la lettre de Jules Verne sur la droite de son bureau, je vais aller à l'essentiel. Monsieur Verne, j'ai lu, avec la plus grande attention, votre requête. Vous désirez consulter des pièces confidentielles qui étayent un dossier de police très sensible et examiner les écrits de celui que tout le monde appelle, grâce aux divagations d'une presse en quête de sensationnel, « le Gentilhomme cambrioleur ».

Il fusilla du regard le pauvre Lucien.

— Je proteste ! dit courageusement le jeune homme.

— Mais qui êtes-vous pour contester mes dires ?

— Monsieur le préfet, il est journaliste et défend la liberté de sa profession, déclara Jules Verne avec assurance.

— Oui, bien sûr, monsieur Verne, reprit le préfet Kuhn. C'est un petit chroniqueur et vous, vous êtes un grand écrivain. J'ai du respect pour vos livres, car ils font le bonheur des enfants. Mais je vous prie ardemment de ne pas vous mêler de nos affaires. L'an dernier, vous avez interféré dans les investigations d'une police que JE dirige ! Je ne vous en veux pas. Votre grand cœur vous aura fait suivre une brebis égarée qui agissait en dehors de toute procédure… Je parle, bien sûr, de ce Chastagnol.

— Ce Chastagnol que vous affublez d'un pronom démonstratif méprisant, comme on désigne une ignoble chose, est à présent l'époux de ma nièce et un membre de ma famille. Il a écroué un criminel qui tuait en série. Sans lui, qui sait combien d'innocents auraient encore péri sous les coups de couteau de l'éventreur d'Amiens ? Monsieur le préfet, la nation tout entière et vous, qui êtes son digne représentant, devriez remercier chaque jour cet homme pour son travail et…

— Soit ! Mais ma réponse est sans appel. Vous êtes un citoyen renommé de notre cité, mais cette affaire est celle du commissaire Gamardin, qui a toute ma confiance. De plus, il n'est pas concevable que la presse se mêle une fois encore de cette enquête.

— C'est fort regrettable, monsieur le préfet. Je ne constate là que des atteintes à la loi[1] qui garantit la liberté d'expression de cette noble profession ! Vous me voyez doublement déçu, d'une part pour le journalisme et d'autre part pour moi. Je croyais pourtant vous avoir démontré la justesse de mon expertise…

— Monsieur Verne, n'insistez pas. Je ne voudrais pas devenir désagréable.

— Mais, monsieur le préfet, vous l'êtes déjà !

Kuhn, sentant qu'il manquait d'autorité, se mit à faire preuve d'ironie.

— Écoutez, monsieur Verne, je n'ai d'ordre à recevoir que du président de la République, Jules Grévy ! Vous en avez le prénom, mais pas encore le nom ni la fonction, que je sache…

Assez fier de ce bon mot lâché aux dépens du citoyen le plus illustre d'Amiens, il interrogea du regard son sbire, qui lui renvoya un air entendu.

La connivence d'un maître et de son chien de garde !

Jules se vexa et une colère noire commença à l'envahir. Lucien Carambel, qui se tenait à côté, lui posa la main sur l'avant-bras pour le calmer et, surtout, pour signifier qu'il était temps de prendre congé.

Jules Verne remit brusquement son chapeau sur la tête.

— Dans ce cas, monsieur – il oublia volontairement le titre de préfet –, je crois que nous n'avons plus rien à nous dire.

---

1. Loi du 29 juillet 1881.

8

Samedi 20 octobre 1883
Musée de Picardie
21 heures

L'assemblée de notables avait pris place sur les chaises de velours grenat du grand salon du musée de Picardie, que les Amiénois appelaient *le petit Louvre*. Le lustre de cristal à demi-feux renvoyait, sur le haut plafond, la lumière verdâtre du gaz. La salle, à peine éclairée, paraissait n'avoir aucune limite, même si elle était décorée de tableaux de taille démesurée sur ses quatre côtés.

Depuis trois quarts d'heure, le brouhaha des conversations agitait l'assistance et le volume sonore grossissait telle une vague.

— Mais qu'attend-on pour commencer ? s'impatienta l'épouse du notaire Joliot, en remuant son éventail tout près de sa face maigre aux lèvres pincées.

— Il semblerait que Jules Verne tarde à venir, répondit la baronne de Vilvandré, en ajustant son cornet au creux de son oreille.

— Comme c'est étrange, il est plutôt connu pour sa ponctualité. Si cela continue, nous allons prendre racine ! répliqua la femme du notaire.

Charles Borély, le conservateur, s'inquiétait lui aussi. Effectivement, Jules Verne était très en retard pour cette inauguration et il fallait démarrer la cérémonie, car plus personne n'était monté par le grand escalier depuis au moins un quart d'heure.

Le maire, Alphonse Fisquet[1], tira une nouvelle fois sur sa montre à gousset et adressa au conservateur un regard appuyé qui signifiait qu'on ne pouvait plus attendre.

---

1. Le nom du maire a été changé.

Celui-ci prit donc la décision de commencer. Charles Borély était une figure tutélaire de la cité, très appréciée et respectée par les Amiénois pour avoir, en 1870, arraché des griffes prussiennes les œuvres majeures du musée, en les cachant. Il frappa trois coups brefs sur son pupitre avec le plat de la main.

Les dernières conversations s'éteignirent aussitôt.

Il s'éclaircit la gorge.

— Mes chers amis, soyez les bienvenus ! déclara-t-il d'une voix de tribun. Nous inaugurons aujourd'hui une exposition intitulée « Notre sœur, l'Italie ». On ne rappellera jamais assez les liens qui unissent la France à cette jeune nation, patrie de brillants artistes des siècles passés et de notre temps.

Il se tut alors pour laisser la parole au maire. Ce dernier s'éclaircit lui aussi la gorge, tout en ordonnant ses favoris, qui couraient sur ses joues, et débuta son discours.

— Chers amis, nous dédions cette exposition à notre regretté bienfaiteur, Louis Dubrion, dont la famille maternelle est indissociable de l'histoire de notre ville. Nous devons à Félix de Beaumont, son oncle, la création de la Société des antiquaires de Picardie et la construction de notre musée en 1867.

En prononçant ces mots, le maire ne put s'empêcher, en signe de soutien, de poser sa main sur l'épaule de la jeune veuve qui se tenait à son côté et qui avait l'âge de sa petite-fille. Josefa réagit comme si un fer rouge lui brûlait la peau, en se dégageant vivement. Elle ne voulait visiblement pas de sa pitié.

Alphonse Fisquet continua, comme si de rien n'était, d'une voix solennelle :

— Observons à présent une minute de silence pour rendre hommage à Louis Dubrion, dont le nom et le souvenir resteront à jamais gravés dans nos mémoires.

On entendit alors le bruissement des robes, tandis que l'assemblée se levait. Dans ce moment de recueillement, toutes les têtes s'inclinèrent respectueusement.

À cet instant, Jules Verne entra dans la salle et vint se placer près des trois personnes qui présidaient la cérémonie de vernissage.

L'écrivain, apparemment gêné d'être en retard, croisa les mains et baissa lui aussi la tête pour se joindre à l'hommage. Soulagé de sentir à son côté la présence rassurante de son ami, Charles Borély reprit la parole au pupitre :

— Nous remercions Robert Ier, dernier prince de Parme et de Plaisance, qui nous a fait l'honneur de nous prêter des œuvres maîtresses de sa collection. Et surtout la plus précieuse d'entre elles, une pièce de joaillerie inestimable : un collier de la reine Marie-Antoinette, dont le savoir-faire, ne l'oublions pas, est italien. L'amitié qui lie ces deux sœurs que sont la France et l'Italie est ancienne et cette exposition retracera quatre siècles d'histoire depuis le *Quattrocento*. L'Italie est la terre des arts, la patrie incontestée des plus beaux chefs-d'œuvre des grands maîtres : Léonard de Vinci, Michel-Ange, mais aussi les artistes de notre époque que sont Benvenuti, Sabatelli et Palizzi.

L'assemblée se mit à applaudir chaleureusement.

Sensibles à la splendeur de cette collection, les hommes n'avaient pourtant d'yeux que pour la ravissante Italienne, en robe violette, dont la poitrine haute était très en valeur dans son habit. Les femmes, elles, s'indignaient intérieurement qu'elle ne fût pas en noir, comme le deuil d'un conjoint l'exigeait. Et sans voilette, de surcroît ! En effet, les boucles brunes de Josefa étaient déployées sur ses épaules nues. Elle contrastait avec les austères épouses amiénoises, dont les boutons de nacre remontaient avec prudence jusqu'au cou et boudinaient encore davantage le triple menton. Si Lucien Carambel avait été là, elle lui aurait fait penser à une héroïne romantique échappée d'un tableau ou d'un roman d'aventures, la Médée furieuse de Delacroix, ou bien l'Atala, forte et agissante, de Chateaubriand. Il aurait vu en elle une femme hors du commun, dans les veines de laquelle coulait un sang aristocratique, vibrant du feu des créatures habitées par la passion et le drame. Cependant, aucun des notables présents n'avait ces références. Et pas un ne souhaitait réellement s'approcher d'elle, car ils la craignaient comme on redoute un cheval fougueux. Ils avaient même de l'admiration envers le défunt mari

« pour avoir eu le courage de seller pareille pouliche », jamais avares, entre hommes, d'un bon mot. Quant à leurs épouses, elles étaient tout simplement jalouses.

— Madame Dubrion, reprit le maire, malgré votre douleur et la perte tragique de notre cher Louis, vous êtes tout de même présente au vernissage de cette exposition. Vos liens indéfectibles avec votre cousin nous valent de contempler, aujourd'hui, le fameux collier au diamant bleu de Marie-Antoinette, enfin de retour en France après tant d'années d'exil.

Il jeta un regard au conservateur qui, lui, observait sa fiche, car il allait se lancer dans le passage historique ardu de sa présentation.

Charles Borély reprit, concentré :

— Très chers amis, retraçons ensemble le destin incroyable de ce joyau. Avant la Révolution, la reine de France, se sachant menacée, confia ce collier à sa fille, Marie-Thérèse, qui le légua elle-même à sa nièce et fille adoptive, la duchesse Louise d'Artois, le transmettant à son tour à son fils Robert Ier, dernier prince de Parme et de Plaisance. Il nous le remet aujourd'hui, le temps de cette exposition, honorant les liens d'amitié qui unissent la France à l'Italie. Ce bijou sera la pièce maîtresse de cette manifestation grâce à sa cousine, madame Dubrion, qui le lui a gentiment demandé.

Le conservateur avait pris soin de ne faire aucune allusion aux nombreux refus qu'il avait essuyés avant que l'Italien ne finisse par accepter. En effet, il avait fallu que Borély négocie avec tact, ruse et intelligence. Il avait dû promettre, en échange, le prêt d'inestimables tableaux du musée de Picardie. Robert Ier n'avait donc pas consenti en raison de sa parenté avec sa cousine, mais par intérêt personnel. S'il eût seulement été question de politique, il aurait refusé, les relations diplomatiques entre les deux pays étant tendues, surtout depuis la mainmise de la France sur la Tunisie. Robert, au diapason de l'opinion publique italienne, n'avait alors guère apprécié l'ingérence française dans une Tunisie qui, tant sur le plan historique que géographique, était bien plus liée aux Italiens. Flouée par cette « gifle de Tunis », l'Italie était furieuse. Rome venait même de signer, avec Berlin et Vienne, le traité de la Triple-Alliance par lequel l'Allemagne et l'Autriche-Hongrie lui promettaient aide et assistance en cas d'agression par la France ou la Russie. Et réciproquement ! Les « deux sœurs » étaient désormais de vraies ennemies. Elles se trouvaient dans des camps diplomatiques rivaux, tandis que se développaient, dans la presse et dans les esprits, des ferments d'hostilité et de nationalisme.

L'auditoire applaudit une fois encore, impressionné par l'intérêt que portait un duc italien à un musée d'Amiens. On chuchotait derrière les éventails qu'il était un des hommes les plus riches d'Europe. Les plus avisés, dont les nostalgiques de la royauté, avaient appris la disparition en août dernier du comte de Chambord, Henri V, le prétendant au trône de France. Héritant de son oncle, l'Italien Robert de Parme était donc devenu le propriétaire du plus beau des châteaux de la Loire…

Tandis que le conservateur poursuivait son ode à l'absent, le maire regardait le préfet, assis au premier rang, à côté duquel se tenait le commissaire Gamardin. Un sentiment de satisfaction se lisait dans leurs yeux.

La police avait été efficace. Depuis une semaine, on avait patrouillé dans le bâtiment et ses moindres recoins, contrôlé tous les accès, vérifié toutes les identités. Dans ces conditions, nul n'envisageait un nouveau vol du Gentilhomme cambrioleur, ni ce soir ni le temps que durerait cette exposition.

Il faudrait être fou pour s'attaquer à un lieu hautement gardé, où quasiment tous les effectifs de police de la ville et des renforts venus de toute la Picardie veillent en ce moment même, jour et nuit, au pied des collections ! pensa Gamardin.

Pour l'instant, la vitrine qui allait recevoir le collier était vide, lourde, intransportable, inviolable grâce à son verre épais et à son enveloppe grillagée. Elle serait en permanence surveillée par quatre policiers en armes, un mois durant. Ce dispositif et ce déploiement de forces n'avaient rien à envier à ceux de Scotland Yard pour la protection des joyaux de la Couronne britannique.

Gamardin avait pensé à tous les détails. Il affichait un petit sourire serein.

Autant vouloir se jeter dans la gueule du loup !

Il avait poussé le zèle jusqu'à fouiller lui-même les notables et avait vérifié en personne chaque carton d'invitation, prenant, au passage, un certain plaisir à montrer à cette bourgeoisie hautaine la supériorité émanant de son autorité.

Jules Verne, quant à lui, se tenait droit et impassible. La veuve du notaire Joliot, dont la vue baissait de jour en jour, lui trouva pourtant une mine affreuse. Elle présuma qu'il devait trop travailler.

Voilà où mène la surproduction littéraire : à l'épuisement !

Le conservateur du musée avait presque terminé son discours et prononça enfin :

— Il est temps à présent de vous présenter le collier de la reine.

Le commissaire Gamardin déplia sa grosse carcasse et se dirigea vers le coffre.

Borély lui remit la clé et le policier ouvrit la porte.

Le bijou scintillait de mille feux, alangui sur un plateau d'argent. On n'attendait plus qu'un signe du conservateur pour l'en tirer et le placer dans sa vitrine protégée.

Ce dernier tendit à Jules Verne une paire de gants blancs, qu'il enfila consciencieusement pour bien ajuster le tissu à ses doigts.

L'écrivain était un ami de longue date de Borély. Il avait été entendu que ce serait à lui de déposer le collier dans son écrin. Qui d'autre que Jules Verne, la figure la plus illustre d'Amiens, chevalier de la Légion d'honneur, aurait pu avoir ce privilège ?

Ses doigts gantés saisirent alors délicatement le bijou. Malgré le faible éclairage, le diamant central renvoya un éclat puissant, d'un bleu profond, pareil à un morceau d'océan.

Il prolongea l'instant et des applaudissements se propagèrent dans toute l'assemblée.

Les petites pierres, encadrant la plus grosse, scintillèrent de mille feux dans la lumière pourtant poussive du lustre. Lorsque l'écrivain brandit le collier au-dessus de sa tête afin que tous puissent l'admirer, le bijou sembla crépiter à la manière d'un feu de Saint-Elme.

Le temps était suspendu, comme tous les regards l'étaient sur les mains de Jules Verne.

Tout à coup, une déflagration retentit, suivie de plusieurs autres.

Quelqu'un hurla :

— Une explosion de gaz !

De la fumée se répandit instantanément dans toute la pièce.

En un rien de temps, le nuage de vapeur nappa tous les protagonistes. Gamardin aperçut l'écrivain disparaître, englouti dans l'épais brouillard.

Il sortit son arme, tandis que des cris affolés éclataient dans la salle.

Une énorme bousculade se propagea. Des chaises tombèrent lourdement sur le parquet de chêne et les femmes se mirent à hurler encore plus fort.

Chacun cherchait à fuir par une porte qu'on ne voyait plus, dans une cohue insensée, oubliant tous les bonnes manières.

— Au secours !

— Poussez-vous !

— Fichtre !

— Nom de Dieu !

— Dégagez ! Bougre de c... !

On entendait maintenant des jurons et des grognements dignes d'un marché à bestiaux.

Et puis tous se mirent à tousser de concert, car une épouvantable odeur de soufre, pareille à des douzaines d'œufs pourris, envahit la pièce.

Gamardin, complètement désorienté, brandissait son Chamelot-Delvigne[1] face à des volutes de fumée suffocante.

Il tentait de marcher à contre-courant, chahuté, poussé et heurté par des dizaines d'épaules.

1. Revolver assez commun à l'époque, surtout utilisé dans l'armée.

On criait désormais « au feu » sans même avoir vu de flammes.

Le commissaire fut alors pris d'une quinte de toux. Les yeux brûlants, noyés de larmes, il éructait. De sa main libre, il saisit un bras, le tira et tâcha d'identifier l'inconnu. Il tenait fermement Josefa. Il la poussa contre le mur pour qu'elle ne se fasse pas piétiner par un flot d'invités qui cherchaient une issue, en vain, se heurtant tous à des fenêtres condamnées et à la porte close.

Au bout de quelques instants, le brouillard diminua un peu et les cris cessèrent, tandis que les notables hagards hoquetaient et que certains autres vomissaient même sur les tapis.

Lorsque la fumée se dissipa enfin, les femmes gisaient au milieu de leur jupon et de chaises renversées, assises sur des éventails brisés, des hauts-de-forme écrasés et des chaussures orphelines. Elles sanglotaient, les yeux rougis, les joues noyées de larmes, le nez écarlate et humide comme les pochetronnes de Saint-Leu. Les maris tentaient de les relever en maudissant leur embonpoint. La baronne de Vilvandré était à genoux, le chapeau toujours sur la tête, mais de travers, cherchant à récupérer son cornet cassé, qui avait roulé sous le pupitre retourné.

Gamardin se tamponnait le visage avec un mouchoir, tout en toussant. Il prit quelques secondes pour se remettre et annonça :

— Tout le monde va bien ? Que s'est-il passé ?

Il regarda les becs de gaz, qui semblaient intacts. Ce n'étaient pas eux qui avaient produit l'explosion.

Les policiers présents dans la salle recouvraient, eux aussi, peu à peu leurs esprits.

Le conservateur Borély, étendu au beau milieu de ses fiches éparpillées, se releva difficilement et s'enquit de la santé du maire, tandis que ce dernier se préoccupait de celle du préfet. Kuhn se tenait la joue enflée et récupérait par terre ses lorgnons cassés. Il avait pris un magistral coup de genou au visage en trébuchant dans les pieds du premier édile.

Gamardin, appuyé contre le coffre, les yeux rougis, dit alors :

— Où est Jules Verne ? Et où est le collier ?

Peut-être que l'écrivain était écrasé sous le tas de chaises ? Peut-être avait-il été victime d'une syncope à côté des vitrines ?

Le commissaire s'appliqua à le chercher partout, même derrière les épais rideaux qui cernaient les fenêtres.

Au bout d'interminables secondes, il réalisa qu'il n'était plus là.

Un petit sifflement provint de sous le pupitre. Gamardin se mit à genoux et s'aperçut que les vapeurs qui les avaient plongés en enfer quelques instants auparavant émanaient d'un curieux cylindre sur le sol. Il l'écarta rageusement de la main, le projetant contre une plinthe.

Encore un coup du Gentilhomme cambrioleur !

Il se releva, comme mû par un ressort, et rugit :

— Que personne ne sorte d'ici ! Perrin ! Fouille au corps pour tout le monde !

L'inspecteur, qui semblait avoir inhalé une très forte quantité de gaz tant il était livide, titubait. Était-il en état d'exécuter cet ordre ?

Les notables juraient. Ils voulaient de l'air pur, mais Gamardin avait condamné toutes les fenêtres et la porte était inexplicablement bloquée.

Comment ce diable de Jules Verne a-t-il pu sortir d'ici ? Et, bon sang, qui a le collier ?

Il n'était pas question qu'il restât une seconde de plus dans ce creuset qui sentait le soufre.

Le commissaire, arme en main, se dirigea vers la porte et cria à l'attention de ses hommes qui, à l'extérieur, la gardaient.

— Ouvrez ! Ouvrez, bande d'imbéciles !

— La serrure est coincée… On essaye depuis un bout de temps de la forcer ! lui répondit une voix d'homme.

Le commissaire se déchaîna sur la poignée, tout en invectivant furieusement les policiers derrière.

— Poussez-vous, incapables !

Gamardin, la mine féroce et la bave aux commissures, s'élança contre le double vantail. Son épaule robuste ébranla un battant et en brisa la moulure dorée. Il prit davantage de recul et un impact impressionnant fit enfin céder les deux panneaux.

Lorsqu'ils humèrent l'air pur du couloir, les invités voulurent tous sortir immédiatement. Gamardin se retourna vers eux, les menaçant soudain de son arme, peu importait qu'ils fussent notaires, banquiers ou politiciens.

— L'inspecteur Perrin va vous fouiller ! éructa-t-il. Mettez-vous en rang d'oignons !

Puis il s'adressa aux plantons en saisissant l'un des deux par le col de la veste :

— Où est Jules Verne ?

— Il est parti tout courant quelques secondes après les cris ! Il a descendu l'escalier quatre à quatre.

— Et pourquoi ne l'avez-vous pas rattrapé ? gronda Gamardin.

— On a cru à une bonne drisse[1] ! dit le plus âgé, qui assurément était picard.

— Pauvres idiots ! Pourquoi avez-vous fermé cette porte derrière lui ?

— Mais c'est pas nous !

Le policier fut rapidement rejoint par des dizaines d'autres. On descendit l'escalier, on se précipita dehors pour apprendre que le gardien de l'entrée principale avait vu, lui aussi, l'écrivain partir en courant.

Il fallait bien s'y résoudre : Jules Verne venait de dérober le collier de la reine en enfumant toute la galerie !

Des voitures policières roulaient à vive allure sur le boulevard Longueville, les chevaux écumant sous le fouet de leurs cochers. Elles tournèrent à droite et firent un arrêt brutal devant la grille de la maison à la Tour, au 2, rue Charles-Dubois.

1. « Diarrhée ».

Gamardin fut le premier à en descendre et se heurta au portail de la demeure de l'écrivain. De rage, il agrippa de ses deux pognes puissantes les barreaux et les secoua de sa force herculéenne. Tout vibra dans un concerto tonitruant : le fer, les huisseries et la cloche suspendue.

Il hurla avec l'organe d'un baryton :

— Ouvrez ! Police !

Follet, l'épagneul picard des Verne, lui fit alors front en aboyant derrière la grille.

Une toute petite bonne femme apparut. C'était Rose, la domestique. Elle se frottait les yeux, tout en l'invectivant de sa voix de crécelle :

— Mais qu'est-ce qu'y veut, çui-là ? C'est-y pas malheureux d'réveiller toute eul maisonnée à ch't'heure-là !

— Silence, femme ! rugit le commissaire d'un ton plein d'autorité. Fais taire ce chien sur-le-champ, sinon je le crève d'une balle dans la panse ! Ouvre vite cette porte !

Il brandit sous le nez de la domestique sa carte de police.

La pauvre Rose ne savait pas lire, mais la tête de cet homme lui rappela celle de tous les tyrans qu'elle avait croisés, ceux qui l'avaient rossée dans son enfance, des maîtres bien moins bons que Jules et Honorine Verne. Elle hésitait à déverrouiller la serrure avec la clé qu'elle tenait dans sa main droite. Elle tremblait tellement qu'elle faillit faire tomber plusieurs fois le précieux sésame sur les pavés de la cour.

— Vas-tu te presser, empotée ? On dirait que tu fais tout pour protéger ce voleur de Verne !

Rose finit par s'exécuter. Elle s'écarta légèrement et sentit alors une vingtaine d'hommes la frôler. Ils filaient à tout rompre vers la porte d'entrée, qu'elle avait laissée entrouverte.

Y sont sacrément courchés[1]*. Quéque chose eud terrible va arriver à c'bon m'sieur Verne !*

---

1. « En colère ».

Son mari, Eugène, malgré un sommeil lourd, avait été réveillé lui aussi par le tapage du commissaire. Il avait accouru immédiatement pour la rassurer. Il se chargea de retenir à deux mains l'épagneul picard qui menaçait de mordre les policiers passant à portée de gueule.

Le couple, toujours figé dans la cour, entendit la cohorte envahir bruyamment le jardin d'hiver.

Le grainetier en cèdre qu'Honorine tenait de sa mère fut renversé. Le contenu de ses multiples tiroirs remplis de ses précieuses semences se répandit sur le sol. Les pots des plantes choyées par Madame se brisèrent un à un. Les inestimables orchidées tropicales et les petits palmiers furent piétinés sur le beau carrelage que la domestique avait frotté le matin même. Les semelles crottées de terre souillèrent aussi les élégants tapis du salon.

Dans la pièce, Gamardin avait commencé à soulever les fauteuils et le reste du mobilier sous les feulements de Mistigri, qui défendait la maison de son maître.

En quelques secondes, le rez-de-chaussée fut inspecté.

Le voleur des joyaux de la reine n'y était visiblement pas.

Ils gravirent alors l'escalier en colimaçon.

Au premier étage, Lucien Carambel venait de sortir de son lit, les cheveux ébouriffés et l'œil mi-clos, se demandant la raison de tout ce boucan. Le flot de policiers dans le couloir le força à se plaquer contre une porte.

Gamardin pénétra enfin dans la chambre de l'écrivain.

Ce dernier était couché.

— Debout, Verne ! Ne faites pas semblant !

Le commissaire, dans un geste d'impatience, arracha la couverture du lit qu'il jeta furieusement par terre. Jules était en liquette, un bonnet de coton sur les oreilles pour le protéger des courants d'air nocturnes.

Il paraissait dormir à poings fermés, malgré la tapageuse intrusion.

Le policier se mit alors à secouer l'écrivain en le saisissant violemment par les épaules.

Jules Verne émergeait d'un lourd sommeil, relevant le bord de son bonnet, qui lui cachait l'œil droit.

Il articula, la voix pâteuse :

— C'est vous, commissaire ? Que me voulez-vous ?

— Où est le collier ? Le collier de la reine ! hurlait Gamardin à lui en faire saigner les oreilles.

— Chuuuuut ! répondit l'écrivain qui referma les paupières.

Honorine Verne, qui couchait dans la chambre d'à côté – non parce qu'elle ne s'accordait pas avec son mari, mais parce qu'il ronflait un peu trop entra dans la pièce, les mains sur les hanches, et vociféra :

— Que faites-vous ici ? Et à cette heure ? Laissez mon époux tranquille ! Veuillez sortir de chez nous ! Quelle honte ! Le préfet entendra parler de vous. Je vous ordonne de quitter notre demeure sur-le-champ !

— Votre mari est en état d'arrestation, madame Verne ! Perrin, chargez-vous d'elle ! cria le commissaire en adressant à l'inspecteur un mouvement de menton pour appuyer son injonction.

Le jeune policier semblait aussi catastrophé que l'épouse qui venait de réaliser pourquoi cet homme était là.

— Laissez-moi ! cria Honorine à Perrin, qui agissait pourtant avec douceur pour l'amener à sortir de la chambre.

Honorine était inquiète et affolée. Lucien la réconforta comme si elle eût été sa propre mère.

Jules paraissait lutter contre le sommeil et les regardait tous s'agiter sans bien comprendre ce qu'il se passait. Il avait envie de dormir et tous ces gens faisaient beaucoup trop de bruit.

Gamardin secoua une nouvelle fois l'écrivain.

— Où l'avez-vous mis, bon sang ?

Il soufflait sa mauvaise haleine à quelques centimètres du visage de Jules Verne, qui articula difficilement :

— Arrêtez ! Vous sentez le chou et les dents gâtées… Allez-vous-en ! Revenez demain… J'ai sommeil…

— Ne te paie pas ma tête, Verne ! On t'a vu t'enfuir du musée ! cria Gamardin, comme s'il s'adressait à la pire des ordures. Tu es fait comme un rat. Embarquez-moi ça au poste ! Et que ça saute !

9

DIMANCHE 21 OCTOBRE 1883
BUREAU DU COMMISSAIRE
AU MATIN

Jules Verne aperçut le gros titre du journal posé sur le bureau du commissaire Gamardin :

née. — N° 3902. Prix du Numéro : 15 centimes. Dimanche 21 Octob

LE PROGRÈS DE LA SOMME

Jules Verne a volé le collier de la reine !

Serait-il le Gentilhomme cambrioleur ? par D.Bynov

Il venait d'émerger d'un lourd sommeil sans rêves dans une cellule de dégrisement.

À son arrivée au poste dans la nuit, il n'avait pas été en mesure de répondre aux questions du commissaire, qui, de rage, l'avait poussé sans ménagement dans une geôle où cuvait déjà un ivrogne ramassé sur la voie publique. À l'aube, l'écrivain avait été conduit, menotté comme le plus dangereux des criminels, dans le bureau du chef de la police.

Depuis lors, Jules Verne attendait sur une chaise. Un gong résonnait de plus en plus fort à l'intérieur de son crâne à mesure qu'il émergeait de la brume cotonneuse dans laquelle il se trouvait.

La porte claqua soudainement.

Jules Verne sursauta.

Le commissaire Gamardin apparut dans la pièce.

La lèvre inférieure en avant sur une mâchoire redoutable, l'arcade sourcilière proéminente, les yeux ourlés de noir, profondément enfoncés dans leur cavité, il ressemblait à un bouledogue hargneux. Sur ses joues, des poils de barbe naissante montraient qu'il n'était pas rentré chez lui cette nuit. Ses pupilles, pareilles à deux abîmes au fond desquels brillait un éclat de haine, le fixèrent un bref instant avant qu'il ne prononce :

— Enfin, vous allez pouvoir passer aux aveux !

— Monsieur le commissaire, articula Jules Verne, dont les mots avaient encore du mal à se former, je suis victime d'une terrible méprise.

— Tiens donc ! Nous vous avons tous vu voler ce collier, hier soir… Cinquante-trois invités, dont le maire, le conservateur, le préfet de la Somme… Et vous faites toujours l'innocent depuis votre arrestation ? Vous affirmez que l'on vous a drogué ? Oh, je ne lis pas beaucoup, monsieur Verne, et vos contes de fées ne m'intéressent pas. Ma littérature à moi, c'est de récolter par écrit les dépôts de plaintes, les témoignages des victimes et les aveux de la pègre ! Ce que je sais, c'est que les écrivains dans votre genre débitent du boniment comme personne et usent de la drogue comme d'autres sucent des bonbons au miel. Je vous repose donc mes questions : où avez-vous planqué ce collier que vous avez volé quand vous étiez sous l'emprise de l'opium ou de je ne sais quoi d'autre ? Et pourquoi avez-vous tué monsieur Dubrion ?

— Monsieur le commissaire, vous commettez une grave erreur. Je vous assure que je suis innocent. Et je n'ai jamais été tenté par les paradis artificiels.

— Les paradis artificiels ? Bon sang, de quoi parlez-vous ?

Gamardin lui avait pourtant dit qu'il était insensible à la littérature. Il ne pouvait donc pas apprécier cette métaphore baudelairienne.

Jules Verne reprit, en essayant d'être plus clair :

— Commissaire, je suis une personne honnête. Je ne me saoule pas et je me drogue encore moins. Ce n'est pas dans ces substances hallucinatoires que je puise mon inspiration, mais dans mes connaissances et mon imagination. Et je n'ai rien à voir avec la mort de monsieur Dubrion. Je suis un homme de lettres et je ne fréquente pas le monde des affaires. Vous n'aimez pas les écrivains, certes, mais c'est la réalité, certains sont bons pour divertir et pour instruire et d'autres pour faire appliquer l'ordre et la loi. Et je pense mériter un peu plus de considération de votre part, car je suis persuadé que, lorsque l'on construit une bibliothèque, on ferme une prison.

— Faites le malin, Verne, avec vos mots savants ! Je n'ai pas encore de preuves pour l'assassinat de Dubrion, mais pour le vol, en revanche, vous étiez bien au musée hier soir. Où est le collier ?

— Je ne suis pas sorti de chez moi ! Je me suis senti fatigué après le déjeuner et j'ai rejoint ma chambre pour une sieste. Je me souviens que mon épouse m'a appelé pour le dîner. Je lui ai dit que je gardais le lit et j'ai refusé son bouillon. Et puis vous êtes venu me réveiller en fanfare au début de la nuit…

Gamardin laissa paraître un sourire simiesque qui dévoila deux rangées de dents féroces. Il frappa du poing sur la table en criant :

— Une femme protège toujours son mari ! Et vous avez pu quitter votre chambre en douce et y revenir une fois votre larcin commis !

— Et si vous aviez vu quelqu'un d'autre ?

Gamardin esquissa une nouvelle grimace.

— Mais tout le monde est témoin ! Comment autant de personnes auraient-elles pu être victimes d'une berlue pareille ?

— Quelqu'un se sera grimé et aura pris mes traits. C'est manifeste ! Vous croyez m'avoir vu, vous m'avez reconnu, certes, mais vous ne m'avez pas observé. Si vous l'aviez fait, vous sauriez que je ne suis pas celui qui était hier au musée…

Le commissaire fit retomber ses deux bras le long de son corps dans un geste d'agacement :

— Mais bien sûr que c'était vous ! La même barbe, la même corpulence… Vous vous teniez à côté de moi. Vous êtes arrivé en retard.

— Ah voilà ! En retard ! À côté de vous, c'est bien cela ? Pas en face pour bien me voir ! Et l'endroit était-il éclairé ?

— Quelle défense ridicule ! Je suis catégorique, vous étiez bien là. Je peux même vous dire qu'il y avait des fientes de pigeon sur votre soulier droit.

— Alors, vous aviez la tête baissée et vous n'avez donc regardé que mes pieds. Il est évident que vous vous teniez à côté du Gentilhomme cambrioleur.

— Mais VOUS êtes le Gentilhomme ! Encore une fois, nous sommes une cinquantaine à en témoigner. Depuis ce matin, tous les habitants de la Somme en sont convaincus et, ce soir, le monde entier ! hurla-t-il, excédé.

— Seriez-vous stupide à ce point ?

Gamardin, piqué au vif, fit craquer ses phalanges, le fixa intensément, puis se ravisa. Un autre que Verne aurait pris une claque gigantesque dont il avait le secret, de celle qui vous étourdit et qui vous laisse un bourdonnement dans les oreilles des heures durant après vous avoir arraché un cri de douleur.

Puis le commissaire se baissa à sa hauteur et articula :

— Vous êtes un voleur doublé d'un assassin !

Jules Verne essuya d'un revers de manche le postillon qu'il venait de recevoir juste au coin des lèvres. Il le dévisagea quelques instants de ses iris bleu pâle vacillants, toujours sous l'empire de la drogue qu'il avait absorbée. Il inspira une grande bouffée d'air, espérant ainsi pouvoir mieux raisonner et sortir pour de bon de sa torpeur.

— Commissaire, je n'ai assassiné personne. Je ne ferais déjà pas de mal à une mouche. Quant au vol de ce collier, je n'y suis pour rien non plus. Il est à peu près sûr que j'ai été drogué lors de mon déjeuner avec mon ami, Frédéric Petit, hier midi. Nous sommes allés à la Brasserie bavaro-belge, rue de Beauvais. J'y ai pris un plat du jour et un bock de bière. Il y avait du monde dans la salle et je pense que mon verre a été empoisonné, car, de retour chez moi, j'ai été saisi d'une grande lassitude que j'ai mise, de prime abord, sur le compte de la fatigue. Je suis monté pour une sieste qui s'est, comme je vous l'ai dit, prolongée au-delà du raisonnable.

— Je n'en crois pas un traître mot ! Pourquoi ne vous êtes-vous pas excusé auprès du conservateur ? Vous saviez que vous inaugureriez l'exposition en soirée.

— Mais je l'ai fait, commissaire. Enfin, j'ai demandé à Honorine de rédiger un billet, avant de sombrer dans un lourd sommeil duquel vous m'avez arraché violemment. Elle a sans doute chargé Eugène, mon domestique, de porter le pli à mon ami Charles Borély.

— Je ne vous crois pas ! Vous mentez comme un bonimenteur de foire ! cria Gamardin en dépliant ses larges pognes sur la table.

— Vérifiez par vous-même !

— Inutile ! Borély vous attendait au musée. Cela signifie qu'il n'a pas eu ce message !

Face à cette évidence, Jules Verne n'eut rien à répondre.

Il ne s'expliquait pas pourquoi le conservateur n'avait pas reçu son billet. Son domestique l'avait-il délivré ? Et puis, finalement, Honorine avait-elle rédigé ce mot d'excuse ? Il opta donc pour un argument d'autorité, comme l'avait fait le préfet avec lui lors de son entretien dans son bureau. La lecture de *L'Art d'avoir toujours raison*, ouvrage d'Arthur Schopenhauer paru une vingtaine d'années auparavant, lui revint en mémoire, preuve qu'il reprenait peu à peu ses esprits. Gamardin était buté et peu cultivé de surcroît. Comme il l'avait appris dans cet ouvrage, les personnes de cette espèce étaient davantage sensibles aux assertions fondées sur l'autorité, que sur la logique.

Il osa :

— Je suis Jules Verne. Je ne peux pas être coupable. Je ne vois pas pour quel motif j'aurais, aux yeux de tous, dérobé ce bijou. Et pourquoi aurais-je tué un homme que je ne connaissais même pas ? Je suis célèbre et respecté. J'ai tout à perdre. Je gagne ma vie très honorablement avec mes romans et n'ai nullement besoin de voler ni de spolier qui que ce soit.

Gamardin le dévisagea et sembla un instant adhérer à cet argument, puis afficha à nouveau son sourire inquiétant pour déclarer :

— Je suis certain que vous avez des dettes, comme les gens qui vivent au-dessus de leurs moyens. Un collier de cette valeur vous aiderait grandement. Avouez-le, Dubrion vous a refusé un prêt !

Jules Verne chancela. La substance ingérée altérait visiblement toujours ses facultés mentales pour continuer cette joute verbale éreintante. Gamardin n'était pas un idiot. C'était juste un homme pragmatique et terre à terre. L'écrivain dut produire un effort pour lui opposer alors :

— Et je serais tranquillement rentré chez moi ? Vous divaguez !

— Avouez que vous usez d'opium ou de morphine ! Montrez-moi vos bras ! Je suis certain d'y trouver une trace d'aiguille.

— Vous voyez bien que non ! fit Jules Verne en retroussant ses manches.

— Cela ne prouve rien pour autant ! On peut se piquer dans un pied ou dans la fesse. Cessez vos salades ou je vais de ce pas vous déculotter pour vérifier !

Jules se décida donc à admettre.

— J'ai pris quelque chose. C'est certain.

— Ainsi donc, vous ne niez pas !

— Bien sûr que non, mais seulement à mon insu. Cette substance m'a cloué au lit pendant que le Gentilhomme a emprunté mes traits. Il est arrivé en retard, à un moment où vous étiez tous en recueillement, la tête baissée, pour une minute de silence et indubitablement concentrés sur le discours du conservateur. La grande salle éclaire le dessus du crâne et laisse le reste du visage dans l'obscurité : lors de mes allocutions en ce lieu, j'ai moi-même toujours du mal à lire mes notes. Comme tout bon magicien, le voleur a fait diversion avec un objet. Le collier, sans aucun doute. Vous avez fixé ce bijou au lieu de regarder la figure de celui qui le tenait. Et ce nuage chimique dont vous m'avez parlé, croyez-vous que je sois en mesure de le fabriquer ?

— Bien sûr, vous écrivez des livres scientifiques !

— Vous vous méprenez ! Je compose des histoires qui traitent de progrès, mais je ne suis pas un homme de science… Seul un chimiste est en mesure de préparer un procédé à base de bromoacétate d'éthyle…

— Vous voyez, c'est vous ! Vous savez même de quoi était remplie cette capsule de gaz, alors que vous prétendez que vous n'y étiez pas !

— Mais parce que c'est évident ! Je lis des revues pour me documenter. Il est certain que ce brouillard irritant pour les yeux, provoquant un écoulement lacrymal, une inflammation des poumons et des vomissements, en contenait. Cela fait des années que ce composé existe. Et cette odeur d'œufs pourris dont vos hommes m'ont parlé, c'est du sulfure d'hydrogène… du soufre !

— Du soufre ?

— Oui, vous sentiez le pet lorsque vous m'avez réveillé !

— Justement ! Vous connaissez tous ces poisons !

— Mais que faut-il vous dire pour vous convaincre de mon innocence pourtant manifeste ?

— Ça suffit, Verne ! reprit Gamardin en le tutoyant à nouveau, comme la nuit passée. Tu ne m'impressionnes pas avec ton grand bazar de science. Si, dans cette ville, on te mange dans la main, ce n'est pas le cas dans mon commissariat. Moi, tu ne me la fais pas !

Il attrapa l'écrivain au collet. L'interrogatoire était entré dans une phase plus musclée.

Jules, terrorisé par la violence du commissaire, lança pourtant :

— Est-ce ainsi que vous menez vos audiences ? Par la familiarité, l'insulte et l'intimidation ? Et si vous essayiez le raisonnement pour changer ?

— Perrin ! hurla Gamardin, en tenant toujours par le col Jules Verne, qui commençait à manquer d'air.

L'inspecteur apparut dans la pièce et Jules fut heureux d'apercevoir un visage amical.

Le jeune policier avait été doux lors de son interpellation. Il l'avait aidé à monter dans le véhicule, alors qu'il titubait sous l'effet du sédatif.

— Oui, commissaire ?

— Remettez-moi ça en cabane !

Gamardin desserra son emprise sur la gorge de Jules Verne, qui toussa en se massant le cou.

L'inspecteur Perrin le regarda avec un air contrit qui montrait tout de sa réprobation envers les ordres de son supérieur.

Il prononça :

— Monsieur le commissaire, je dois vous dire que je n'apprécie pas du tout vos méthodes ! Vous vous méprenez ! Je connais monsieur Verne et sa probité est…

Tout à coup, la vitre se brisa en un bruit cristallin, projetant des éclats partout dans la pièce.

— Qu'est-ce que c'est ? cria Gamardin après avoir bondi de peur.

Il resta ensuite bouche bée, pendant quelques instants, devant son bureau maculé de morceaux de verre au milieu desquels un paquet avait atterri, mais analysa la scène très rapidement.

Un attentat ! Un engin explosif ? Un récipient de poudre, lui-même rempli de balles, de clous ou de pierres ? Pas de mèche ! Pas de fumée ! La chose aurait déjà sauté à l'impact…

L'écrivain, au moment du bris de la vitre, s'était réfugié par réflexe contre le torse de Maurice Perrin, qui s'était tourné. Le pardessus du policier était criblé d'éclats de verre sans qu'il en fût blessé.

— Grands dieux ! Vous n'avez rien, monsieur Verne ? demanda l'inspecteur.

— Sapristi ! Je crois être intact. Et vous, mon garçon ?

— C'est une pierre emballée ! hurla Gamardin. On a attaqué la République et ses représentants ! C'est le Gentilhomme cambrioleur !

— Ce qui signifie que j'ai le don d'ubiquité ! cria Jules Verne, laissant exploser sa colère. Car comment pourrais-je être ici et dehors à la fois, sombre crétin ?

Gamardin n'entendit pas la remarque ni même l'insulte. Il se rapprocha de son bureau en fourrant la main au fond de sa poche. Il s'empara d'un petit canif en nacre, décoré d'un quartier de lune.

Un objet bien trop délicat pour cette grosse pogne ! On dirait un gorille jouant à la dînette, pensa Jules Verne.

Avec difficulté, le commissaire parvint enfin à sortir la lame et découpa la cordelette qui bardait le projectile. Il ôta l'emballage pour y trouver une simple brique. En revanche, l'intérieur du papier était recouvert de mots.

Il lut :

Mon pauvre commissaire,

Vous avez arrêté un innocent !

Vous présenterez mes excuses à monsieur Verne. Je lui ai emprunté son visage hier soir et je l'ai drogué aussi. La bière cache si bien l'amertume de mon mélange.

J'ai également assommé le domestique de monsieur Borély, juste après que celui de monsieur Verne lui a remis son message.

Allez donc libérer ce malheureux qui est ligoté dans la cave à charbon où il doit mourir de soif, il attestera cette confession !

Vous vous demandez comment j'ai pu aussi bien imiter monsieur Verne. Il existe un arbre dont la sève, collée sur le visage, restitue ses rondeurs lorsqu'elle sèche. Ajoutez à cela de la paraffine, des fards sur des prothèses, des postiches naturels pour les cheveux, la barbe et le tour est joué !

Relâchez la victime de votre méprise. J'espère que monsieur Verne me pardonnera. Dites-lui que je vole pour une juste cause. J'espère également ne pas avoir trop entaché sa réputation.

Et j'oubliais, comme je l'ai déjà écrit au cimetière, je suis innocent du crime que l'on me fait endosser.

Je le répète : je ne suis pas le meurtrier de Dubrion !

Recherchez l'assassin ! Ne perdez pas davantage de temps avec ce pauvre monsieur Verne, car quelqu'un tue dans votre ville.

À très bientôt...

Le Gentilhomme cambrioleur

10

Dimanche 21 octobre 1883
Rue du commissariat principal
En fin de matinée

Jules Verne venait tout juste de quitter le commissariat. Les premiers pas sur le trottoir avaient été difficiles tant son équilibre était encore perturbé par la substance qu'il avait ingérée. Lucien, qui était arrivé, lui donnait le bras. À peine s'étaient-ils éloignés de quelques mètres qu'ils furent rejoints par l'inspecteur Perrin.

— Messieurs, voulez-vous que je hèle un fiacre ?

— Non merci. Je préfère rentrer à pied. L'air me fait déjà du bien, répondit Jules en s'agrippant à un bec de gaz, comme l'aurait fait un homme saoul.

— Alors, appuyez-vous sur moi de l'autre côté. J'ai terminé mon service et je regagne mon garni pour me coucher.

— Comme je vous plains de travailler avec un malotru pareil ! Gaston Chastagnol doit beaucoup vous manquer…

— Je suis vraiment désolé, monsieur Verne, de ne pas avoir pu m'opposer davantage au commissaire.

— Arrêtez donc de vous confondre en excuses ! Vous avez été très aimable durant toute cette mauvaise comédie et vous avez fait en sorte de rendre plus humaines mes conditions de détention. Et cela malgré l'infâme odeur d'urine, qui me brûle encore le nez ! Je vous remercie également pour l'oreiller et la couverture, mais pas pour l'ignoble grabat où j'ai passé la nuit et qui a réveillé mon rhumatisme. Pour cela, vous n'y pouviez rien. Je vais écrire au préfet pour lui dire que j'ai été victime de violences de la part de ce rustre de Gamardin qui n'a aucune humanité. Que peut-il arriver de pire à un citoyen que d'être molesté par la police qui doit le protéger ?

Au bout de quelque temps, Jules marcha d'un pas plus assuré en direction du centre-ville. L'air vif lui faisait du bien. De chaque côté, les deux jeunes hommes le tenaient encore par le bras. Il sentait glisser sur lui le regard consterné et réprobateur des passants qui le croisaient. Il s'empourpra de colère et maudit le Gentilhomme pour le tour infamant qu'il venait de lui jouer.

Pourquoi m'a-t-il humilié de la sorte ? Se peut-il que je m'en sois fait un ennemi à mon insu ? Je n'ai jamais été indélicat avec quiconque et je ne me connais pas d'adversaires. Le Gentilhomme est-il de ceux qui ne respectent rien ni personne ? Comment vais-je laver ma réputation désormais entachée ?

— Ne vous inquiétez pas, Jules. Demain, ils auront tous oublié, affirma Lucien, qui avait parfaitement compris l'émoi de l'écrivain.

— Crois-tu, mon garçon ?

— Bien sûr ! Bynov n'est pas bien futé, mais je parie qu'il va faire de vous la victime d'une terrible erreur judiciaire avec un article ô combien sensationnel, dans l'unique but de faire vendre du papier.

— Ah, Lucien, je ne désire pas la compassion des lecteurs… Je requiers seulement la justice. Je veux désormais laver mon honneur et clouer, pour de bon, le bec de la malignité publique.

— Quand on parle du loup, il sort du bois, murmura Maurice Perrin. Regardez donc qui vient vers nous !

Le journaliste vedette du *Progrès de la Somme* marchait crânement sur le boulevard.

Qu'il a l'air farce[1] *!* pensa Maurice Perrin.

D. Bynov était habillé comme un dandy du siècle précédent. Il avançait vers eux coiffé d'un haut-de-forme, vêtu d'une redingote mauve et chaussé de souliers pointus tellement cirés qu'on pouvait se voir dedans.

1. « Qu'il est ridicule ! »

L'homme était précieux. Tous les matins, il passait avec soin sa chevelure à l'huile de Macassar du pharmacien Dacheux, une lotion en réalité frelatée qui était un mélange de graisse d'oie, de citron et d'écorces d'orange, vendue à prix d'or. Une raie séparait savamment sa tignasse bouclée et luisante qui jaillissait de façon grotesque de chaque côté du chapeau. Les deux extrémités de sa petite moustache étaient roulées, quant à elles, à la cire d'abeille.

Derrière le D., personne ne connaissait son prénom ; c'était en fait Diogène. Il avait été objet de railleries à l'école communale de Guignemicourt, village de trois cents âmes au sud-ouest d'Amiens. C'était le patronyme de sa mère, Marie Diogène, qui avait voulu que son nom de jeune fille devienne le prénom de son enfant. Au début de sa carrière, ce fils de paysan avait craint qu'on ne découvrît qu'il s'appelait en réalité Binoche, comme l'outil avec lequel son père arrachait les mauvaises herbes. C'est pourquoi il l'avait transformé en « Bynov » et prétendait être le cousin éloigné de l'empereur de Russie. Puisque cela faisait vingt ans qu'il donnait le change, il n'avait plus désormais qu'une angoisse, que le rédacteur du journal ne se lassât de lui et qu'il finît pauvre sans travail et sans biens. Jules ne connaissait pas cette histoire, il le trouvait simplement mauvais. Et il était pire que cela, en vérité ; seulement, son patron, Francis Français, ne semblait pas s'en rendre compte, pas plus, d'ailleurs, que les fidèles du *Progrès de la Somme*, en quête de faits divers et non de littérature.

— Monsieur Verne ? Vous vous êtes échappé de votre cellule, pérora le journaliste lorsqu'il fut à portée de voix.

— J'ai été relâché, car je suis innocent ! Je n'ai pas eu le malheur de lire votre galimatias qui trônait, ce matin, sur le bureau de Gamardin, mais je vous suggère un démenti rapide dans une édition spéciale.

— En êtes-vous sûr ? Le commissaire m'a pourtant assuré que vous étiez le Gentilhomme.

— Allez donc le lui demander à présent, afin d'écrire, cette fois, un véritable article documenté. Vous n'oublierez pas de préciser que Gamardin est une brute épaisse qui m'a molesté sans ménagement.

— C'est une excellente idée ! Je vois déjà le gros titre : « Jules Verne, victime d'une erreur judiciaire ! » Cela va s'arracher comme des petits pains...

Jules Verne, Lucien et Maurice prirent congé sans saluer le journaliste et se mirent en marche vers la maison de l'auteur.

— Qu'est-ce que je vous disais ? Vous pouvez compter sur ce bouffon d'opérette, ajouta le policier.

Au fur et à mesure que son esprit devenait plus clair, Jules fulminait. Il réalisa qu'il n'était pas en mesure de rentrer chez lui au risque d'inquiéter encore davantage Honorine.

— Faisons une halte, ordonna Jules Verne sur le pas de la porte d'un café, rue des Vergeaux. J'ai besoin d'une pause.

Une fois assis, Jules commanda un verre d'eau-de-vie à la place de son habituel lait chaud.

Les deux jeunes gens regardèrent l'écrivain avaler le breuvage d'une traite et en demander un autre aussitôt.

— Je vous l'annonce officiellement, messieurs, le Gentilhomme cambrioleur est dans ma ligne de mire. Je compte bien le démasquer et lui faire payer l'affront que je suis en train d'essuyer.

— Et que dire de cet imbécile de Gamardin qui est bête à manger du foin à tous les repas ? ajouta Lucien.

— Cet homme n'est pas idiot, mon garçon. Il n'a simplement pas d'imagination. Ce qui est pire !

— Encore une fois, monsieur Verne, je... je suis vraiment désolé pour toute cette histoire.

— Maurice, arrêtez de vous flageller ! Vous n'êtes pas responsable. Vous voulez me rendre un service ? Eh bien, laissez-moi consulter toutes les lettres originales du dossier. Je n'ai pu que parcourir un très bref instant la dernière, celle qui entourait la brique, et j'y ai déjà appris beaucoup de choses.

— Mais comment avez-vous fait ? Gamardin ne vous l'a pas montrée !

— J'ai la faculté de rédiger en écriture spéculaire, comme le faisait Léonard de Vinci, et donc de lire également par transparence.

— Spéculaire ? reprit Maurice Perrin.

— Oui, en miroir ! Ou à l'envers, si vous préférez. Puisque Gamardin se tenait dos à la fenêtre et que le papier était fin, j'ai pu observer quelques caractéristiques graphologiques très intéressantes. Tout d'abord, cela conforte ma première hypothèse : le Gentilhomme est indéniablement un homme, car il ne surélève pas les minuscules de ses « s » et de ses « r », comme le font les femmes. La hampe de ses « p » est également courte. Son tracé n'a rien de sensuel. Il écrit avec netteté et simplicité… de la sobriété en sorte, ce qui est étrange de la part de ce personnage fantasque… preuve qu'il incarne un rôle. De plus, il a de l'instruction. Il n'a commis aucune erreur orthographique. Les mots ont été rédigés et formés à la perfection… Je n'ai remarqué aucun tremblement, de ceux que l'on peut imputer à la précipitation, à la nervosité ou au grand âge par exemple. Ma conclusion est donc que nous avons affaire à un homme assez jeune, avec de l'éducation, et sans aucun doute de bonne constitution physique. Et je pense qu'il exagère volontairement son caractère extravagant.

— Vous avez raison, monsieur Verne. L'épisode du musée nous prouve bien qu'il a retenu sa respiration un long instant. La capsule a explosé, le gaz s'est propagé et il ne s'est enfui que lorsque le brouillard est devenu opaque. Une apnée d'au moins deux minutes ! Sans compter qu'il a couru très vite dans le grand escalier.

— Maurice, fit Jules Verne, les yeux dans ceux du policier, j'aimerais beaucoup consulter ses autres lettres. Seulement, vous devez savoir, avant de prendre votre décision, que le préfet me l'a interdit.

— Monsieur Verne, je…

L'inspecteur sembla hésiter une fraction de seconde et poursuivit :

— Je n'approuve pas la manière dont cette enquête est menée et je vous aiderai volontiers avec cet acte d'insubordination… d'autant plus que j'ai intercepté un courrier de Gamardin qui demande au préfet de me faire muter à Abbeville à la fin de l'année.

— Tiens ! Et pourquoi donc ?

— Je serais une « forte tête »…

— Au moins vous, vous en avez une ! ajouta Lucien en riant.

— Il faudra cependant agir avec prudence, affirma Maurice Perrin. Je suis de garde la nuit prochaine. Soyez devant la porte à une heure du matin, c'est à ce moment précis que le planton prend sa pause.

— Puis-je me joindre à vous ? demanda Lucien. Rassurez-vous, je ne couvre pas l'affaire. Je ne compose plus que les petites annonces à la fin du journal. Moi aussi, j'ai attiré les foudres de mon patron.

— J'ai lu vos articles. Je les ai trouvés fort bien écrits, le complimenta Perrin.

— Depuis, Bynov rédige tous les papiers… Ce matin, je me tenais dans le couloir de son bureau. Le directeur de l'hospice des incurables est venu lui apprendre qu'une carriole de nourriture, de pains, de fruits et de légumes frais avait été livrée dans la cour de son établissement de la part de monsieur le Gentilhomme cambrioleur. L'homme a insisté pour que tout le monde le sache, mais Bynov n'a pas jugé bon de diffuser cette information. Lorsque je lui ai demandé pourquoi, il m'a répondu : « Je veux donner une dimension encore plus maléfique à cet homme. Mes lecteurs doivent le haïr et non l'aimer ! »

Jules se releva difficilement. Ses muscles étaient endoloris par la nuit passée à dormir sur une planche.

— Bien ! Rentrons, Lucien ! J'ai besoin d'un bain chaud et surtout de retrouver Honorine. Maurice, nous serons bien à une heure du matin devant le commissariat. Dans tous les cas, cette histoire ne me fera pas écrire aujourd'hui. Et sans doute encore moins demain…

11

Lundi 22 octobre 1883
Rue du commissariat principal
1 heure

— Allons-y ! La voie est libre, souffla Perrin en passant la tête par la porte du commissariat.

— Mais votre collègue ? demanda Lucien.

— Il fume derrière, dans la cour. Dépêchez-vous !

Jules Verne et le jeune homme s'engouffrèrent dans le bâtiment à pas de loup.

— Patientez là, dans ce réduit, chuchota le policier. D'ici deux minutes, il va revenir au guichet et nous pourrons ensuite traverser la cour et entrer dans le bureau de Gamardin, qui est dans la dépendance.

La porte se referma sur leur nez.

C'était un placard étroit, encombré de balais et d'une vieille chaise dépaillée et cassée. La petitesse de ce débarras rendait impossible le moindre mouvement. La porte était ajourée et laissait passer la pâle lumière des lampes. Jules et Lucien étaient torse contre torse et retenaient leur souffle pour ne pas risquer de faire tomber un objet, priant pour que le policier en service abrège sa pause au plus vite.

Le planton revint.

Ils entendirent son pas traînant se rapprocher et sentirent, par les planches mal jointes, les relents écœurants de son odeur de tabac.

Il s'arrêta juste devant la porte du réduit. Le sang de l'écrivain se figea et Lucien ferma les yeux, comme pour mieux se concentrer sur son immobilité. Le planton échangea alors une banalité sur le temps qu'il faisait avec Maurice Perrin, puis Jules comprit, à cause du bruit des pieds de chaise, qu'il s'était rassis à son poste, au guichet. Il se mit à tamponner des papiers.

Maurice ouvrit doucement le placard. Jules et Lucien s'en extirpèrent avec prudence, priant pour qu'aucune articulation ne craquât et que l'homme, qui leur tournait le dos, ne se relevât pas.

Silencieusement, ils sortirent par la porte de derrière donnant sur une cour, et rejoignirent la tanière de Gamardin.

— Son bureau n'est-il pas fermé à double tour ? demanda Jules en chuchotant.

— Bien sûr que si, répondit Maurice, à voix basse, mais j'ai un double des clés. Gaston Chastagnol m'en avait fourni un. Il avait une totale confiance en ses inspecteurs, lui.

Maurice déverrouilla la serrure avec précaution.

La porte ne grinça pas. À tâtons, le policier alluma une lampe.

Éclairé par une flamme naissante, l'endroit était encore plus sinistre qu'en plein jour. Jules réalisa que Gamardin se contentait de peu : un bureau en bois usé, des étagères de guingois et un meuble avec des pochettes à soufflet. Cet endroit avait tout d'une cellule monastique.

Preuve supplémentaire que la fantaisie n'a pas sa place dans la vie du commissaire…, pensa Jules Verne.

La fenêtre était flanquée de barreaux suffisamment espacés les uns des autres pour laisser passer une brique, mais assez rapprochés pour retenir un homme, comme dans les prisons. Elle donnait sur la rue.

Jules Verne s'inquiéta :

Une source de lumière, si faible soit-elle, pourrait indiquer notre présence. Le policier de garde pourrait rompre son habitude de fumer dans la cour en le faisant sur le trottoir pour une fois…

Sans perdre une seconde, Maurice se mit à fouiller dans le tiroir du bureau. Il trouva tout de suite le dossier du Gentilhomme, qu'il posa sur le sous-main.

Jules avait déjà sorti une loupe de sa besace. Il commença par examiner attentivement le premier courrier à la lueur de la lampe.

Parcourant le papier de la lentille grossissante, son visage empruntait tour à tour des expressions différentes. Ses sourcils s'agitaient sur son front. Très concentré, il passait le bout de la langue entre ses lèvres et lançait par moments de petites exclamations. Ni Lucien ni Maurice n'osaient poser de questions. Le temps jouait contre eux. L'inspecteur se contentait de lui tendre chacune des lettres et de remettre la précédente au même endroit dans la pochette.

Jules Verne venait de finir l'étude graphologique des messages. Alors que Maurice rangeait avec soin le dossier dans le tiroir, Lucien aperçut une ombre passer devant la fenêtre.

Il pensa tout de suite à un chat. Il approcha son visage du carreau fraîchement remplacé, au travers duquel on voyait très clair, contrairement aux anciens. Intrigué, il sonda la rue du commissariat. C'est alors qu'il vit, sur le bord de la croisée, une main gantée.

Il s'exclama :

— Là, dehors ! Quelqu'un !

Alerté, Maurice accourut en un éclair et vit un bout de cape sombre battre dans le vent :

— C'est le Gentilhomme ! Vite, suivez-moi !

Jules, qui rangeait sa loupe, fut le dernier à sortir du bureau. Il rejoignit les deux jeunes gens, qui s'étaient arrêtés dans la cour, au pied du mur encadrant le bâtiment. À la surprise de Maurice, Lucien se mit à prendre de l'élan et se jeta à l'assaut de l'enceinte qui dépassait pourtant très largement la hauteur d'un homme. Avec l'aisance d'un athlète, il se hissa très facilement par-dessus. Voyant que le jeune journaliste était parvenu à l'escalader, le policier voulut l'imiter. Pendant que Jules aidait Maurice en le poussant par-derrière, Lucien, déjà sur le trottoir, interrogeait du regard la chaussée, se demandant par où le Gentilhomme avait bien pu filer. Il entendit soudain, sur sa droite, l'écho de souliers battant le pavé.

Lucien, fin et agile, avait toujours été premier en gymnastique. Il grimpait aussi avec célérité à la corde sans nœuds. Il maîtrisait également des agrès plus complexes, comme la poutre ou les barres parallèles. Sa pratique du vélocipède à travers la campagne rouennaise lui avait donné de l'endurance, sculptant ses cuisses et ses mollets. Il se lança donc à toute allure à la poursuite du fuyard.

Il n'y avait pas âme qui vive dans cette rue endormie. Les débitants de boissons et les filles de joie avaient déserté ce quartier depuis l'implantation du commissariat et de l'éclairage aux becs de gaz.

L'ombre se dirigeait maintenant vers le nord. Parvenu à un croisement, Lucien se demanda s'il fallait aller à droite ou à gauche. Il hésita quelques secondes, mais entendit à nouveau une cavalcade. Tel un chasseur, il reprit alors sa course effrénée sur les pavés d'Amiens. L'homme l'avait conduit tout droit dans la vieille ville et son dédale de ruelles, sans doute pour mieux l'y perdre.

Au détour de l'une d'entre elles, la cathédrale Notre-Dame se dressa comme une apparition fantomatique, nimbée de rayons lunaires.

Le Gentilhomme l'emmenait dans les profondeurs de Saint-Leu. À mesure qu'ils s'enfonçaient dans ce quartier populaire et mal famé, les rues devenaient toujours plus étroites et tortueuses, se transformant en venelles sinistres.

Lucien gagnait petit à petit du terrain. Par moments, le jeune journaliste apercevait un bout de cape, juste avant qu'il ne disparaisse au coin d'une autre ruelle.

Tout à coup, Lucien trébucha, bousculant un ivrogne endormi sous une porte cochère, qui lui répondit par un grognement pareil à celui d'un goret.

Les maisons de bois et de paille jaillirent devant eux. On pénétrait dans le plus bas des bas quartiers. La chaussée était désormais embourbée d'immondices glissantes que Lucien parvenait à éviter miraculeusement, tel un acrobate, risquant à tout instant de se fracasser le crâne sur les pavés disjoints.

Un peu plus loin, Lucien dérangea des rats qui se délectaient d'ordures au milieu du margouillis fumant jonchant le passage. Certains fuirent en poussant de petits cris stridents, mais deux d'entre eux voulurent lui mordre les mollets au passage. Lucien n'en avait jamais vu de si gros.

Le Gentilhomme était toujours aussi rapide et l'ensemble du quartier semblait se liguer contre Lucien, lui présentant encore et encore des séries d'obstacles à escamoter. Au milieu d'une ruelle obscure, il se heurta à un mendiant puant comme un bouc qui le maudit de sa bouche putride, exhibant une mâchoire boursouflée et purulente. Ce dernier réveilla d'autres pauvres diables endormis sous des portes cochères.

Le quartier Saint-Leu ressemblait à la cour des Miracles, peuplée de milliers de créatures hostiles tapies dans l'ombre qui dégageaient à l'unisson la même haleine de bête faisandée. Lucien continuait de courir sans faiblir. Les lucarnes et les façades vermoulues étaient autant de visages moqueurs qui se délectaient de ses déboires.

Le Gentilhomme longeait désormais les quais de la Somme. Il semblait enfin s'essouffler et perdre un peu de son avance. Lucien était à présent à moins de cinquante pas de lui.

Au bout du quai, les lanternes d'un tripot miroitaient sur le fleuve. Le Gentilhomme courait droit vers le débit de boissons. Les éclats de voix avinées qui s'échappaient du caboulot parvenaient aux oreilles de Lucien.

Trois clients braillaient des chansons grivoises devant le bouge. Leur corpulence massive obstruait la ruelle étroite comme un bouchon de liège dans le goulot d'une bouteille.

De fait, le Gentilhomme ne put ralentir sa course et percuta de plein fouet les pochetrons, qui s'écrièrent, indignés :

— Holà, min grand ! Quo qu'té viens d'garoter[1] pour déguerpir comme cha ?

Lucien en profita pour fondre sur le fuyard.

Il s'exclama, triomphant :

— Enfin, je te tiens ! Aidez-moi, vous autres, c'est le Gentilhomme cambrioleur !

Lucien, adepte de la lutte depuis plusieurs années, avait commencé à immobiliser les bras du voleur.

1. « Voler ».

Trois paires de mains puissantes vinrent donc en renfort.

Vaincu, le Gentilhomme cambrioleur cessa de s'agiter.

— Eul Gentilhomme ? s'exclama un homme borgne, exhalant une haleine méphitique chargée d'alcool. T'as décaroché[1], min tiot !

Il ôta d'un geste violent la capuche qui recouvrait le visage du fuyard.

Lucien n'en crut alors pas ses yeux.

La veuve du banquier !

— Madame Dubrion ?

— Lâchez-moi, *bruti* ! cria-t-elle.

Elle se débattait vigoureusement et, en libérant une de ses mains, écorcha la joue du borgne.

— Ch'est qu'elle frétille, eul belle donzelle ! convint-il d'une voix pâteuse.

— Elle a foulu t'crefer tin œil ! Ch'te ficieuse, elle a l'diable dins l'fentre ! constata son comparse, qui n'avait plus une seule dent en bouche.

— Elle a surtoute eud bieaux ongles tout bien propes et chés mains rudement blanques, té veux dire, Bouque-sans-dents, remarqua le troisième, qui ressemblait à un hareng bien mariné.

— J'la f'rais bien guincher[2] sur min serpent ! bava le borgne.

— Qué belles pommes ! tâta le hareng.

— Assez, messieurs, il suffit ! cria Lucien, d'une voix pleine d'autorité.

Ils le fixèrent tous, interloqués durant un instant, et puis soudain, ils éclatèrent d'un rire tonitruant.

— Hé, dégage, fiu[3] ! Maint'nant, elle étot à nous ! crâna le borgne.

Josefa, les cheveux défaits, jetait des regards courroucés. Elle tenta de se libérer, mais deux hommes l'entravaient pendant que le troisième repoussait Lucien.

---

1. « Tu as perdu la tête. »

2. « Danser ».

3. « Fils ».

— Je vous défends d'outrager cette dame ! lança-t-il avec courage.

— Va donc t'en quère[1] une aut', morveux ! Va jougler[2] ailleurs, tiot drôlet ! vitupéra le borgne.

Il lui assena alors, du plat de son immense main, une claque monumentale. Lucien en fut propulsé comme un fétu de paille et percuta bruyamment une porte.

Assommé, il s'écroula dans l'hilarité générale.

Josefa Dubrion, solidement maintenue par les deux autres, criait d'une voix aiguë en italien :

— *Lurido porco ! Che tu e i tuoi fratelli possiate morire sputando sangue*[3] *!*

Le borgne, pour rabattre le caquet de cette arrogante femelle, prit le foulard crasseux qu'il ôtait rarement de son cou et la bâillonna avec fermeté.

C'est alors que le hareng déchira sans ménagement la chemise de Josefa, laissant jaillir sa poitrine.

— V'nez, on va la faire couiner, ch'te putain-là !

Le borgne fit signe à ses deux compères d'emporter leur butin dans l'arrière-cour du troquet.

La captive luttait toujours. Elle invectivait, tentait de griffer les trois brutes. Elle réussit même à donner un coup de coude dans les côtes du hareng, lui arrachant une grimace de douleur.

Ce dernier lui rendit la monnaie de sa pièce avec un généreux revers de la main pour l'estourbir un moment.

Josefa, presque assommée par la claque, n'opposait plus aucune résistance.

Le borgne la chargea sur son épaule. Malgré l'alcool ingurgité, son sexe dressé dans le pantalon commençait à être douloureux. Il jeta brutalement la jeune femme au pied d'un tas d'ordures. La

1. « Chercher ».
2. « Jouer ».
3. « Sale porc ! Que tes frères et toi mouriez en crachant du sang ! »

pauvre Josefa gisait désormais sur le dos, à demi inconsciente, au beau milieu des choux pourris et des oignons rances destinés aux cochons du patron du troquet.

— Ch'est mi l'premier ! annonça-t-il, en se déboutonnant avec avidité.

— Pourquoi ch'est ti ? protesta le hareng, en crachant par terre.

— Brin tin cul[1] ! s'emporta Bouque-sans-dents qui n'en pensait pas moins.

— Ferme eut' gueule ! Ch'est mi qu'a raqué toutes les tournées[2] ! répondit le borgne.

Face à cet argument incontestable, les deux autres se dirigèrent vers la jeune veuve afin de lui maintenir les pieds et les mains.

C'est alors qu'une ombre, soudain tombée d'un toit, les interpella :

— Messieurs, veuillez lâcher cette dame sur-le-champ !

Surpris, les trois compères relevèrent la tête.

Une personne masquée, vêtue elle aussi d'une cape, venait d'apparaître sous leurs yeux médusés. Mais celle-là avait la voix grave.

— D'où qu'té sors, ti ? s'exclama le borgne. Du carnaval ? Elle est à nous, ch'te catin-là ! Ne t'mets point dins min jeu[3], guignol !

Hilares à la gouaille de leur chef, ses compères se tenaient les côtes.

Pour se moquer encore un peu plus, le borgne ajouta une raillerie :

— Comment qu'té attifé, min coco ! On in peut pus d'rire ! Té veux pas nous faire eune tiote danse ! Ou bien, si té t'prends pour un magicien, té pourrais disparaîte, ce s'rait miux !

Pour toute réponse, l'homme masqué donna alors un coup de pied appuyé dans l'entrejambe découvert du borgne.

Ce dernier jura, puis s'écroula en se tenant les parties à deux mains.

1. « Merde ! »
2. « J'ai payé toutes les tournées ! »
3. « Ne t'occupe pas de mes affaires ! »

Cela eut pour effet de calmer les deux autres ivrognes, qui, soudain, arrêtèrent de rire comme des benêts.

Le poing serré, Bouque-sans-dents tenta de frapper son adversaire, qui esquiva aisément l'assaut et lui décocha au passage un puissant crochet dans l'estomac. Alors que le pochetron était plié en deux, l'homme l'attrapa par son foulard et, d'un habile mouvement, le fit pivoter au-dessus de son épaule comme s'il eût été un vulgaire sac de grains. Le souffle coupé, l'ivrogne s'effondra dans les oignons pourris.

L'individu au masque noir n'eut pas besoin d'attaquer le hareng, qui déguerpit sans demander son reste. Alors, il s'empara d'une bouteille de gnôle vide qui traînait au pied du tas de fumier et la lança. Elle atterrit pile sur le crâne du fuyard, qui s'écroula, assommé, au milieu de la ruelle.

Josefa Dubrion avait recouvré ses esprits. Elle leva les yeux vers celui qui avait volé à son secours et ôta, dégoûtée, son bâillon répugnant.

Il lui tendit la main pour l'aider à se relever.

La jeune femme le regarda, incrédule.

Il lui sourit.

Elle réalisa alors que le Gentilhomme cambrioleur venait de la sauver.

— Vous n'auriez pas dû être devant le commissariat cette nuit, même si c'est pour la bonne cause, celle de connaître l'identité de l'assassin de votre mari. Amiens peut être une ville dangereuse, surtout pour une dame.

Sa voix était suave, presque douce.

Il reprit :

— D'autant plus que vous vous trompez, Josefa ! Je n'ai pas tué votre époux. Je vous le jure.

Il l'avait appelée par son prénom.

Pour une fois muette, ne sachant pas si elle était toujours en colère ou si elle était soulagée, elle se contenta de fixer son masque noir. Mais, la nuit étant obscure, le visage de l'homme demeurait entièrement dans l'ombre.

Après cette agression, elle, pourtant si téméraire, avait à présent les jambes qui tremblaient.

Le Gentilhomme semblait hésiter entre deux possibilités : fuir ou continuer de lui parler.

Soudain, un coup de feu retentit au bout de la ruelle.

Quelqu'un venait de tirer en l'air.

Le temps que Josefa comprenne qu'il s'agissait du policier Perrin, le Gentilhomme avait disparu, comme aspiré par les ténèbres.

— Mon Dieu, Lucien ! Madame Dubrion ? Mais que s'est-il passé ici ? C'est vous qui les avez assommés ?

Il désigna les trois individus qui gisaient sur le pavé.

Retrouvant la parole, elle cria en montrant du doigt l'obscurité de l'arrière-cour.

— Non, c'est le Gentilhomme. Suivez-le ! Il est parti par là.

— Madame, il y fait nuit noire et je ne m'aventure habituellement pas dans ce quartier sans un renfort d'hommes aguerris…

Josefa réalisait maintenant qu'elle avait failli être violée. Cela lui donna alors un regain de colère. Elle s'approcha du borgne, qui se tenait toujours les parties intimes, pleurant de son œil unique, et lui adressa un grand coup de botte dans les côtes. Ensuite, tandis que le second tentait de se relever, encore à moitié groggy, elle lui écrasa rageusement les phalanges, puis administra un coup de pied, suivi d'un crachat, au dernier étendu de tout son long au milieu de la rue.

— Déguerpissez, *codardi*[1] !

Maurice s'enquit alors de l'état de santé de Lucien.

Le dos contre la porte cochère, le jeune homme frottait l'énorme bosse qui avait poussé sur son front.

Livide, il murmurait :

— Ma… dame… Dubri…

1. « Lâches ».

— *Grazie a Dio*[1], je n'ai rien, rassurez-vous ! fit-elle en s'approchant de lui pour l'aider à se mettre debout.

Lucien baignait désormais dans un parfum de miel, de cire chaude, de chèvrefeuille et de fleur d'oranger. Ses yeux se posèrent, bien malgré lui, sur la poitrine dénudée de la jeune femme. Où était-il ? Au jardin d'Éden ou bien dans un tableau de Delacroix ?

Elle s'en aperçut et cacha son sein d'un geste gêné.

— Il nous faut partir avant que toute la pègre du quartier ne rapplique, ordonna Maurice, tout en aidant Josefa à relever Lucien. Vous m'expliquerez plus tard ce qu'il vient de se passer dans la cour de ce tripot. Lucien, peux-tu marcher ?

— Oui… je crois.

— Mes enfants, vous avez failli me tuer ! souffla une voix qui reprenait difficilement sa respiration.

— Jules ? Comment se fait-il que vous soyez là ?

— Maurice, tout cet exercice n'est plus de mon âge ! J'ai utilisé les paniers à claire-voie de la cour pour escalader le muret, car je ne me voyais pas ramper devant le comptoir du planton pour sortir. Voilà votre clé ! Rassurez-vous, j'ai tout remis exactement à sa place. J'ai bien refermé le bureau de Gamardin avant de partir. Notre intrusion passera inaperçue, mais ce coup de feu va bientôt faire rappliquer tout le monde.

Il remarqua Josefa et reprit :

— Madame Dubrion ? Mais que faites-vous ici au beau milieu de cette rixe ? Tenez, revêtez donc ma veste pour vous couvrir et permettez-nous de vous aider à regagner votre domicile afin que vous soyez en sécurité.

— *Basta !* Cessez de bouger ! En Italie, c'est ainsi qu'on soigne les *bernoccoli*. Une pièce d'argent et un pansement !

1. « Dieu merci. »

— Une pièce posée sur une bosse ? Superstition ! s'exclama Jules Verne.

Josefa finit le bandage de Lucien avec une boucle. Il n'y avait eu, fort heureusement, aucune plaie ouverte, seulement une belle protubérance de la taille d'un œuf de pigeon.

Elle s'installa ensuite dans un fauteuil.

Elle avait revêtu une robe de chambre à la place de son pantalon d'homme et de sa chemise déchirée.

C'était donc chez l'aristocrate italienne qu'ils avaient tous trouvé refuge. Une bûche réconfortante brûlait dans l'âtre du salon d'apparat, ce même salon où Lucien avait été reçu lors de son audience.

Les trois compères buvaient à présent une *grappa* revigorante.

Josefa avait un bleu sur la pommette, souvenir cuisant du revers de la main du hareng ; d'autres qu'elle s'en seraient plaintes. Elle avala d'un trait un verre de l'alcool de sa terre natale en guise de remède, sans même faire la grimace.

— Que faisiez-vous cette nuit à regarder par la fenêtre du commissariat, chère madame ? commença Jules Verne.

Ses grands yeux noirs dans ceux de l'écrivain, elle le dévisagea et répondit avec assurance :

— J'ai juré que je vengerais la mort de Louis et je voulais voir si le commissaire Gamardin était aussi déterminé que moi à rechercher son meurtrier.

— Vous devriez savoir que les nuits sont peu sûres à Amiens…, affirma Maurice.

— Vous croyez que ces *miserabili pezzi di merda*[1] m'ont fait peur ? fit-elle, relevant le menton fièrement. Je ne trouverai pas le sommeil, tant que je n'aurai pas appris qui a tué mon mari. Il a beau m'avoir sauvé, ce *ladro*[2] a volé le collier de mon cousin.

— Mais pourquoi avez-vous couru ? demanda Lucien.

1. « Ces petites ordures ».
2. « Voleur ».

— J'ignorais que c'était vous ! J'ai cru qu'on allait m'arrêter. J'étais affolée.

— Vous n'auriez pas dû fuir vers les bas quartiers.

— C'est parce que vous me poursuiviez, *signore* Carambel !

— Et le Gentilhomme vous a sauvée avec héroïsme, comme vous nous l'avez raconté. Sans doute vous suivait-il lui aussi ! Ou alors… il nous suivait, nous trois ! dit Jules Verne.

— Messieurs, vous auriez dû voir cela. Quelle bagarre, il n'a fait qu'une bouchée de ces trois *codardi*, annonça Josefa après avoir avalé un autre verre, le claquant sur la petite console en marbre.

— Madame Dubrion, je n'ose imaginer… Ces trois brutes allaient vous… Je regrette que nous soyons partis comme des voleurs, en les laissant libres. Nous aurions dû attendre les renforts et les faire arrêter.

— Mais voyons, Lucien, nous ne pouvions pas, gronda Jules Verne. Nous aurions tous eu des problèmes ! Vous, Maurice et moi ! Comment aurions-nous justifié notre escapade nocturne ? Vous oubliez que Gamardin est omnipotent. Le préfet lui a donné toute sa confiance. Avez-vous vu comment il m'a traité ? J'ai été rudoyé comme le plus abominable des criminels. C'est un homme violent. Il nous aurait rendus complices du Gentilhomme cambrioleur.

— Puisque nous parlons de lui, fit Josefa, savez-vous ce qu'il m'a dit après avoir corrigé ces *bastardi* ? Il m'a juré ne pas avoir assassiné mon époux…

— Il ne cesse de nous le dire avec véhémence. Mais la question est : le croyez-vous ? demanda Jules.

Elle baissa les yeux et annonça :

— Il a dérobé le collier, et Dieu sait quoi d'autre… Pourtant, je sens, après l'avoir eu devant moi, qu'il est incapable de tuer.

— Alors, madame, dans ce cas, vous voilà convaincue, comme nous le sommes, qu'il y a bien deux individus distincts : un voleur et un assassin. Le voleur, vous venez de le rencontrer. Quant à l'assassin, c'est celui qui a signé la lettre retrouvée sur le sous-main du bureau de votre époux. Cette lettre, je l'ai examinée tout à l'heure et j'ai désormais la certitude que le Gentilhomme n'en est pas l'auteur.

— C'est le moment de nous expliquer votre raisonnement à ce sujet, Jules, fit Maurice, impatient d'en savoir plus.

— Ce soir, j'ai pu étudier les différents courriers du Gentilhomme. Les messages laissés sur les lieux des vols sont bien rédigés de sa main. C'est le même scripteur. Tout concorde. En revanche, celui du crime de votre mari est l'œuvre d'un faussaire. Quand on examine sa graphie à la loupe, on remarque d'infimes hésitations qui trahissent une écriture imitée. Il est, par conséquent, certain que le véritable assassin veut faire endosser le meurtre de votre époux au Gentilhomme cambrioleur.

— Ce criminel connaît donc très bien l'écriture du Gentilhomme pour la contrefaire, déduisit Maurice.

— Et si c'était un complice ? Quelqu'un qui agit avec lui ? hasarda Lucien.

— Hmmm… c'est une hypothèse intéressante, fit Jules en se grattant la barbe. Cette personne aura eu accès aux courriers ! Et nous savons bien qu'il a des compères pour réaliser ses larcins…

— N'oublions pas les victimes des vols, ajouta Maurice.

— Tu as raison. L'une d'elles aurait pu imiter sa graphie avant de confier la lettre à la police et, ainsi, faire d'une pierre deux coups, en tuant un ennemi, en la personne de Louis Dubrion, tout en se vengeant du voleur, observa Lucien.

— Ce n'est sans doute pas le baron de Ronnachant. Il est vieux et gras comme un leu, dit Maurice en utilisant une expression picarde.

— Ma chère Josefa, fit Jules en se tournant vers elle, Maurice va vous dresser la liste de tous les suspects et de toutes les victimes de vols et, de votre côté, il serait judicieux de nous dire si, parmi eux, quelqu'un aurait pu en vouloir à votre époux.

— Un ennemi et surtout un mobile ! ajouta Maurice. Vous devriez éplucher les livres de comptes des derniers mois. L'argent est habituellement en jeu. N'oublions pas que le coffre du bureau a été ouvert et dévalisé.

— Ceci peut tout aussi bien être un faux mobile. Il y a d'innombrables raisons qui peuvent pousser un homme à en tuer un autre. La vengeance est très souvent à l'origine des pires drames. Mon ami Alexandre Dumas fils pourrait vous parler mieux que moi de l'œuvre de son père…

— Pourquoi ne pas collaborer avec le commissaire Gamardin ? Peut-être changerait-il d'avis ? lança Lucien.

— Mon garçon, tu as vraiment pris un sacré coup sur la tête ! Gamardin est hermétique à tout argument. On ne peut pas faire évoluer un lourdaud pareil. Face à des évidences, il s'entête. Je l'ai bien compris durant mon interrogatoire.

— Vous avez raison, je réfléchissais juste à haute voix. Il est effectivement de ces hommes qui ne supportent pas la contradiction.

— Je vais tuer ce *cazzo*[1] ! Je vais exécuter moi-même le meurtrier de mon mari ! lança soudain, avec emphase, Josefa Dubrion, dont les prunelles vacillèrent à la lueur des flammes.

— Chère Josefa, vous n'êtes pas seule. Vous pouvez compter sur nous. Nous allons nous allier afin de le démasquer, fit Jules Verne en posant la main sur l'épaule de la jeune femme, qui accepta ce geste d'apaisement.

— Nous voici membres d'une société restreinte. Un club, comme diraient les Anglais… le club des quatre ! déclara Lucien avec enthousiasme.

— Non, mon garçon ! Tu oublies que, ce soir, le Gentilhomme nous a aidés. C'est donc un club des cinq qu'il nous faut créer.

---

1. « Cette merde ».

12

MERCREDI 24 OCTOBRE 1883
HÔTEL DUBRION
AU MATIN

Josefa réajusta sa voilette devant le grand miroir du vestibule. Elle le fit machinalement, plongée dans ses pensées. Elle n'avait pu trouver le sommeil, car, derrière sa fierté de façade, elle était en réalité bouleversée par son agression de la veille. Après le départ de ses invités, elle avait consulté, comme le lui avait demandé Maurice Perrin, les registres de comptes dans le bureau de son regretté époux. Elle y pensait encore en accrochant une dernière épingle à son chapeau.

Dio mio, Louis s'est fait tellement d'ennemis !

Rien que cette année, elle avait dénombré une cinquantaine d'hommes, et pas moins de dix femmes, qui auraient pu vouloir la mort de son mari : de petits commerçants endettés, des entrepreneurs victimes de banqueroute, des veuves dont les époux décédés ne pouvaient rembourser leurs emprunts et même des enfants confiés à l'assistance publique. Elle avait alors soigneusement noté la série de suspects potentiels afin qu'un domestique portât le pli à Maurice Perrin. Elle l'aurait bien fait en personne, mais elle avait rendez-vous ce matin à l'étude du notaire pour l'ouverture du testament de son mari.

Elle attrapa un parapluie, car le temps laissait présager une averse, et sortit sur le perron. Au même moment, son vieux professeur d'escrime franchit la grille. Elle accourut vers lui, les bras en avant, comme on se précipite vers quelqu'un sur le point de tomber.

— Comme je suis désolée pour notre leçon, *signore*. J'ai essayé de vous avertir que je me rendais ce matin à l'étude du notaire pour régler la succession. Malheureusement, je n'avais pas votre adresse.

Le professeur sembla grincer comme le portail mal huilé auquel il se raccrochait, puis prononça de sa voix chevrotante :

— Je comprends fort bien, chère madame. Je reviendrai demain.

L'ancêtre esquissa un salut qui n'avait plus rien de militaire et tourna difficilement les talons. Tout en enfilant ses gants, elle le regarda boiter jusqu'au coin de la rue. Elle se dit qu'elle aurait aimé que son époux eût le temps de vieillir, lui aussi.

Josefa donna l'adresse de l'étude à son cocher, qui patientait devant la demeure. Elle devait se rendre boulevard Saint-Jacques, chez le notaire Dumont de Fourville.

Dans la voiture, elle releva sa voilette pour poudrer un peu plus l'horrible bleu sur sa pommette. Sa tenue était de circonstance, un manteau gris ardoise assorti à sa tristesse et à la couleur du ciel. Sous ses yeux fatigués, les façades mornes défilaient une à une sur le trajet.

Bercée par les cahots, et après s'être sentie si entourée la veille au soir, la jeune veuve fut soudain gagnée par la solitude.

Les événements survenus la nuit passée avaient fait naître de nouvelles amitiés. Jules Verne, par la douceur de sa voix et sa stature, lui rappelait Giuseppe, son père, qui avait succombé du choléra l'année où les troupes de Victor-Emmanuel II, le roi d'Italie, les avaient chassés de leur beau château. Ce cher Giuseppe avait payé au prix fort son opposition politique par un exil. *Papino* et *Mammina* avaient dû fuir sur les chemins. Ils avaient bu de l'eau souillée à la fontaine du village de Vigoleno. Sa mère avait rendu son dernier souffle trois jours plus tard dans une chambre de l'auberge. Son père l'avait suivie dans le trépas quelques heures après, comme presque la totalité des habitants de ce petit bourg décimé par l'épidémie.

Elle revit le visage émacié et les yeux exorbités de ses parents, sentit à nouveau l'odeur âcre qui accompagnait chaque jet de bile envahir l'habitacle. Elle sortit alors de son sac à main son mouchoir de soie imprégné d'un parfum de violette, qu'elle respira à pleins poumons.

La vie lui arrachait toujours ceux à qui elle tenait. Louis avait eu pour elle les bontés d'un père. Un père, pas un amant. Elle gardait au fond de son âme son lourd secret. Il avait constamment souffert d'impuissance, malgré les aphrodisiaques que lui délivrait un charlatan. En dépit des potions au houblon agrémentées de poudre de corne de taureau, des cataplasmes de mandragore, des bains d'orties bouillies, son mari ne l'avait jamais honorée. Pas une fois. Sa nuit de noces avait été une épreuve qu'elle ne souhaitait à aucune femme. Rien n'avait été pire que cette humiliation : celle de ne pas être capable de provoquer le désir de son époux. Mais elle l'aimait malgré tout, se contentant, depuis deux longues années, de cette tendresse chaste. Elle était si reconnaissante des bontés que Louis avait eues envers elle.

Mon sauveur, celui qui m'a arrachée à la misère. Le seul à m'avoir tendu la main.

Elle se souvenait… Quand ils s'étaient retrouvés sur les chemins, dans une charrette tirée par une vieille mule, ses parents avaient envoyé une lettre suppliante à leur cousin Robert Ier de Parme. À leur mort, elle avait à nouveau prévenu ce dernier. Sans aucune réponse de sa part, elle avait alors décidé de rester vivre dans le petit village dépeuplé dans lequel ils étaient inhumés. À quinze ans, l'aubergiste ayant besoin de bras, elle préparait les repas, servait les clients en échange du gîte, du couvert et de la protection du tavernier. À dix-huit ans, elle avait tenté sa chance à Parme. On cherchait des danseuses pour *Aïda* de Verdi. Son éducation artistique lui avait enfin permis de gagner sa vie. Elle travaillait au fameux Teatro Regio, dans le plus prestigieux théâtre de la ville. C'est là que Louis Dubrion, en voyage d'affaires, était tombé sous le charme de sa grâce. Il lui avait fait livrer des douzaines de roses dans sa loge, l'avait séduite par des mots d'amour et l'avait ensuite emmenée avec lui en France pour l'épouser. Au fond, Josefa n'en voulait pas au Gentilhomme d'avoir dérobé le collier de la reine. Robert ne le méritait-il pas ? Après tout, il ne l'avait pas aidée quand elle était dans le besoin.

Le cocher la déposa devant l'étude.

Le notaire Dumont de Fourville était connu pour ne s'occuper que des affaires des plus fortunés et la façade somptueuse de son office en témoignait. À peine entrée, un clerc la fit patienter dans un salon particulier où on lui proposa un café, qu'elle refusa.

Quelques minutes plus tard, le frère de son mari arriva, son chapeau à la main.

Fort heureusement, il n'est pas accompagné de son horrible femme.

Pourtant, elle blêmit et son cœur se mit à accélérer. Comme à l'enterrement, elle était très troublée par la ressemblance entre Charles Dubrion et son époux. Il était le portrait craché de Louis, excepté pour la moustache, bien plus fournie et grisonnante.

— Je vous ai fait peur, ma belle enfant ?

Elle resta assise dans son fauteuil, tandis qu'il lui adressait un baise-main très appuyé.

— C'est que… j'ai cru voir mon cher Louis.

— Je suis contrit de faire votre connaissance dans de telles circonstances. Veuillez excuser l'absence de mon épouse. Je n'ai pas souhaité la peiner en lui demandant de m'accompagner, car, comme vous le savez, elle ne vous aime pas.

Josefa fut surprise par sa franchise. Elle le croyait plus fourbe. Elle se rappelait fort bien un passage lu dans une des lettres adressées à Louis :

As-tu bien réfléchi avant d'épouser cette Italienne ? N'est-elle pas une intrigante qui en veut uniquement à notre fortune ?

Dès lors, elle avait été soulagée de n'avoir jamais rencontré Charles Dubrion jusque-là.

Par décence et par respect pour son mari, Josefa ne répliqua pas. De plus, quelque chose au fond du regard de son beau-frère lui fit penser qu'il regrettait d'avoir écrit cela. Depuis deux ans, ses doutes envers elle ne pouvaient que s'être envolés. Elle qui avait perdu un époux – fût-il plus proche d'une figure paternelle – espérait avoir gagné un frère.

Ils restèrent assis, face à face, sans dire un mot de plus. Josefa considéra ce silence comme une marque de repentir et de recueillement.

Enfin, le premier clerc ouvrit la porte. Ils le suivirent jusqu'à l'office du notaire, une immense pièce bardée de dossiers.

Dumont de Fourville se leva, contourna son bureau et accueillit Charles Dubrion avec une franche poignée de main.

— Je vous adresse mes plus sincères condoléances, mon cher Charles. J'ai grand plaisir à vous revoir, même dans ces funestes circonstances. J'entends partout que votre compagnie minière se porte à merveille ces temps-ci. J'ai cru savoir que vous aviez réalisé de très bons investissements récemment.

Tout en indiquant deux fauteuils en velours à ses hôtes, il proposa un cigare à son interlocuteur, qui refusa d'un geste de la main. Ce dernier répondit :

— Il est du devoir d'un fils de faire fructifier le capital de son père.

Josefa dévisagea les deux hommes. Elle trouvait cette discussion très inconvenante en cette période de deuil. Comment ce notaire osait-il ne pas lui adresser, à elle aussi, ses condoléances ? Et que signifiait cet échange futile au sujet de ses affaires, quand l'entretien devait porter sur les dernières volontés de son époux ? Elle détestait que l'on parle d'argent. Elle n'hésitait pas à en faire la remarque à Louis, qui, lors des dîners, ne s'en privait pas. Il lui répondait : « Les femmes n'entendent rien aux finances ! » Et Josefa tempêtait. Il s'excusait ensuite d'un baiser sur le front en l'appelant « ma petite Italienne au sang chaud ». Et elle lui pardonnait toujours…

Les deux hommes s'entretenaient à présent des cours de la Bourse. Elle leur coupa sèchement la parole.

— Messieurs, je vous signale que nous sommes ici pour honorer la mémoire de mon époux et pour connaître ses dernières volontés !

— Tout à fait, chère madame ! Veuillez m'excuser.

Le notaire rejoignit le fauteuil derrière son bureau, ajusta ses petites lunettes sur son nez en forme de pomme de terre, puis s'empara du dossier de succession.

— Étant en présence des deux héritiers de monsieur Louis Dubrion, nous allons ouvrir son testament.

Il s'éclaircit la gorge et entama la lecture d'une voix solennelle.

> Je soussigné, Louis Dubrion, sain de corps et d'esprit, couche ici mes dernières volontés.
>
> Tout d'abord, je cède à mon frère Charles ma propriété d'Amiens, ainsi que tous les objets qu'elle contient : les tapisseries, les tableaux, les statues, les meubles et œuvres d'art…
>
> Je lui lègue aussi mes deux appartements parisiens de la rue de Rivoli et de la rue Montaigne, ainsi que mon hôtel particulier de Nice. Je le désigne comme l'unique bénéficiaire de la totalité des biens mobiliers de ces propriétés. De plus, l'intégralité de mes comptes bancaires et de mon capital boursier lui revient également, tout comme les chevaux de mon haras.
>
> À ma chère Josefa, je laisse ses souvenirs de famille, ses antiquités italiennes du salon bleu de la rue Lamarck, les bijoux que je lui ai offerts, ainsi que l'ensemble de sa garde-robe.
>
> Fait pour valoir ce que de droit.
>
> Louis Dubrion

— *Dio mio !* s'exclama la jeune veuve en portant sa main sur sa bouche aux lèvres devenues livides.

Après un bref silence, le notaire demanda :

— Avez-vous saisi les dernières volontés de votre époux, madame ?

— Je…

— C'est on ne peut plus clair, intervint Charles Dubrion, affichant un sourire satisfait.

Il piocha alors un cigare dans la boîte ouverte devant lui, car il avait visiblement changé d'avis.

— Ma maison…, murmura Josefa.

— Celle de mon frère et… à présent la mienne, précisa Dubrion.

— Madame, reprit l'homme de loi, ce testament est conforme à votre contrat de mariage. C'est pourquoi, selon les termes dudit document, vous devrez avoir quitté le domicile de feu votre époux sous deux jours.

Josefa se souvint alors avoir signé, avant ses noces, une liasse de papiers sans même y avoir jeté un œil.

— Mais… je suis sa femme ! Nous nous aimions ! Je…

— Chère petite, lui adressa Charles Dubrion, tout en guillotinant son cigare d'un geste sec, connaissiez-vous vraiment mon frère ? Je ne l'ai jamais vu aimer quiconque à part lui-même ! Posséder, accumuler des biens et des richesses, accroître ses collections de beautés, oui, sans aucun doute, voilà ce qui le passionnait véritablement ! Sans vous offenser, il s'est offert un morceau d'Italie ! Croyez-vous qu'il vous aurait accordé autre chose que sa compagnie ? Allons, ne soyez pas triste ! Au moins, les deux ans qu'a duré votre mariage, vous avez vécu comme une comtesse.

— *Ma sono una contessa !* cria-t-elle. Comment osez-vous ? Le sang de la noblesse italienne coule dans mes veines !

— Mais bien sûr…, fit Charles Dubrion en lui soufflant sa fumée de cigare au visage.

Deux grosses larmes roulèrent, bien malgré elle, sur ses joues. Elle n'était pas peinée : elle était humiliée au plus haut point. Elle l'avait aimé de tout son être. Louis avait été si bon avec elle, si doux, si tendre. Comme elle avait cru en sa sincérité !

Idiota !

Il avait été si patient. Éconduit durant une semaine de représentations au théâtre, il avait fait fleurir sa loge d'une centaine de roses rouges tous les soirs. Comment avait-elle pu prendre cela pour de l'amour véritable ?

— Vous pleurez, belle enfant ? Allons… Comme on est naïve à votre âge ! En mémoire de mon frère, peut-être pourrions-nous convenir d'un accord ?

Les prunelles de Josefa vacillèrent.

Il caressa sa moustache du bout des doigts, précisant sa pensée :

— Nous pourrions nous consoler mutuellement de sa perte tragique… Ainsi pourrais-je consentir à vous laisser jouir… de la maison d'Amiens, j'entends bien.

Il humecta le bout de son cigare avec la langue en la fixant d'un regard vicieux, tout en posant sa main sur l'avant-bras de la jeune femme.

Elle le repoussa avec violence en criant :

— *Neanche per sogno*[1] !

Il se mit à pouffer de rire, puis il ajouta :

— Comme il a dû vouloir vous posséder ! Lorsque nous vivions en Algérie, dans la plantation, il adorait, par défi, dresser des pouliches fougueuses dans le haras de notre père. Vous me faites penser à l'une d'entre elles, splendide et sauvage !

Comme mue par un ressort, elle se leva en essuyant d'un revers de manche les larmes qui coulaient sur ses joues.

— Calmez-vous, madame Dubrion ! annonça le notaire.

— *Basta !* Ne m'appelez plus jamais comme cela ! Je reprends désormais mon véritable nom : Josefa Balsamo, comtesse de Cagliostro ! cria-t-elle les deux mains sur le bureau.

Soudain, Charles Dubrion éclata de rire.

Elle s'adressa à lui, relevant le menton :

— Moquez-vous, monsieur ! J'ai eu la naïveté de croire que c'était de l'amour, un sentiment que, visiblement, vous n'éprouverez jamais non plus. Alors, ce n'était que de la possession. Et rien d'autre… Mais je ne suis à personne, moi ! Et je ne serai jamais à vous !

Elle se tourna si vivement qu'elle fouetta le visage de Dubrion avec le tissu de son manteau. Alors que Josefa s'engouffrait dans le couloir, elle l'entendit crier :

— Comme vous voulez, ma chère Cagliostro ! Hâtez-vous de rentrer rue Lamarck afin d'emballer soigneusement vos babioles italiennes et vos colifichets ! J'exige que vous soyez partie de chez moi dans les deux jours !

---

1. « Jamais de la vie ! »

13

Jeudi 25 octobre 1883
Hôtel Dubrion
Au matin

— Mais où allez-vous, Josefa ?

Jules Verne se tenait sous le porche de la rue Lamarck.

La nouvelle de l'infortune de la veuve Dubrion s'était répandue comme une traînée de poudre. La rumeur, colportée par l'épouse du notaire, s'était propagée dans toute la cité picarde, de maisons bourgeoises en hôtels particuliers. Honorine Verne l'avait appris, dès l'après-midi, lors d'une partie de cartes. Elle en avait informé Jules durant le souper. L'écrivain avait accouru aux aurores chez la jeune femme. Il était accompagné de Lucien, qui se tenait en retrait dans la cour de la demeure.

— *Addio*, monsieur Verne ! fit-elle en fermant la porte. Je ne vous oublierai pas.

— Allons, ma chère enfant, ne partez pas ! Je vous en conjure !

Josefa planta ses yeux dans ceux de l'écrivain. Il réalisa alors qu'elle avait pleuré toute la nuit. De grands cernes assombrissaient son regard triste.

La pauvre petite ! se dit-il, ému par le désarroi qu'elle tentait de dissimuler.

— Ne vous inquiétez pas pour moi ! Je vais vendre tous mes bijoux. J'ose espérer que le diamant de mon alliance est véritable, puisque mon époux achetait bien des tuniques cousues de fils d'or pour ses chevaux ! Et comme je n'étais rien de plus pour lui qu'une jument…

— Ces tuniques s'appellent des caparaçons, précisa Jules. Et certains commettent une faute en les nommant des carapaçons, ce qui leur évoque sans doute le dos d'une tortue… Mais là n'est pas la question. Venez donc à la maison pour vous reposer !

— Caparaçon… bien ! fit Josefa, sourde à l'invitation de l'écrivain. Je tâcherai de ne pas l'oublier.

Elle essaya de soulever la malle à ses pieds.

— Josefa, vous allez vous casser les reins ! Où comptez-vous aller ?

— Dans une pension de famille pour commencer… Et ensuite, je retournerai en Italie m'enfermer dans un couvent pour ne plus jamais avoir affaire à un seul homme de toute ma vie !

Elle s'acharnait à tirer son bagage, qui dégringola une marche du perron.

— Nous verrons, mais, pour l'instant, je vous le propose à nouveau, venez donc à la maison ! Mon épouse, Honorine, est enchantée à l'idée de vous recevoir. Elle me l'a dit ce matin.

— Je…

— Avez-vous renoncé à trouver l'assassin de votre mari ?

Josefa cessa soudainement d'essayer de redresser son lourd bagage. Elle se releva, fixa Jules Verne droit dans les yeux et annonça avec assurance :

— J'ai donné à Maurice Perrin le nom de ses ennemis. Et il en avait beaucoup ! Mais si rien ne justifie la mort de quelqu'un, je ne désire plus du tout venger cet homme…

Alors, les yeux de Josefa s'emplirent à nouveau de larmes.

— Vous êtes bouleversée, chère enfant ! Venez avec nous. Lucien, empare-toi de cette malle ! Veux-tu bien la charger dans la voiture ? Josefa, vous serez bien à la maison à la Tour. Nous disposons d'une très belle chambre d'amis pour vous, avec une jolie vue sur le jardin. Lorsque vous y aurez dormi, vous vous sentirez beaucoup mieux.

La jeune femme, d'habitude si forte, était désemparée. Éreintée par une nouvelle nuit sans sommeil, elle se mit à sangloter sur l'épaule de Jules. L'écrivain lui tapotait doucement le dos comme il le faisait pour calmer les gros chagrins de Valentine et de Suzanne, les deux filles nées du premier mariage d'Honorine, âgées de quatre et cinq ans quand il épousa leur mère.

Josefa ne s'était pas effondrée à la mort de ses parents. Courageusement, elle avait affronté son destin et abandonné son existence confortable pour celle d'une simple servante. Puis elle avait travaillé très dur à l'opéra avant de rencontrer Louis Dubrion.

Après tant d'épreuves, la jeune femme se demandait si elle aurait la force de tout recommencer et de reconstruire sa vie.

Elle murmura :

— À ses yeux, je n'étais rien d'autre qu'un objet.

Jules lui tendit son mouchoir.

— Partons d'ici, voulez-vous ? Il va pleuvoir.

La malle de Josefa fut attachée sur le toit du fiacre, moyennant une pièce supplémentaire pour le cocher.

La voiture se dirigea lentement vers le quartier Henriville, là où vivait le couple Verne.

Une fois devant la demeure, Jules demanda à son domestique, Eugène, de les aider à décharger le lourd bagage.

Lorsque Honorine apprit l'arrivée de son invitée, elle terminait d'arroser ses chères plantes. Elle avait rempoté les plus abîmées, ôté les feuilles déchirées et coupé les tiges cassées de celles qui avaient été martyrisées durant l'arrestation musclée de Jules. Toutes ses petites pensionnaires avaient repris place derrière les vitres au verre cathédrale du jardin d'hiver. Elle venait de finir de trier les graines éparpillées sur le sol, celles que Rose avait balayées et déposées pêle-mêle dans un bocal, un travail minutieux qui l'avait occupée toute la matinée. Chacune était à présent bien à l'abri de la lumière, dans les multiples compartiments des tiroirs de son grainetier, qui avait été remis sur pied par le mari de Rose.

Lorsqu'elle croisa le regard de Josefa, Honorine eut tellement pitié de la jeune veuve qu'elle en oublia de lui tendre l'horrible paire de patins qu'elle imposait d'ordinaire à ses hôtes.

En bonne maîtresse de maison, elle l'invita à entrer dans la salle à manger néogothique afin de lui offrir une collation. Rose apporta des gâteaux secs et un café noir agrémenté d'un peu d'eau-de-vie revigorante, recette dont elle avait le secret.

Josefa reprit des forces en silence.

Jules et Lucien s'éclipsèrent, l'un prétextant qu'il devait écrire à l'étage, l'autre qu'il avait à se rendre au journal. Ils avaient compris tous deux qu'il était préférable de laisser Josefa confier sa peine à une femme. Honorine avait perdu brusquement son premier mari, d'une fluxion de poitrine, au même âge. Elle saurait donc trouver les mots. Si Jules lui évoquait son père, Honorine lui rappelait beaucoup sa mère, une personne droite et réfléchie, semblant économiser sa parole. Lorsqu'elle se mettait à dispenser ses conseils, ils étaient toujours avisés et judicieux. Oui, Josefa avait le cœur brisé. Oui, elle avait été abusée par un mari à qui elle avait donné toute son affection sans être aimée en retour. Mais elle était jeune et elle guérirait. Si, par superstition, les hommes fuyaient les veuves, il était à peu près certain que Josefa, vigoureuse, belle et surtout sans enfant sur les bras, ne serait pas la pestiférée qu'Honorine avait été à la mort de son premier époux.

— Sans l'ouverture d'esprit de Jules lors de notre rencontre aux noces de ma sœur, j'aurais vécu comme une recluse, avec mes filles, dans la maison de mon père, condamnée au veuvage jusqu'à la fin de mes jours… Je n'avais que vingt-six ans… à peine plus âgée que vous ne l'êtes, si je ne me trompe. Dieu merci, vous n'avez pas eu d'enfant avec votre mari. Une loi inique vous l'aurait peut-être enlevé et un oncle influent aurait pu en faire son héritier.

Josefa frémit rien qu'en l'imaginant. Elle n'était qu'une femme, originaire d'un autre pays, à la merci d'hommes qui régnaient en maîtres depuis des générations dans la capitale picarde.

— Jamais plus je ne pourrai aimer quelqu'un !

— Chère enfant, ma nièce m'a tenu, ici même, dans cette pièce, un discours quasi identique il y a un an de cela. Aujourd'hui, elle est mariée et très heureuse en ménage. Son époux est moderne. Il y a une égalité manifeste au sein de leur couple. Je suis convaincue que vous trouverez quelqu'un qui vous aimera de cette façon. Vous me faites beaucoup penser à Claudine. Je suis certaine que vous ferez bientôt la connaissance d'un homme qui vous ressemble et qui vous chérira. Et savez-vous pourquoi ? Car vous vous êtes trompée une fois ! Or, une femme intelligente, comme vous l'êtes, apprend de ses erreurs et ne commet jamais deux fois la même méprise. Et puis surtout parce que vous êtes bien trop belle pour ne plus jamais être aimée et éprouver ce bonheur réciproque ! Tenez, prenez mon mouchoir et séchez vos larmes.

— Je vous remercie pour vos paroles, madame Verne.

— Appelez-moi Honorine, voulez-vous ? Vous devriez monter vous reposer dans votre chambre. Je vois bien que vous n'avez pas fermé l'œil de la nuit. Vous pouvez rester ici tant que vous le souhaiterez. Il est important pour moi d'aider mon prochain. Et pas seulement en donnant une pièce à la quête par charité, une fois par semaine, le dimanche, comme certaines de mes connaissances, mais tous les jours en se préoccupant du sort de…

— M'dame Verne, m'dame Verne !

La domestique entra dans la salle en agitant les bras et en roulant les yeux.

— Qu'y a-t-il, Rose ?

— Les voilà qui r'viennent ! Y sont dans l'cour !

— Mais de qui parlez-vous ?

— Des policiers d'l'aut'nuit !

À peine eut-elle fini de prononcer ces mots qu'un raffut épouvantable éclata. Les plantes qu'Honorine venait tout juste de rempoter se trouvaient à nouveau bousculées par de solides gaillards. Elle entendait à présent les tiroirs du grainetier s'écraser avec fracas sur les carreaux. À coup sûr, toutes ses précieuses semences étaient encore une fois éparpillées sur le sol…

— Grands dieux, non, ça ne va pas recommencer ! s'écria Honorine en s'engouffrant dans le jardin d'hiver, le doigt pointé vers les policiers.

Ils se figèrent sur le seuil du vestibule, un réflexe de petits garçons grondés, sans nul doute…

Jules Verne, qui était monté finir son prochain roman, dévala l'escalier quatre à quatre malgré ses nombreux rhumatismes.

— Mais enfin, messieurs, que signifie ce tapage, encore une fois ! cria l'écrivain.

Il aperçut, au milieu d'une mêlée de policiers, l'horrible tête de Gamardin qui dépassait.

— On m'a dit que vous abritiez ici une dangereuse criminelle… la meurtrière de Dubrion ! vociféra le commissaire en se dirigeant vers lui.

— De qui parlez-vous ? De Josefa ?

— Oui, d'elle-même !

— Mais, monsieur, comment osez-vous ? Il ne vous a pas suffi de commettre une erreur judiciaire en me molestant ? Vous vous en prenez maintenant à une jeune femme innocente ! Vous n'êtes pas sans savoir que, lorsque Louis Dubrion est mort, sa pauvre épouse était au théâtre d'Amiens. Je l'ai appris dans la presse dans laquelle sévit votre stupide mouchard !

— Je ne parle pas de ce Dubrion-là, mais de son frère jumeau, Charles, que l'on vient de découvrir exécuté lâchement, chez lui, dans son hôtel particulier, rue des Jacobins !

— Exécuté ?

— Vous m'avez bien compris ! Par-derrière, d'une balle dans la nuque !

— Et vous n'accusez pas le Gentilhomme cambrioleur cette fois-ci ?

Gamardin écarta d'un revers de bras tous les policiers qui se tassaient devant lui et hurla à la barbe de l'écrivain :

— Poussez-vous, Verne ! Je sais qu'elle est chez vous ! Des voisins vous ont vu ce matin en compagnie de cette scélérate !

— Il suffit, commissaire ! N'insultez pas mon hôte ! Cessez sur-le-champ cette démonstration de violence inutile et grossière ! Je vais vous conduire à elle pour dissiper au plus vite ce malentendu. Et je vous saurais gré de la traiter avec douceur et respect, des égards que vous n'avez pas eus avec moi. Sinon, j'en réfère au ministre de la Justice ! Je suis écrivain et je sais rédiger une lettre persuasive relatant l'ensemble de vos outrages. Quoi qu'il en soit, il est certain que vous commettez une fois encore une terrible méprise.

— Une « terrible méprise »…, reprit Gamardin avec ironie. Je n'ai jamais été aussi sûr de moi. Je connais le mobile des crimes. Cette aventurière a tué son mari en espérant hériter de sa fortune. Après avoir appris qu'elle n'était pas couchée sur son testament, elle a également assassiné, par vengeance, son beau-frère, qui était l'unique bénéficiaire de tout ce qu'elle convoitait ! On m'a aussi raconté qu'elle était agile et qu'elle prenait des cours d'escrime. C'est évidemment elle, le Gentilhomme ! C'est une Italienne et, comme tous les siens, elle a l'art du vaudeville et de la fanfreluche.

— La fanfreluche, c'est un terme rabelaisien, on ne peut plus français ! Et le vaudeville ? Ne confondez-vous pas plutôt avec la *commedia dell'arte* ? railla Jules Verne.

— Je ne vous demande pas de me dispenser une leçon de littérature ! Allez me la chercher ! Et que ça saute !

— Parlez-moi autrement, voulez-vous ? Vous êtes dans ma demeure et je vous prierai de rester poli. Dites à vos hommes d'attendre dans la cour et d'arrêter de casser tout mon intérieur ; je vous conduirai alors à elle. Non pas pour vous obéir, mais pour mettre un terme à ce mauvais quiproquo ! Et pour le bonheur de vous voir dégager rapidement de chez moi !

Jules Verne lui lança à ce moment-là un de ses regards noirs, celui qui désarçonnait pour quelques secondes son fils Michel, quand il était enfant.

Mais rien ne pouvait impressionner Gamardin : en fin de compte, ce fut Jules qui baissa les yeux.

Le commissaire foula ensuite de ses gros souliers un *Begonia rex*, le préféré d'Honorine, et pénétra dans la salle à manger, les semelles pleines de terre et de graviers, pour arrêter Josefa. Cette dernière s'était approchée des deux hommes et vociférait en italien. Gamardin la saisit violemment par le bras, son flot de vitupérations redoubla alors. Pour la faire taire, il lui administra sans ménagement une gifle sèche du plat de la main.

— Vous êtes une brute, commissaire ! s'indigna Jules. Que faut-il être vil pour battre une femme ! N'y a-t-il pas d'autres moyens que la brutalité ?

— Calmez-vous, Verne, ou je vous embarque au poste avec elle pour recel de malfaiteur ! Vous irez passer une deuxième nuit en cabane avec vos amis, les ivrognes de Saint-Leu.

Alors que les hommes du commissaire entravaient Josefa, qui se débattait comme une lionne, Jules s'empara d'un crayon abandonné sur une console du salon et écrivit sur le dos d'une enveloppe le nom et l'adresse de son avocat, celui qu'il avait dû prendre pour son fils dans une affaire de dettes.

Il glissa le mot dans la main de Rose.

— Courez vite à cette adresse, ma fille ! Et dites à cette personne de se rendre au poste de police de ma part !

Honorine, figée contre la porte de la salle à manger, s'écarta pour laisser repartir la brigade.

Mon Dieu, qu'ai-je fait ? Ai-je accueilli chez moi une dangereuse criminelle ?

14

Jeudi 25 octobre 1883
Morgue de l'hôtel-Dieu
Dans l'après-midi

Lorsque l'inspecteur Maurice Perrin arriva devant l'établissement mortuaire pour récupérer le rapport du légiste, le docteur Weber fumait une pipe sur le trottoir et lui tournait le dos.

Sans se faire remarquer, le policier s'engouffra sous le porche de l'hospice Saint-Charles, entra dans le bâtiment et emprunta un escalier qui descendait dans les entrailles de l'hôtel-Dieu. Le sous-sol sentait l'éther et le salpêtre mêlés à une puanteur de mort.

Pour sûr, il doit rester un locataire oublié dans le monte-charge.

L'antre du légiste était une ancienne cave où flottaient, en plus du parfum caractéristique de la morgue, des relents de viande froide, de fromages forts et de champignons moisis.

Sur un vieil établi de boucher qui faisait office de table d'autopsie, Charles Dubrion reposait nu, étendu sur le dos. Les premières lividités cadavériques apparaissaient sur son corps, des taches pourpres marbrant la peau de ses jambes. Son abdomen était déjà un peu vert et gonflé, comme un aérostat, sous l'effet des gaz. La moitié de sa tête avait éclaté sous l'impact de la balle. Une purée de chair rouge séchée se mêlait à présent à un amas d'os et de croûtes sur toute la face droite de son crâne.

Maurice s'approcha du corps.

La coupable reposait désormais dans un gobelet de terre cuite à côté de lui. Le médecin légiste venait de l'extraire. Il se pencha pour l'observer.

C'était une munition des plus communes, de la même taille que celles de son Chamelot-Delvigne, un projectile de onze millimètres.

Le jeune policier avait pu examiner la première balle tirée dans le crâne de Louis Dubrion. Il se souvint qu'elle portait une légère griffure sur la douille, un signe de frottement dans la chambre du pistolet.

Les mots de son mentor, Gaston Chastagnol, lui revinrent soudain à l'esprit :

Une marque sur une balle signe toujours l'identité de l'arme.

Allait-il retrouver la même trace sur celle-là ?

Il hésita à l'inspecter, craignant la colère de Gamardin, qui n'entendait rien à la balistique, mais la tentation était trop forte.

Il se saisit de la munition dans la timbale et cracha dessus pour en ôter le sang séché. Il la malaxa un moment avec sa salive, n'ayant pas de cruchon d'eau disponible, puis l'essuya avec son mouchoir. Il s'approcha du soupirail pour y chercher de la lumière, la tenant délicatement entre le pouce et l'index. Au bout de quelques secondes, une trace apparut : identique en tout point ! La même strie fine. Une certitude, enfin !

La même arme a tué les deux frères Dubrion. Le même assassin.

C'est alors qu'il entendit le pas lourd du légiste au bout du couloir. Maurice fit un bond vers la table d'autopsie et enfonça la balle au fond de l'orbite où subsistait un peu de sang non séché, tout au fond de la cavité de l'œil éclaté. Il la jeta ensuite dans la timbale. Il eut juste le temps de s'essuyer les mains dans le chiffon répugnant du médecin, avant que celui-ci n'arrivât.

— Gamardin veut déjà mon rapport ? demanda le légiste dès qu'il l'aperçut.

— Tout à fait !

— Connaissez-vous la cause du décès ? Eh bien, ce monsieur a trépassé de vieillesse !

Il pouffa de rire.

Maurice avait beaucoup de mal à supporter l'humour du docteur Weber.

Finalement, ce médecin est aussi tordu qu'un assassin à qui la mort ne fait ni chaud ni froid !

Le légiste rejoignit son bureau, qui croulait sous un fatras de bassines d'hospice, d'ouvrages médicaux en tous genres et d'instruments de chirurgie. Il trouva un papier, par on ne sait quelle magie, et rédigea son expertise sur un coin de table miraculeusement vide. Ses quelques lignes furent consignées dans une enveloppe qu'il ferma avec un sceau de l'hôpital, selon les nouvelles directives de Gamardin en matière de confidentialité. Maurice s'en retourna alors au commissariat.

Dans le bureau du commissaire, l'interrogatoire de Josefa se poursuivait. Voilà des heures qu'il s'obstinait à obtenir des aveux.

— Vous finirez bien par parler, madame Dubrion !

— Balsamo ! Je m'appelle Balsamo ! J'ai repris mon nom de naissance, il y a peu.

Il agissait par salves, la mitraillant de questions, puis la laissant souffrir sur une chaise, entravée par une chaîne très courte qui l'obligeait à pencher sur un côté, lui provoquant d'horribles maux de dos. Il avait fait augmenter la chaleur du poêle pour l'éprouver davantage. Il faisait atrocement chaud dans la pièce et il ne lui donnait toujours rien à boire.

L'Italienne, comme il l'appelait lui aussi en privé, ne méritait pas sa pitié. Il n'avait que faire de cette aventurière qui valait, à ses yeux, bien moins que la dernière des prostituées des faubourgs. Sa mère avait fait de basses besognes, toute sa vie d'esclave, à frotter les culottes des filles de son engeance.

Une parvenue entretenue par un vieux beau ! Son joli minois et sa cuisse ferme lui ont donné le privilège de ne pas s'abîmer la peau des mains et de ne pas se casser les reins, du moins au travail… car, dans un plumard, ça doit être autre chose !

À la nuit tombée, Josefa n'avait toujours pas avoué les crimes qu'il voulait qu'elle endossât.

C'est alors que Gamardin fit appeler Maurice.

— Escortez-la jusqu'à sa cellule !

— Monsieur le commissaire, je… il y a eu une rixe au Cabaret rouge, rue de la Queue-de-Vache, et nous n'avons pas moins de dix soûlards enfermés dans la geôle. Je ne pense pas que ce soit la place d'une femme.

— Et dans la deuxième ?

— Autant de pochetrons que dans la première !

— Avertissez la préfecture qu'elle passera la nuit au dépôt !

La voiture qui allait l'emporter dans sa nouvelle prison se gara une demi-heure plus tard devant la porte du commissariat.

Maurice put enfin apercevoir Josefa, qui arrivait au bout du couloir, poussée par Gamardin.

Il chuchota à l'attention d'un de ses collègues :

— L'avocat de Jules Verne a-t-il pu la voir ?

— Penses-tu ! Le commissaire a refusé.

— Veuillez cesser vos messes basses ! gronda Gamardin lorsqu'il passa près de Maurice. Vous, venez avec moi, je me charge moi-même de son transfèrement !

Maurice sentait son regard suspicieux posé sur lui.

En l'accompagnant dans ce trajet vers la préfecture, le commissaire l'empêchait ainsi de communiquer avec Josefa. Le jeune policier ne doutait nullement de son innocence. Grâce à son analyse de la balle, il savait avec certitude que, si elle n'avait pas pu assassiner son mari, elle n'avait pas pu non plus tuer son beau-frère. Son instinct refusait à imaginer qu'elle avait pu commanditer ces crimes. De surcroît, il croyait Jules Verne, qui avait expliqué, lors de la nuit chez elle : « L'écriture est virile, nous avons donc affaire à un homme ! »

Après sa visite à la morgue, Maurice était allé interroger les domestiques de Josefa. Elle avait bien passé la soirée du meurtre de Charles Dubrion rue Lamarck. Ils lui avaient servi un bouillon, car elle n'avait pas d'appétit. Elle s'était ensuite rendue dans le salon bleu pour y emballer « des bibelots et les armoiries de la royauté italienne, en pleurant jusqu'au petit matin », lui avait-on certifié. Seulement, quand il en avait informé Gamardin, ce dernier n'y avait pas cru. Il avait répliqué : « La parole des employés de maison ne vaut rien, du fait qu'on ne mord pas la main qui nous nourrit. » Le meurtrier, qui n'avait pas laissé de lettre, ne pouvait être que « l'Italienne ». Elle avait perpétré « un crime de bonne femme, un crime de vengeance ».

Mais Perrin avait appris de Chastagnol que les dames faisaient rarement couler le sang lorsqu'elles tuaient.

L'ancien commissaire lui avait parlé d'Hélène Jégado, une Bretonne originaire du Morbihan, qui, trente ans plus tôt, cuisinait des soupes à l'arsenic. Accusée de cinq assassinats, elle avait été condamnée à la peine de mort. Gaston Chastagnol disait : « Les femmes n'aiment pas les crimes de sang, elles préfèrent empoisonner ! » Il ne s'était pas permis de formuler la chose auprès de Gamardin, mais avait tout de même demandé : « Et l'arme ? — Elle se la sera procurée ! » avait simplement répliqué le commissaire, qui avait réponse à tout.

Le « panier à salade » attendait Josefa sur le trottoir. On l'appelait ainsi, car les prisonniers y étaient secoués comme des laitues, essorées entre les mains d'une vigoureuse cuisinière.

Le postillon venait de la préfecture. Il était botté comme un écuyer, vêtu d'une grande cape de toile cirée et d'un chapeau de cuir pour le protéger de la boue de la chaussée. Il était assis à l'avant, séparé des détenus par une épaisse grille.

Le véhicule n'était pas de première jeunesse. Datant d'au moins trente ans, monté sur de grosses roues, il était tiré par deux chevaux robustes. Sur chaque flanc, deux ouvertures, aux solides barreaux, laissaient voir les prisonniers à l'intérieur, comme pour dissuader quiconque de s'y retrouver un jour. Mais la nuit était tombée et personne n'apercevrait le beau profil de Josefa ce soir.

Le commissaire déverrouilla la portière avec le trousseau que le postillon lui avait confié. La jeune captive se hissa dans le panier à salade en utilisant le marchepied et Maurice la suivit.

Les deux hommes s'installèrent face à elle, sur un des deux bancs de bois placés de part et d'autre de l'habitacle. Alors, le véhicule s'ébranla pendant quelques secondes avant de se mettre en route. Dehors, une tempête soufflait très fort, si bien que Josefa eut du mal à entendre les paroles de Maurice.

— Comment allez-vous, Josefa ?

— Inspecteur ! Veuillez ne pas parler à la détenue ! ordonna Gamardin.

— Commissaire, je ne crois pas que…

— Vous n'êtes pas ici pour donner votre avis, mais pour exécuter mes instructions !

Maurice ne répliqua pas. Il observait Josefa. Ses yeux étaient creux et cernés. Elle semblait à bout de forces. Le policier prit soudain peur. Combien de fois avait-il vu des innocents s'accuser de crimes dont ils n'étaient pas les auteurs, simplement pour en finir avec un interrogatoire éprouvant, pour un peu de repos ou pour un quignon de pain ? Il l'avait cependant oublié quand il était sous les ordres de Chastagnol. Maurice se dit que Gamardin était un homme sans pitié et profondément buté, qui pouvait pousser quiconque dans ses retranchements et, de ce fait, provoquer des injustices. La jeune femme était forte, mais combien de temps serait-elle capable de tenir ? Surtout si le commissaire avait décidé de l'épuiser par la privation de sommeil, de nourriture et d'eau…

— Que se passe-t-il ? rugit soudain Gamardin.

Le véhicule venait de dépasser le poste d'octroi de la rue de Noyon quand le postillon s'était mis à ralentir.

— Qu'y a-t-il ? Avancez, nom de Dieu ! cria le commissaire à travers le grillage qui le séparait du conducteur.

— Devant, sur la chaussée ! On dirait qu'une carriole est renversée. Je ne vais tout de même pas lui rouler dessus !

Le panier à salade s'immobilisa.

— Perrin, allez voir !

L'inspecteur sortit et revint annoncer à son supérieur :

— C'est une charrette à bras qui transporte des sacs de charbon. La roue est encastrée entre deux pavés et il n'y a personne.

— Eh bien, qu'attend cet âne de postillon pour faire demi-tour ?

— Il ne peut pas manœuvrer, la rue est bien trop étroite à cet endroit.

— Retournez-y pour dégager cette foutue charrette ! Tout ça ressemble fort à un guet-apens du Gentilhomme cambrioleur. Il me prend pour un idiot. S'il croit que je suis né de la dernière pluie et que je vais tomber dans cette embuscade ridicule. Je surveille la meurtrière, c'est certainement sa complice.

Tandis que Maurice s'échinait à déplacer la voiture à bras qui bloquait la chaussée, Gamardin s'empara de son pistolet et descendit du véhicule. Il prit soin de fermer la porte à double tour. Le dos contre celle-ci, il guettait, tous les sens aux aguets.

La tempête était puissante. Les bourrasques faisaient grincer les branches des arbres plantés sur le bord de la rue, les volets battaient dans le vent et les becs de gaz vacillaient sous l'assaut des rafales. Le commissaire, l'air déterminé, scrutait tous les perrons, chaque recoin d'ombre des façades, et tenait son arme en joue, prêt à faire feu à tout moment.

Devant, Perrin tentait toujours de pousser la charrette, qui ne bougeait pas à cause du poids du charbon. Il se décida alors à en ôter le chargement, saisissant à bras-le-corps chaque sac volumineux pour les dégager de la chaussée. Quand il eut déposé sur le bas-côté toute la cargaison, il lutta contre l'engin, essayant de débloquer la roue logée entre deux pavés. Elle finit par céder après moult efforts. Il rangea la carriole contre une façade.

— C'est bon, on peut repartir ! cria-t-il au postillon, tout en haletant, ruisselant de transpiration.

Gamardin, à ce signal, esquissa un sourire en enfonçant la clé dans la serrure de la porte du véhicule blindé.

Rien qu'une avarie. Un vilain coup du sort. Le Gentilhomme ? Dire que j'ai cru à un tour de ce gredin !

Il ouvrit la porte.

Le panier à salade était vide.

L'Italienne a disparu !

— Où est-elle passée ? Comment est-ce possible ?

Secouant la tête, comme pour chasser un mauvais rêve, il leva les yeux vers le toit. Il regarda, incrédule, un orifice béant par lequel le Gentilhomme venait de lui arracher sa captive.

Au bout de quelques secondes, il hurla au cocher, qui rappliqua :

— Où avez-vous trouvé cette voiture ?

— Eh ben… elle était attelée dans la cour de la préfecture !

Gamardin le secoua comme un prunier :

— Est-ce que c'était l'habituelle ? Parle, imbécile !

— Non… j'ai cru que le préfet avait réquisitionné celle de la sous-préfecture…, dit l'homme, d'une voix affolée. On n'y arrive pas avec un unique véhicule. On vient de casser un essieu à l'autre…

— Il a été trafiqué ! rugit le commissaire.

Gamardin, qui serrait son arme dans son poing rageur, se mit à cogner contre la porte métallique du panier à salade. C'est alors qu'un coup de feu partit tout seul.

Le projectile frôla de peu Maurice et alla se loger en face, dans une enseigne en bois, celle d'un maréchal-ferrant.

Le commissaire s'empara alors d'une lampe à l'intérieur du véhicule et ressortit sans perdre davantage de temps. Dehors, il chercha à l'allumer, mais la mèche était trop courte. Le feu ne voulait pas prendre à cause du vent.

Il s'époumona :

— Ne restez pas là, plantés comme deux chopes ! Trouvez-les-moi ! Et que ça saute !

C'est alors que Gamardin fouilla au fond de sa poche. Il y attrapa un sifflet dans lequel il projeta toute sa rage.

— *Piano, signore !* Pas si vite, monsieur !

Josefa suivait le Gentilhomme sur les toits. La cape de son sauveur battait comme un drapeau dans le vent. Les rafales chassaient les nuages à toute allure. Une lune gigantesque s'était levée, nimbant sa grande silhouette d'une aura fantastique. Il l'attendit. Arrivée près de lui, elle l'observa. Le bas de son visage était glabre et le haut, toujours dissimulé par un masque noir.

Tout à coup, les souliers de la jeune femme glissèrent sur les tuiles. Il la rattrapa de justesse d'une main ferme, lui sauvant une nouvelle fois la vie.

— Il faut mettre de la distance entre nous et nos poursuivants. Mes complices nous attendent à un jet de pierre d'ici. Vous serez bientôt en sécurité, madame.

Elle s'arrêta au pied d'une cheminée.

— Jurez-moi que ce n'est pas vous qui les avez tués !

— Pourquoi voulez-vous que je vous dise ce que vous savez déjà ?

Soudain, un coup de feu éclata, faisant sursauter Josefa, qui se réfugia dans les bras du Gentilhomme.

Honteuse, elle eut un mouvement de recul.

— Gamardin est à nos trousses. Hâtons-nous !

Son instinct avait parlé. La jeune femme réalisa qu'elle ne doutait plus de son innocence. Lorsqu'elle avait aperçu une lame fendre la bâche enduite, elle avait compris qu'on lui venait en aide. Elle avait tout de suite pensé à lui. Cela faisait à présent deux fois qu'il lui sauvait la mise. Elle aurait pu lui en vouloir de l'extraire des mains de la justice ; mais, après avoir fait plus ample connaissance avec le notaire et le commissaire, elle avait désormais cessé de croire en cette dernière.

Tels deux équilibristes, ils continuèrent de progresser, chahutés par un vent de liberté qu'elle ne pensait plus jamais savourer.

Soudain, elle entendit le cri strident d'un sifflet de policier.

— Dépêchez-vous ! Allons, plus que quelques pas ! l'encouragea le Gentilhomme.

Parvenu au bord d'un toit, il déplia une échelle de corde qui semblait les attendre là. Il l'attacha à une cheminée et la jeta, la déroulant jusqu'au trottoir en contrebas.

— Descendez par cette échelle et montez dans la charrette qui est garée au bout de la rue !

— Mais… comment avez-vous fait pour me délivrer ?

— J'ai utilisé un faux panier à salade que je réservais pour un autre tour… le reste, rien de bien difficile. J'ai donné beaucoup de rhum à des ivrognes qui ont encombré les geôles du commissariat, ce qui a poussé Gamardin à vous conduire au dépôt de la préfecture… Mes complices ont bloqué la rue avec une voiture à bras et je suis monté sur le toit lorsque vous êtes passés sous le porche près de l'octroi. Je n'ai plus eu qu'à le percer pour vous délivrer.

— *Signore*, je suis perdue. Où vais-je bien pouvoir me cacher et comment prouver mon innocence ?

— Faites confiance à mes amis ! Vous serez bientôt en sécurité.

Josefa lui prit les mains et lui dit :

— Contactez Jules Verne ! Il mène l'enquête avec Lucien Carambel. Vous pouvez aussi compter sur l'inspecteur Maurice Perrin, qui est un brave homme. Je le sais convaincu de mon innocence et de la vôtre. Soyez prudent, *signore*. S'il vous trouvait, ce monstre de Gamardin vous tuerait ! lui dit-elle dans un souffle.

— Il faudrait qu'il me déniche dans mon repaire, au plus près de la lune et des étoiles… Partez, madame, je vous en conjure !

Elle saisit l'échelle de corde pour descendre, tandis qu'il s'éclipsait en courant sur les toits, tel un funambule dans la nuit.

En bas, quatre puissantes mains attrapèrent Josefa. Deux hommes l'attendaient sur le trottoir. Le plus grand des deux la prit alors dans ses bras et la déposa dans une charrette, au beau milieu de légumes et de poissons. L'autre la recouvrit d'une bâche.

Le cœur battant à tout rompre, dissimulée sous une toile cirée, elle demeura immobile. La cargaison exhalait une odeur infecte, mélange de différentes variétés de poissons pourris pêchés dans les marais de la Somme.

Ce type de tombereau était courant à Amiens, allant et venant des hortillonnages situés à l'est de la cité pour fournir les halles et les villages proches.

Les deux complices du Gentilhomme cambrioleur se faisaient donc passer pour deux marchands allant écouler leur production locale de courges, de carottes ou de choux et leur pêche de

« poissons frais », profitant de la pleine lune pour arriver aux aurores au marché d'un bourg voisin.

La charrette se mit en branle et roula une demi-lieue avant de ralentir pour traverser un pont.

— Holà, vous deux ! N'auriez-vous pas aperçu un homme et une femme s'enfuir ? gronda une voix.

Les roues s'immobilisèrent.

C'était un gendarme. Cette nuit, tout ce qui portait un uniforme avait été réquisitionné.

— Nous autes ? On n'a rien vu. On chargeait l'carriole du côté d'Rivery, répondit l'un des deux complices.

Réalisant qu'il avait affaire à de bonnes gens, aux mêmes origines que lui, le représentant de la loi se mit à parler en picard :

— D'où qu'vous allez comme cha, avec ch'te foutue tempête ?

— À l'foire eud Picquigny, pardi !

— Et vous roulez d'nuit ?

— Ben ouais, on profite d'eul pleine lune pour arriver tôt et prendre eul meilleure place !

— Et quo qu'vous avez là-derrière ?

Il se dirigea vers la bâche, posa une main sur cette dernière, qu'il retira immédiatement, comme si elle était brûlante.

— Pouah ! Y pue, ch'pichon[1] !

— Ch'est eune cargaison d'anguilles de ch'marais.

Le gendarme fit un pas de recul.

— J'ai horreur eud chés bestioles-là. Du serpent qu'on dirait ! Elles n'sont jamais bien défunctées[2]. Y suffit d'y toucher pour qu'elles résurrectionnent. Allez-y, passez mes gins ! Pis, bon courache ! Eul tempête, elle faiblit pas, mais nous chés nuiteux, on n'a pas l'choix. Faut bien gagner not' croûte !

— Qui que ch'est ti qu'vous cherchez ? feignit le plus grand des deux en reprenant les rênes du cheval en main.

1. « Il pue, ce poisson ! »

2. « Mortes ».

— Un voleur et s'putain, qu'y disent !

— Alors si ch'est une putain qu'y faut, ch'est à Rivery qu'y faut la quère, car chés drôlesses y sont ben pus nombreuses euq' chés anguilles !

Josefa entendit le rire éclatant du gendarme et la charrette se remit en route.

La jeune femme avait cru défaillir.

Au bout d'une heure à être bringuebalée sur les pavés, elle se risqua à glisser un œil en dehors de la toile.

La lune était au zénith. La nuit était incroyablement claire. Les nuages fins filaient au galop dans le ciel. L'astre semblait jouer à cache-cache dans la frondaison d'arbres bordant une grande route déserte. Les façades se faisaient de plus en plus rares à mesure que la charrette s'éloignait de la capitale picarde.

On quitte Amiens.

Les deux hommes ne parlaient pas. Seul le trot chantant de deux chevaux rythmait ce voyage nocturne.

Josefa essaya de se réchauffer. Ses vêtements étaient trempés de sueur. Elle grelottait à présent et craignait que ses tremblements ne la trahissent.

La carriole suivait le fleuve. En contrebas, il y avait le canal, cerné par des étangs mordorés qui brillaient sous les rayons lunaires.

À deux lieues de la ville, le véhicule s'arrêta.

— Vous pouvez sortir, madame, ordonna la voix du cocher.

Elle fut surprise qu'il parle convenablement sans l'accent picard à couper au couteau qu'elle avait entendu tout à l'heure.

Josefa ôta la bâche.

Les herbes hautes, balayées par le vent, bordaient une chaussée accidentée et, au loin, les chouettes hululaient dans les arbres et les broussailles.

Les bourrasques charriaient l'odeur de la terre humide, de la vase du fleuve et de la paille mouillée. Le tombereau avait fait halte dans un lieu inhabité, entre deux bourgs picards. À sa droite, des champs à perte de vue, et à sa gauche, en contrebas de la route, la Somme dormait, ses eaux miroitant dans un éclat féerique de lune opaline.

— Tenez, madame ! Prenez cette casquette !

Le plus grand lui tendait des habits d'homme.

Josefa comprit qu'il fallait qu'elle les revête.

Elle passa sur le côté du tombereau et se changea.

Dio mio ! Que cela fait du bien d'enfiler sur sa peau une chemise propre !

Elle dissimula sa chevelure dans le couvre-chef et remit sa robe humide aux deux complices.

À vrai dire, elle ne les craignait pas, bien au contraire. Josefa avait confiance en ces anges gardiens, comme elle avait désormais foi en ce Gentilhomme qui l'avait aidée à chaque fois qu'elle en avait eu besoin.

Ainsi travestie, Josefa passa à l'avant et se cala entre ses deux sauveurs. Elle avait l'air d'un jeune hortillon qui se rendait à un marché voisin, assis entre son père et son oncle.

La charrette se remit en marche. Après quelques instants, le vent tomba d'un coup.

La campagne retrouva ses bruits d'insectes. Ils ne croisèrent pas âme qui vive. Comme étaient censés le faire les deux compagnons de route de Josefa, il n'était pas rare que des maraîchers battent le pavé pour livrer des légumes frais jusqu'aux bourgs proches, surtout par nuit claire. La présence de la tempête et des forces de l'ordre les avait peut-être poussés à renoncer…

Épaule contre épaule, Josefa cessa de grelotter et fut vite bercée par le trot indolent des chevaux.

Sans s'en rendre compte, sa tête dodelinait. La jeune femme, n'ayant pas dormi depuis longtemps, fut gagnée par la fatigue. La joue posée sur le bras du cocher, elle sombra alors dans le néant.

15

Vendredi 26 octobre 1883
Maison à la Tour
7 heures

— Entrez, messieurs !

— Je suis tellement impressionné de pénétrer dans l'antre de l'écrivain, s'exclama Lucien.

— C'est étrange… Gaston Chastagnol a prononcé exactement les mêmes mots, l'an dernier, quand il s'est introduit dans ma bibliothèque.

— Ce cher commissaire, comme il me manque ! soupira Maurice.

Lucien se tenait sur le seuil, n'osant pas mettre un pied dans l'immense pièce, au deuxième étage de la maison à la Tour.

Tous les murs étaient tapissés de rayonnages. Que d'ouvrages inestimables ! Il y en avait des centaines, peut-être même des milliers ! Subjugué, le jeune homme caressa du regard les belles couvertures en cuir des livres que l'écrivain chérissait tant, parmi lesquels : Edgar Allan Poe, Alexandre Dumas père et fils, James Fenimore Cooper et Daniel Defoe qui lui avait inspiré ses robinsonnades. Un pan entier était également consacré à ses propres œuvres dans les collections reliées d'Hetzel. Ce dernier avait bousculé le monde de l'édition, en proposant des ouvrages moins onéreux, car plus facile à produire par les machines-outils, mais très jolis et de bonne qualité. Le livre ne constituait donc plus, en cette fin de siècle, un objet de luxe inaccessible. C'était ainsi que Lucien avait découvert le grand Jules Verne, dans de magnifiques exemplaires en format broché, reçus pour ses étrennes ou pour ses différents prix aux cours élémentaires et primaire.

Il remarqua que les titres verniens étaient alignés méthodiquement, par ordre chronologique. Il aurait tant voulu caresser du bout des doigts leur dos orné de symboles. Les ancres, les navires, les phares et les mappemondes sur la tranche étaient pour lui autant d'invitations au voyage et à l'émerveillement.

J'aimerais tellement devenir écrivain un jour ! Que mes histoires fassent frémir mes lecteurs et que l'on vibre avec mes intrigues... Pouvoir susciter l'admiration ou le dégoût... Comme on doit se sentir viv...

— Lucien ? Ne reste pas debout ! Prends un siège !

Le jeune homme s'installa à côté de son aîné, en face de son bureau, qui trônait au milieu de la pièce. Sur chacune des deux extrémités de celui-ci, deux bustes en marbre blanc veillaient : celui de Molière et celui de William Shakespeare. Au centre, sur un sous-main en cuir épais, reposait un globe terrestre parcouru de lignes rouges.

Mais où travaille-t-il ? Pas sur ce bureau encombré ! Dans sa chambre, alors ?

Mille questions au sujet de l'auteur le taraudaient, alors qu'ils s'étaient réunis pour discuter de l'avancée de l'enquête.

Même s'ils n'étaient pas là pour cela, il se risqua à demander :

— Est-ce ici que vous écrivez ?

— Viens, mon garçon ! Après, nous pourrons enfin parler du Gentilhomme.

Le jeune homme se leva sans se faire prier.

— Attention, cette pièce est privée. Personne n'y est jamais entré. Je t'autorise seulement à regarder.

Jules Verne lui indiqua un passage étriqué, au bout de la bibliothèque. Entre la dernière étagère et le mur, une petite ouverture menait à un cabinet de travail exigu.

Lucien observa la modeste cellule attenante en se tenant respectueusement sur le seuil.

Un étroit bureau, qui s'apparentait à celui d'un pensionnaire, était collé contre la fenêtre du coin de la maison, à l'angle du boulevard

Longueville et de la rue Dubois. Tout y était parfaitement rangé : l'encrier, le papier, les épreuves… Contre le mur, en face, un modeste lit au sommier de fer rappelait celui d'un interne d'un collège ; sans doute était-il prévu pour faire une sieste, ou bien pour trouver l'inspiration les yeux fermés.

Jules Verne est un géant et, pourtant, il œuvre dans un tout petit bureau, si étroit qu'il ressemble à… une cabine de marin !

— Vois-tu, c'est là que j'écris. L'endroit est baigné par la lumière du jour, le matin. J'y travaille de cinq à onze heures.

Et il se tient ici, comme le capitaine Nemo ! En hauteur, dominant l'horizon, comme à la proue d'un navire.

Sa curiosité satisfaite, Lucien retourna à son fauteuil, à côté de Maurice, qui l'avait rejoint quelques instants auparavant sur le trottoir de la maison à la Tour.

L'inspecteur se mit à raconter les derniers événements survenus.

Il était rentré du commissariat après une nuit atroce, secouée par une tempête, où il avait ratissé le périmètre dans lequel Josefa et le Gentilhomme cambrioleur avaient disparu.

Avec tout l'effectif policier d'Amiens et un renfort de la gendarmerie, il avait réveillé le voisinage, fouillé les domiciles, interrogé les riverains… Sans aucun succès. Gamardin avait déchargé toute sa colère sur lui, ses oreilles en sifflaient encore. Vert de rage, il lui avait signifié, après une entrevue très houleuse, qu'il « serait bientôt renvoyé pour faute grave ».

Il conclut :

— Voilà, Gamardin m'a tout mis sur le dos. L'histoire a été réécrite. Je suis accusé de ne pas avoir inspecté le véhicule, coupable de ne pas avoir entravé la captive avec une chaîne rivée à l'intérieur du panier à salade.

— Dans la version présentée par Bynov, dans l'édition de ce matin, le courageux commissaire Gamardin a tiré sur le Gentilhomme cambrioleur. Je le cite : « Il est fort possible que celui-ci soit mort dans un coin comme un chien galeux ! », ajouta Lucien.

— C'est un pur mensonge ! Il a surtout fait un beau trou dans une enseigne de maréchalerie, manquant de me tuer au passage… s'indigna Maurice.

— Josefa est libre maintenant. Et si nous croyons tous en son honnêteté, nous devrions nous en réjouir. Les prisons sont pleines d'innocents. Je préfère la savoir en cavale avec ce voleur, plutôt que croupissant au fond d'une geôle froide et répugnante. Au moins, dehors, elle a une chance d'échapper à la justice aveugle et sourde de Gamardin.

— Je suis bien de votre avis, Jules. En tant que représentant de la loi, je n'aurais jamais cru dire cela, mais Gamardin serait bien capable de faire avouer un meurtre à quelqu'un qui vient de dérober une pomme ! Mais, en ce qui me concerne, je ne peux plus vous aider en vous montrant les rapports, puisque je suis suspendu de mes fonctions. Je vais, d'ici peu, faire l'objet d'une procédure disciplinaire et je dois me réjouir de ne pas avoir été placé en détention en attendant.

— Mon pauvre Maurice ! compatit Jules. Qu'allez-vous devenir ?

— Quand cette affaire sera terminée, je pense rejoindre Gaston Chastagnol en Amérique. Il aura peut-être un travail pour moi dans son agence de détectives. Et puis plus rien ne me retient désormais ici, sinon le désir de résoudre deux crimes et une série de vols avant de partir…

— Je ne crois pas rester non plus. J'aurais sûrement plus de chance à Paris… Je suis dégoûté par ce journal. J'ai entendu Bynov dire au rédacteur en chef qu'il comptait écrire un article, dans l'édition spéciale, ayant pour titre : « La Cagliostro, une espionne italienne, accusée d'avoir tué son mari et son beau-frère, s'est échappée avec l'aide de son amant, le Gentilhomme cambrioleur ! »

— Allons, allons, mes garçons ! Ne nous décourageons pas ! Continuons d'avancer sur cette enquête.

— Vous avez raison, Jules. D'autant plus que j'ai de nouvelles informations qui vont dans le sens de nos précédentes conclusions. J'ai découvert que la même arme a abattu les Dubrion. Josefa ayant un solide alibi pour le premier meurtre, celui de son mari, nous avons donc la certitude formelle qu'elle ne peut pas être non plus l'assassin de son beau-frère. Toutefois, si Josefa n'a pas tué elle-même, peut-on envisager qu'elle ait commandité ces meurtres ?

Jules Verne se redressa sur sa chaise et haussa le ton :

— Josefa n'est pas une criminelle, voyons ! Elle n'a pas pu nous mystifier à ce point. Sa colère et sa peine étaient sincères. Maurice, je suis moi-même dramaturge. Je participe activement à l'embauche des comédiens pour mes pièces. Je crois savoir reconnaître une mauvaise actrice et la duplicité d'une personnalité également, quand il est question de sentiments. J'avais averti Honorine pour la Dugazon que mon fils a rencontrée au théâtre d'Amiens. Tout en elle sonnait faux. J'avais donc mis en garde Michel contre cette intrigante. Résultat, il s'est criblé de dettes pour payer le train de vie d'une hypocrite. Et je viens d'apprendre qu'il fait maintenant partie de sa troupe. Il se prend désormais pour le Sigognac du *Capitaine Fracasse* ! Mais, je m'égare, pardonnez-moi cette digression… Ce que je veux dire, c'est que je crois sincèrement Josefa. Après le décès de son époux, elle souhaitait vraiment le venger, elle était furieuse. Même la meilleure des actrices ne peut atteindre ce degré de perfection. Tout cela prouve bien qu'elle ne peut pas avoir commandité les meurtres… J'ai vu son visage quand elle a appris la mort de son beau-frère. C'était la pure expression de la surprise et de l'épouvante ! Et vous oubliez que l'écriture ne ment pas… Je vous rappelle, messieurs, que mon analyse graphologique a conclu que l'auteur de la lettre était un homme.

— Moi aussi, je la sais totalement innocente, intervint alors Lucien.

— Ton jugement ne serait-il pas faussé ? N'en serais-tu pas un peu amoureux ? demanda Maurice.

— Moi, amoureux ? Mais certainement pas ! se défendit le jeune journaliste en rougissant.

— Essayons de reprendre les indices dont nous disposons. Josefa était au théâtre la nuit où on a abattu son mari. C'est toi-même, Maurice, qui as établi son alibi.

— Effectivement ! Et elle emballait ses cartons, le soir où est mort son beau-frère.

— Nous savons également que ce n'est pas le Gentilhomme cambrioleur qui a tué et revendiqué le crime de Louis Dubrion, car l'écriture du meurtrier est différente de celle du voleur. De plus, s'il était le complice de Josefa, pourquoi avoir élaboré un plan aussi compliqué, en usurpant mon identité et en risquant de se faire attraper, simplement pour dérober ce collier ? Celui-ci appartient à sa famille, tous les deux auraient eu bien d'autres occasions, plus discrètes, pour le subtiliser.

— Mais pourquoi ce monte-en-l'air s'évertue-t-il à venir en aide à Josefa ? demanda Maurice.

— Messieurs, connaissez-vous le principe de raisonnement philosophique appelé « le rasoir d'Ockham » ?

Les deux jeunes gens regardèrent Jules Verne, les yeux ronds.

— On le doit à Guillaume d'Ockham, érudit du XIVe siècle. Par le terme « raser », un philosophe signifie qu'il élimine les explications non nécessaires d'un phénomène. Ockham a défini la règle de simplicité. Il nous a transmis que «*pluralitas non est ponenda sine necessitate*».

— « Une pluralité ne doit pas être posée sans nécessité », traduisit Lucien, qui excellait en latin. Mais j'ai beau comprendre ces mots, je ne perçois pas le sens de cette phrase. Où voulez-vous en venir, Jules ?

— Cela signifie que l'hypothèse la plus manifeste doit être préférée, l'explication la plus simple étant généralement la bonne. Pourquoi chercher une justification alambiquée quand l'évidence suffit ?

— J'ai saisi, dit Maurice. Vous êtes en train de nous dire que, si le Gentilhomme cambrioleur aide Josefa, c'est uniquement parce qu'il l'apprécie.

— Bien ! Je propose que nous divisions nos forces. Nous sommes trois et il y a trois questions. La première : qui a exécuté Louis et Charles Dubrion ? La deuxième : pourquoi les avoir tués ? Et la troisième : qui est le vrai Gentilhomme cambrioleur, celui qui vole et qui n'assassine pas ? Il y a aussi d'autres interrogations sous-jacentes. Pourquoi le meurtrier fait-il endosser ses crimes au Gentilhomme ? Où est passée Josefa ? Personnellement, j'aimerais assez me pencher sur la question de son identité, car le cambrioleur a usurpé la mienne et a porté atteinte à ma probité.

Maurice allait reprendre la parole, quand, tout à coup, on frappa énergiquement à la porte.

— M'sieur Verne ! M'sieur Verne !

— Allons bon ! Que me veut-elle encore ?

C'était Rose qui tambourinait à tout rompre.

Jules Verne se leva de son fauteuil et alla voir.

La domestique secouait une enveloppe.

— C'est pour vous, ch'te lettre ! J'lavais les carreaux, quand j'ai entendu qu'on glissait quéque chose sous l'porte. Eul temps qu'j'essuie mes mains dans min tablier et qu'j'ouvre eul porte, c'ui qui l'a mis, il n'étot plus là !

Rose se tenait sur le seuil. Son regard interrogeait les visages des deux jeunes hommes assis. La domestique lut dans leurs expressions la même curiosité que la sienne. Elle aurait bien voulu savoir ce que contenait cette enveloppe, mais la porte se referma presque sur son nez.

— Messieurs, c'est son écriture !

— Ne l'ouvrez pas, Jules ! cria Maurice. Trouvez des gants ! Chastagnol m'a appris à relever les empreintes et, si l'auteur de la lettre ne s'est pas protégé les doigts, nous pourrons le confondre le moment venu.

— Comme c'est judicieux ! Je m'étonne encore chaque jour des progrès techniques de la police grâce à l'apport de la science. Je suis sûr que, dans quelques années, plus aucun criminel n'échappera à la loi.

Jules ouvrit le tiroir du bureau et chercha une paire de gants blancs en tissu qu'il réservait pour manipuler les ouvrages précieux de sa bibliothèque. L'écrivain les enfila consciencieusement, puis retourna l'enveloppe pour l'examiner. Il n'y avait aucune signature au dos.

Maurice lui tendit un coupe-papier afin qu'il l'incise avec d'infinies précautions. De ses doigts fins, Jules déplia la lettre qu'elle contenait et la posa avec délicatesse sur le sous-main, sous le regard de marbre de Molière et de Shakespeare.

Il en fit alors la lecture à voix haute :

Cher monsieur Verne,

J'ai organisé l'évasion de Josefa. Elle n'a commis aucun des crimes dont on l'accuse. Je sais qu'au fond de vous, vous approuvez cette initiative, car, sans mon assistance, elle serait en train de croupir en prison. N'ayez crainte, elle est en sécurité, maintenant !

Non seulement Josefa est une innocente, mais, en plus, c'est une victime, celle de l'aveuglement de Gamardin, qui n'a vu chez elle qu'une intrigante italienne capable du pire. Elle est également celle d'un meurtrier, qui lui a ravi son époux et, par là même, sa condition sociale.

Mais elle est aussi la victime de ce mari, si tant est qu'il mérite cette dénomination. Il l'a laissée sans le sou, déshéritée, sans un toit au-dessus de la tête. Ce mufle égoïste ne voulait que la posséder, comme une chose. Mais Josefa n'est pas un objet ! C'est une femme de chair et de sang !

Je me doute bien que vous êtes furieux contre moi depuis le tour que je vous ai joué. Mais je vous demande de mettre votre colère de côté pour m'aider à établir la preuve de l'innocence de Josefa. Je sais que vous enquêtez avec vos deux jeunes amis pour trouver le meurtrier.

Je propose également de vous faire part de mes avancées, en déposant des messages sous la grosse pierre au pied du tilleul de votre cour. Faites-en de même en retour.

Allions-nous afin de faire triompher la vérité.

Cela sera sans doute long, mais avec du temps et de la paille mûrissent les néfliers !

Je vous salue, monsieur, et vous témoigne ma profonde admiration.

Le Gentilhomme cambrioleur

— Hmmm, cette lettre est très intéressante…

— Il va nous aider ! s'enthousiasma Lucien.

— Messieurs, il nous reste donc à surveiller le gros caillou au pied de mon tilleul et à aviser notre nouvel ami de la progression de notre enquête. Mais, avant, voici ma conclusion à son propos. J'ai dit tout à l'heure qu'il appréciait Josefa… Eh bien, c'était un euphémisme : il l'aime !

— Comment ?

— Allons, Lucien, tu t'en remettras ! se moqua Maurice en posant une main fraternelle sur l'épaule du jeune homme.

— Mais oui, messieurs, c'est évident ! Pas une fois il n'utilise le patronyme Dubrion. C'est la négation de sa condition maritale.

— Ça ne veut pas forcément dire qu'il l'aime…, protesta Lucien.

— Et que fais-tu de la métaphore on ne peut plus charnelle : « femme de chair et de sang » ?

Lucien ne répliqua pas. Il savait que Jules Verne avait vu juste. Quel homme normalement constitué ne succomberait pas à Josefa ?

— Je vais poursuivre l'analyse de cette lettre. Je sens que quelque chose m'échappe. Allez, mes garçons, au travail ! Nous avons des problèmes à résoudre…

16

Vendredi 26 octobre 1883
Dans un château de la Somme
En fin de matinée

Josefa ouvrit les yeux.

La jeune femme était allongée, tout habillée, au milieu de coussins moelleux. Au-dessus de sa tête, de grandes tentures pourpres pendaient du lit à baldaquin autour duquel quatre aigles en chêne veillaient sur sa couche comme sur un précieux nid.

Mais où suis-je ?

Elle se redressa subitement, semblant s'extirper des griffes d'un cauchemar.

Tout lui revint alors en mémoire.

Son horrible arrestation, son interminable interrogatoire.

Les privations, la peur.

Sa course folle sur les toits avec le Gentilhomme cambrioleur.

Sa voix chaude, rassurante.

Pourtant, elle ne se souvenait pas être arrivée dans cet endroit.

Josefa posa un pied sur le sol de cette chambre. Quelqu'un avait pris soin de lui ôter ses bottines. Elle fit quelques pas dans la pièce. Des rais de soleil filtraient à travers les volets. Bien décidée à voir où elle se trouvait, elle ouvrit la fenêtre et repoussa complètement les battants, laissant entrer toute la lumière du jour.

Un magnifique parc jaillit alors dans sa quiétude matinale.

Rêvait-elle ? Était-elle morte durant sa fuite ? Était-ce cela, le paradis ?

Devant elle s'étalait un jardin flamboyant qui ressemblait à s'y méprendre à celui dans lequel elle avait joué et couru, enfant. La jeune femme resta un long moment, incrédule, à contempler cette vision d'un temps révolu.

Serais-je en Italie ?

Tout autour, de hauts murs d'enceinte délimitaient le domaine. Des arbres centenaires, parés de feuilles rousses, trônaient sur une pelouse couverte de rosée sur laquelle émergeaient, çà et là, des massifs de buis et de lauriers-roses taillés en boule.

Des plantes méditerranéennes…

À l'horizon, un fleuve miroitait, bordé de terres incultes et de marais parsemés de joncs.

Suis-je encore dans la Somme ?

En revanche, le domaine, lui, était cerné de champs fertiles dont les sillons évoquaient les coups de peigne dans une chevelure. Il n'y avait pas l'ombre d'une habitation aux alentours.

Combien de temps ai-je dormi avant d'arriver ici ?

Sur la façade de la riche demeure dans laquelle elle se trouvait courait une très belle glycine gagnée par une vigne vierge aux couleurs d'automne.

Elle chercha du regard dans le parc, sans voir âme qui vive. La propriété semblait déserte.

Une légère brume roulait désormais dans les allées de gravier.

Josefa referma la fenêtre.

Quel est donc ce mystérieux domaine ?

Elle ne se souvenait pas avoir été portée dans ce lit. Sans doute s'était-elle endormie sur l'épaule du charretier.

Josefa eut subitement une pensée pour son père. Comme elle aimait, enfant, être dans les bras de son *Papino*. À l'époque, lorsque la famille revenait d'une promenade, elle s'assoupissait souvent, bercée par les cahots du carrosse. Et quand ce dernier s'arrêtait, elle feignait de toujours sommeiller pour qu'il la portât jusqu'à son lit. Josefa secoua la tête pour dissiper ce souvenir qui la rendait soudain vulnérable. La veille, elle avait suivi le Gentilhomme pour se sortir d'affaire, mais devait-elle baisser sa garde pour autant ?

Josefa se dirigea alors vers la porte. Celle-ci était verrouillée…

Prisonnière ! No, non di nuovo[1] *!*

Elle s'apprêtait à crier quand une clé joua dans la serrure.

D'instinct, elle recula et s'empara du tisonnier de la cheminée, le brandissant devant elle comme une lame d'escrime.

La porte s'ouvrit sur une femme d'une soixantaine d'années au visage rond. Elle fit un pas vers elle.

— Bonjour, Josefa. Avez-vous bien dormi ?

— Où suis-je ? demanda-t-elle, la menaçant de son arme improvisée.

La nouvelle venue s'approcha encore plus près, ne semblant nullement la craindre.

— Vous êtes en sécurité, chez des amis. Vous êtes notre invitée.

— Vraiment ? Alors pourquoi la porte de cette pièce est-elle fermée à double tour ?

— Chère enfant, c'est pour vous éviter de faire une bêtise. Si vous quittiez l'enceinte du château, vous courriez un très grand danger. Les hommes du commissaire Gamardin vous trouveraient, vous seriez exécutée pour le meurtre de votre mari et celui de votre beau-frère. Quand vous aurez bien compris cela, vous pourrez aller et venir à votre guise dans le domaine.

Immédiatement, Josefa baissa son tisonnier, réalisant soudain la gravité de sa situation.

— Mais où suis-je ? répéta-t-elle.

— Vous êtes chez le Gentilhomme cambrioleur. Et voici pour vous !

Elle lui tendit une lettre.

Chère Josefa,

Vous voilà désormais chez moi, à l'abri.

Vous venez de faire la connaissance d'Hortense. Elle veillera sur vous comme une mère.

1. « Non, pas encore ! »

Mathurin et Alexandre, qui vous ont menée jusqu'ici, sont aussi d'une loyauté sans faille. Ils seront comme deux frères pour vous.

Ne songez surtout pas à fuir ! Gamardin a juré votre perte et vous recherche partout.

Comptez sur moi pour faire éclater votre innocence au grand jour !

Vous n'êtes pas seule, Josefa.

Ma demeure est la vôtre.

Simplement, pour votre bien et le mien, je vous prie de ne pas vous rendre dans la pièce à la porte bleue. Et cela sous aucun prétexte !

Votre dévoué Gentilhomme cambrioleur

— Nous sommes chez lui ? Est-ce bien cela ?

Hortense acquiesça en hochant la tête.

— Notre Gentilhomme a toujours été ainsi. D'autant que je me souvienne, il n'a jamais supporté l'injustice.

— Votre maître est toutefois un voleur ! ajouta Josefa, courroucée.

— Il n'est pas mon maître ! Vous ne saisissez pas, dit fermement Hortense. Un jour, peut-être, vous comprendrez… Sachez seulement qu'il ne dérobe que ce qui a été acquis dans le crime.

— Croyez-vous que le collier de la reine, un bijou offert par un roi de France à sa femme en un acte d'amour pur, soit à ce point abominable ?

Le visage amical se durcit.

Hortense planta son regard dans celui de Josefa et annonça :

— Madame, je n'ai pas juste été la nourrice du Gentilhomme. J'ai également été sa préceptrice et je lui ai enseigné que ce collier a été acheté par Louis XVI avec l'argent des impôts. Le souverain a volé un million six cent mille livres à son peuple. Marie-Antoinette a porté, autour du cou, la misère, le sang et les larmes de plus de vingt millions de Français…

Josefa ne baissa pas les yeux et soutint le regard noir de la nourrice.

Elle répondit :

— Ainsi donc, vous défendez la pensée révolutionnaire ? Les hommes qui nous ont jetés sur les routes s'en réclamaient eux aussi. Mais, n'en déplaise au Gentilhomme, l'origine de tout argent est sale, car il est très souvent le produit d'une souffrance. Qui est-il pour décider de l'ôter des mains de ceux qui en héritent ou qui l'ont gagné durement ? Se prendrait-il pour Dieu ?

Hortense se mit à rire franchement.

— Pour Dieu, non ! Mais pour un justicier, oui !

— Mais de quelle justice parlez-vous ? répliqua sèchement Josefa. De quoi était coupable le baron de Ronnachant ?

La nourrice s'humecta les lèvres et annonça :

— Lui, personnellement, de peu de choses ! Mais son grand-père a persuadé Napoléon Bonaparte de rétablir l'esclavage et la traite négrière. Pour le remercier, l'empereur lui avait fait livrer, à l'époque, deux beaux tableaux – ceux que le Gentilhomme lui a confisqués dans sa demeure. Ainsi, l'argent de leur vente va servir à améliorer l'existence des descendants d'esclaves dans les colonies.

Josefa ne trouva rien à répliquer à cela.

Hortense avait parlé calmement, mais fermement. On sentait chez elle beaucoup de douceur, mais aussi de solides convictions, celles d'une pensée sociale qui commençait à se répandre dans la société. Josefa n'avait pas baigné dans ces idées de redistribution et d'égalité. Pourtant, elle aurait bien aimé bénéficier de ces principes quand elle frottait des tables dans une auberge pour un bol de soupe, en Italie.

— Bien ! J'ai préparé le petit déjeuner. Des habits propres vous attendent dans le tiroir de la commode. Il va falloir laver ceux que vous portiez. L'odeur d'anguille est assez tenace…

— Je vous donnerai aussi ceux que m'ont fournis hier les hommes du Gentilhomme.

— Vous n'avez pas compris, Josefa. Je ne suis pas votre domestique. Nous sommes tous égaux dans cette demeure. Le savon noir se trouve à la cuisine, au rez-de-chaussée. Ne vous inquiétez pas, je vous montrerai comment procéder.

— Je n'ai pas besoin de vous pour m'apprendre comment on fait une lessive ! répliqua froidement Josefa.

— Bien. Dans ce cas, je vous attends pour le repas.

Elle referma la porte doucement.

Josefa savait fort bien s'occuper d'elle-même. Soit, elle avait été comtesse, mais aussi servante d'auberge avant de devenir madame Dubrion. Elle n'avait rien oublié de cette époque. Elle croyait simplement ne plus avoir à revivre ce souvenir un jour.

Au même moment, à Amiens, Jules Verne sortait de la maison à la Tour.

Il se mit à pleuvoir.

De grosses gouttes commençaient à ricocher sur les toits et à tremper son paletot.

Il ouvrit son parapluie, décidant de se rendre à pied à la bibliothèque, qui n'était pas si loin. Plutôt que d'emprunter le boulevard Longueville, il prit le chemin du mail pour passer devant la vitrine d'un bouquiniste.

Les voitures battaient le pavé de leurs grandes roues ferrées. Les charrettes de légumes, tractées par de solides percherons ou des chevaux boulonnais, remontaient des halles avec les invendus. Des salades fanées chutaient des attelages et les enfants du peuple, déjà trempés jusqu'aux os, tentaient de les récupérer sur la chaussée au péril de leur vie.

Le mail était bruyant et encombré. On s'invectivait entre cochers, se menaçant l'un l'autre avec sa cravache. Les plus pressés étaient les conducteurs de fiacres transportant des clients inquiets de manquer leur train en direction de la capitale.

Malgré la pluie, Jules était de bonne humeur ce matin. Les feuilles des grands arbres étaient déjà presque toutes tombées et formaient désormais un beau tapis roux sous ses souliers, cachant le large trottoir grisâtre. Avec une candeur enfantine, il s'y enfonçait délicieusement, en faisant voler quelques-unes du bout du pied au passage.

Il prit ensuite par le boulevard de la République.

La rue foisonnait de financiers qui doublaient des fonctionnaires, de livreurs bousculant des dames âgées accrochées à leur panier de commissions. Les petites ouvrières en bonnet de sergé, elles, zigzaguaient entre les nourrices poussant des voitures d'enfant, pressées de mettre les bambins au sec.

Le boulevard était une artère très passante. On y trouvait quelques-unes des principales institutions de la cité : le musée de Picardie, la préfecture et la bibliothèque municipale.

Jules s'engouffra sous le fronton de cette dernière, une œuvre à colonnades, de bon goût, érigée par un ancien architecte en chef du département de la Somme.

Il ébroua son parapluie et pénétra dans l'édifice.

Le bibliothécaire était requis par une dame de forte corpulence qui empêchait tout accès au guichet.

Jules se dirigea donc directement vers sa place habituelle. Sur la table, il déposa sa besace en cuir et son petit chapeau rond, puis accrocha son parapluie au dossier de la chaise.

Quelques instants plus tard, la dame partie, il alla saluer le bibliothécaire, Adolphe Cornaille, qu'il fréquentait depuis plus de vingt-cinq ans. Il avait fait sa connaissance au mariage d'un proche, le même jour où il avait rencontré Honorine. Son ami vieillissait. Chaque année, Cornaille se déplumait un peu plus et son tour de ventre nécessitait un trou supplémentaire dans la ceinture de son pantalon.

— Comment vas-tu, Adolphe ?

— Mon cher Jules, je ne rajeunis pas. J'ai eu une affreuse crise de goutte cette nuit. Je n'ai pas supporté le coq au vin d'hier soir. Eugénie a dû forcer sur la sauce. Mon gros orteil a joué des castagnettes jusqu'à l'aube.

— Quelle jolie image ! Je rirais bien volontiers si ce n'était pas aussi douloureux pour toi. C'est vrai que tu as une mine effroyable.

Tu devrais aller voir le pharmacien Dacheux pour qu'il te délivre un de ses fortifiants à l'huile de Gabian[1].

— Pour que je recouvre la santé, il faudrait surtout déloger les pigeons au-dessus de ma fenêtre… Je n'en peux plus de leurs roucoulements qui me privent de sommeil. Ces affreux volatiles pullulent dans notre ville et font leur nid partout. Le moindre trou dans une façade, la moindre crevasse, est colonisé. Sais-tu qu'un seul couple de ces fichus oiseaux donne six couvées par an ? On ne peut plus se rendre à un office à Notre-Dame sans être criblé de leurs fientes, car ils nichent entre les statues. Un fléau ! J'ai lu ce matin dans *Le Progrès* que le nouvel évêque avait lancé une pétition pour demander au conseil municipal l'achat de faucons pour les chasser. Je vais aller la signer dans l'après-midi.

Jules ne put s'empêcher de sourire.

Cornaille, un mot picard pour désigner les corbeaux, n'aime donc pas les pigeons. C'est amusant !

Alors que le bibliothécaire maugréait encore, Jules tira un papier de sa poche. Il avait griffonné un titre au crayon de bois.

— Je ne sais pas si nous l'avons, hésita Adolphe Cornaille, en allant chercher dans ses fiches.

— Tu l'as ! J'en suis sûr, je te l'ai fait commander l'an dernier.

— Si tu le dis, c'est que c'est vrai ! Je vais voir s'il n'est pas rangé avec les usuels.

Quelques instants plus tard, Cornaille revint, l'ouvrage en main.

— Voilà pour toi ! Le petit polisson se cachait tout simplement dans la réserve.

Jules salua son ami et retourna à sa place. Il ouvrit alors le livre intitulé : *Les Expressions idiomatiques des langues européennes*. Ce dernier renfermait de bien savoureuses expressions propres aux différents peuples du Vieux Continent. Survolant celles de Shakespeare et de Molière, il apprécia la locution : « en faire tout un fromage ».

1. Un dérivé de pétrole.

Cet idiotisme convient parfaitement pour qualifier le laïus de Cornaille à propos de ses nuisibles. Mais d'où peut bien provenir cette expression sur le fromage que l'on utilise seulement chez nous ? Sans nul doute de l'idée que, à partir d'une chose basique comme le lait, on peut obtenir un produit très élaboré tel que le fromage. Passer du lait au fromage, ou transformer quelque chose d'anodin en montagne de complexité…

Il lut quelques autres constructions linguistiques tout aussi charmantes, puis referma le livre.

Bien ! Je le consulterai plus tard.

Avec une grande précaution, il le glissa au fond de sa besace. Avant de sortir, il salua Cornaille d'un signe de tête.

Lorsqu'il retrouva la rue de la République, il ne pleuvait plus, le ciel était même dégagé. Il décida donc de rejoindre la rue des Trois-Cailloux à pied pour aller boire un verre de lait chez le traiteur Sigbert.

Jules adorait cet endroit. Passé la porte, on entrait dans une boutique ressemblant à un boudoir décoré de bibelots, de tentures de satin grenat et de sculptures orientales, comme à l'intérieur d'un roman de Théophile Gautier. Le café était agrémenté de fauteuils très confortables et de causeuses moelleuses recouvertes de tissu capitonné. Les boiseries de chêne étaient, quant à elles, ornées de lampes au globe opaque soutenues par des dorures qui donnaient à l'endroit un charme désuet.

Assis à une table, un ancien militaire, avec qui Jules avait parfois échangé quelques mots, disposait des cartes pour faire une réussite.

L'écrivain le salua et s'installa à sa place habituelle. Il demanda au cafetier la presse du jour. Le garçon vint lui porter son traditionnel verre de lait, ainsi que la dernière édition du *Progrès de la Somme*.

Jules déplia le journal et en fit silencieusement la lecture.

L'article principal était signé de Bynov. Pour une fois, Jules ne trouva pas le titre trop mauvais. « Pourquoi les frères Dubrion ? », se demandait le pseudo-journaliste. L'écrivain jugea la question très judicieuse, puisque lui-même se la posait également.

Le reste du papier était fort mal rédigé, comme d'habitude, comportant de nombreuses erreurs syntaxiques et de vilaines fautes grammaticales, mais soulevait de bonnes interrogations. La famille Dubrion était-elle l'objet d'une vengeance personnelle ? Les deux frères n'étaient-ils que les premières victimes d'un meurtrier s'en prenant aux habitants les plus fortunés d'Amiens ?

Jules avala les ultimes gorgées de son verre de lait, plia le journal et regretta de n'avoir que dix sous à donner en guise de pourboire au serveur.

Il quitta le café et se jura de commencer au plus tôt la lecture de l'ouvrage emprunté à la bibliothèque. Toutefois, il se souvint qu'il avait également promis à Hetzel, son éditeur, de lui envoyer au plus vite son dernier feuilleton à paraître dans *Le Magasin d'éducation et de récréation.* Et il lui restait encore du pain sur la planche…

17

Vendredi 26 octobre 1883
Rue de Noyon
Au soir

D. Bynov enfila sa redingote et verrouilla la porte de l'appartement cossu dont il était l'heureux propriétaire, rue de Noyon.

Dehors, les grands becs de gaz bordaient le boulevard, éclairant la chaussée d'une lumière rassurante.

Dans ce quartier chic, des couples, tout juste sortis du théâtre, se promenaient encore sur les trottoirs, commentant le jeu des comédiens et la mise en scène de la pièce, avant de rejoindre le confort de leur doux logis.

À cette heure tardive, le journaliste du *Progrès de la Somme* aurait dû être au lit depuis un bon moment. Habituellement, il se couchait tôt, mais, le matin même, il avait été le destinataire d'un message du Gentilhomme disant :

> Cher monsieur Bynov,
>
> J'ai décidé de vous accorder un entretien. J'ai des révélations à vous faire.
>
> Venez seul, ce soir à minuit, à l'ancienne abbaye Saint-Jean-des-Prémontrés.
>
> Le Gentilhomme cambrioleur

Mort de peur et tout tremblant, le journaliste s'était précipité au commissariat. Pour Gamardin, l'occasion était trop belle : il fallait se servir de Bynov pour appréhender le Gentilhomme.

— « Moi, l'appât d'un attrape-nigaud ? Mon cher, allons, vous n'y pensez pas ! » avait protesté Bynov.

— « Vous ne risquerez rien ! Tout du long, un de mes inspecteurs vous suivra bien en retrait. J'investirai en personne l'ancienne abbaye pour l'arrêter sur le fait au moment de votre entrevue. Sans compter la présence de mes hommes encadrant le périmètre… Il sera fait comme un rat ! » avait répondu le commissaire en se frottant les mains.

Bynov quittait donc son quartier sûr et éclairé pour s'enfoncer vers l'ouest d'Amiens. Les lumières se firent plus éparses et les grands appartements laissèrent peu à peu la place à des maisons de guingois. Les rues devenaient de plus en plus désertes à mesure qu'il avançait dans la pénombre.

Quand il s'engouffra dans la rue Duméril, le doute s'insinua en lui. Il se demanda soudain s'il était bien suivi par un policier. Il se retourna et crut distinguer une silhouette qui se figeait dans l'encadrement d'une porte cochère.

Il poursuivit donc sa marche.

Un écho de pas rassurant répondait au sien, derrière lui, sur les pavés. Quelqu'un veillait bien sur lui.

Un peu ragaillardi, il agrippa fermement le pommeau de sa canne pour se donner davantage de courage.

Allons ! Je suis sur le point d'obtenir la confession du meurtrier. Demain, quand mon papier va paraître, je serai couvert de gloire.

Après un quart d'heure de marche, il arriva dans le faubourg Saint-Jacques. Il n'avait pas coutume de s'aventurer dans ce quartier populaire et industrieux.

La chaussée avait changé sous les semelles de ses souliers vernis. Les pavés irréguliers et cassés manquaient sans cesse de le faire trébucher.

Il hésita à pénétrer dans une venelle étroite, éclairée au loin par une pauvre lanterne pâle et vacillante. Il approcha d'un caboulot qui servait des alcools frelatés à toute heure de la nuit. Les rires et les cris qui s'en échappaient se souciaient fort peu du sommeil des voisins. Devant la porte, une odeur atroce de sueur âcre et de vomissures lui donna la nausée ; il crut bien qu'il allait ajouter sa contribution à l'œuvre des ivrognes sur le trottoir.

Plus loin, au coin de la ruelle, une catin – qui devait avoir au moins quatre-vingts printemps – lui montra ce que Courbet avait appelé *L'Origine du monde*. Celle-ci lui évoqua plutôt l'apocalypse… Il passa son chemin après avoir rougi de dégoût jusqu'au sommet du crâne. Il transpirait à grosses gouttes sous son imposant haut-de-forme. Comme la puanteur du cabaret persistait toujours dans ses narines, il sortit de la poche de sa redingote un mouchoir en dentelle imprégné de parfum capiteux qu'il serra tel un bâillon sur son nez. Sa canne tomba alors de sa main droite en faisant du vacarme. Au fond d'une cour sombre, un chien, alerté, aboya méchamment. Un homme le fit taire d'un coup de pied jeté dans ses côtes faméliques, accompagné d'une grossièreté qui aurait fait passer les clients du rade d'à côté pour des poètes.

Parvenu au bout de la rue, il déboucha sur un nouveau quartier en construction.

À proximité des grandes usines de lin et de coton du faubourg, on pouvait voir les soubassements des futurs logements ouvriers en brique rouge. Des cordes tirées entre des tas de sable et des percées gigantesques délimitaient l'emplacement des prochaines travées.

Bynov connaissait très bien le projet urbain du maire, Alphonse Fisquet, pour l'avoir exposé dans un article. Pour l'instant, aux côtés de quelques élévations de bâtiments, il y avait surtout des trous béants contenant une eau saumâtre. Avec de l'imagination, on pouvait se représenter des habitations larges de quatre mètres, comportant une cave, deux pièces au rez-de-chaussée et deux à l'étage, un grenier, un jardin minuscule de soixante-trois mètres carrés précisément et un lieu d'aisances séparé. Vendu au prix de revient de trois mille francs, le logis ferait bientôt le bonheur d'un ouvrier, qui serait prélevé sur sa quinzaine pendant vingt ans. Ces futures maisons étaient la promesse d'une vie digne pour tous ceux qui s'entassaient dans un taudis. Pour Bynov, qui vivait dans une vaste superficie avec son balcon à l'étage noble et ses immenses baies vitrées noyées de soleil, tout cela ne valait guère mieux que des clapiers à lapins.

Le journaliste évita de justesse un fossé et ne sut dire s'il s'agissait de tranchées pour le passage des conduites de gaz ou des travaux de dérivation du cours d'eau de la Selle.

Il maugréa, la boue collant à ses semelles et risquant de gâter la fleur de cuir de ses souliers pointus.

Tout droit, devant lui, se dressait désormais une masse sombre, les vestiges de l'ancienne abbaye, qui serait bientôt submergée par la crue de maisons ouvrières.

Minuit sonna à la cloche d'une église lointaine. Bynov était juste à l'heure. Il pénétra dans l'enceinte de l'abbaye Saint-Jean-des-Prémontrés par une trouée dans la palissade. Un seul coup d'épaule aurait d'ailleurs suffi à la pulvériser entièrement, tant elle était rongée par les vers. Un clou rouillé arracha un bout de sa belle redingote en velours. Il pesta tout en se frayant un passage entre les buissons de ronces qui colonisaient la friche.

Le journaliste manqua alors de tomber dans un vieux puits. Il le contourna prudemment et déboucha enfin devant l'abbatiale, seul bâtiment qui tenait encore debout au milieu de ruines envahies de lierre grimpant.

Dans la journée, c'est sans doute le terrain de jeux des enfants de la populace amiénoise… mais, la nuit, l'endroit est sinistre.

Bynov avançait avec vigilance. Il était fort probable que des mendiants dormissent dans les recoins d'ombre des murs effondrés, se terrant contre les gravats pour s'abriter du vent du nord. Au moindre bruit, il les imaginait accourir pour le détrousser.

Le toit ployait sous le poids des siècles et Bynov se demanda s'il n'allait pas dégringoler sur son haut-de-forme au moment d'ouvrir la porte vermoulue.

Lorsqu'il entra, on eût dit qu'un gouffre sombre allait l'aspirer.

Il sortit son briquet en argent de la poche de sa redingote.

L'endroit s'éclaira soudain.

Il se tenait dans une sorte de nef.

Il leva la tête.

Une croisée d'ogives reposait sur des piliers gothiques.

Bynov cria, surpris par une sculpture grotesque et grimaçante. Un monstre aux crocs acérés le menaçait.

Sans nul doute un Juif !

Une abominable odeur rance flottait dans l'air. Les ténèbres régnaient en maître dans cet édifice, mais il remarqua qu'un point incandescent brillait dans ce qui ressemblait à une ancienne crypte.

Il se dirigea à tâtons vers la lueur, s'aidant du mur de craie qui s'effritait au bout de ses doigts gantés. De fantastiques arabesques faites d'ombres et de lumière dansaient sur les marches irrégulières de l'escalier en colimaçon qui l'emportait dix pieds sous terre.

À l'approche de la rencontre, il tremblait deux fois plus fort. À plusieurs reprises, le pas peu assuré, il manqua de se tordre une cheville.

Bien qu'il fût terrorisé, il souffla de soulagement en parvenant sur le seuil de la crypte.

Des flambeaux d'étoupe imbibée d'huile léchaient les parois de la cavité, maculées de salpêtre.

Soudain, quelque chose le frôla.

Bynov se mit à crier comme une jouvencelle.

Ce n'était rien d'autre qu'une chauve-souris que le bruit de ses pas sur la dalle froide avait réveillée.

— Hé oh, monsieur Gentilhomme ! Où êtes-vous ? lança Bynov en tentant de contrôler les trémolos dans sa voix.

Seul l'écho lui répondit.

Le journaliste pénétra plus en avant dans la salle voûtée.

Regardant avec inquiétude derrière le premier pilier, il ne vit rien.

Au centre de la travée, une chaise en paille l'intrigua. Il s'approcha de l'assise, où une petite enveloppe semblait l'attendre.

Il s'empara alors de cette dernière. Son nom y était inscrit.

Il en tira une lettre pliée en quatre et l'ouvrit.

Le message ne contenait qu'un seul mot.

BOUM !

Bynov n'eut même pas le temps de lire le point d'exclamation qu'un coup de matraque s'abattit lourdement sur sa nuque.

Il s'effondra sur le pavé glacé.

Inconscient.

Lorsqu'il reprit ses esprits, il était ligoté sur la chaise, les mains solidement attachées dans le dos. La corde entravait aussi ses chevilles. D'instinct, il se débattit. Les liens lacérèrent sa peau.

— Ne perds pas ton temps, mon mignon, tu es bardé comme un rôt !

La voix était juste derrière lui. Elle était grave et monotone. Il sentit un souffle sur sa nuque, à l'endroit même où une douleur battait et où une énorme bosse enflait.

— Vous n'avez pas le droit, je suis journaliste ! protesta Bynov.

— Tu n'es rien du tout ! Un médiocre gratte-papier et un peigne-cul qui se torche dans une saloperie de feuille de chou ! Je n'aime pas ce que tu écris.

— Monsieur le Gentilhomme, dit-il d'une voix mielleuse, je veux rédiger le meilleur des articles. Je veux que les lecteurs vous comprennent. Je vais…

— Tais-toi, limace ! Je ne sais pas de qui tu parles dans ton journal, mais surtout pas de moi. Écoute ! Je ne porte le nom de Gentilhomme que pour me moquer des gens de ta caste. Au début, j'ai volé et redonné aux pauvres simplement pour jouer. Maintenant, j'assassine, car cela m'amuse encore plus. Qu'as-tu imaginé dans ton article d'hier, que je réglais mes comptes avec les Dubrion ? Non !

Je les ai détroussés et tués tous les deux, parce qu'ils étaient riches. Le hasard a voulu qu'ils soient frères, c'est tout.

Bynov réalisa la gravité de la situation. Le Gentilhomme était furieux contre lui et lui avait tendu un piège. La peur rendait sa gorge sèche.

Il articula difficilement :

— Vous ne cherchiez pas à vous venger ?

— Non, j'aime voler. Et je tue quand on me résiste. Une balle dans la tête quand on me contrarie !

Bynov tremblait. Il n'osait plus poser de questions.

— Tu veux savoir si j'ai un complice ?

— …

— Oui, j'en ai un ! C'est cette chère Josefa, ma future maîtresse ! Elle me remerciera bientôt chaque jour d'avoir abattu son mari et son horrible beau-frère qui lui a volé son héritage.

— Je vous en supplie, laissez-moi ! J'écrirai ce que vous voulez ! cria Bynov dans une symphonie de claquements de dents.

— Tu me dégoûtes !

Soudain, le journaliste chuta en avant. Son ravisseur avait lancé un formidable coup de pied dans la chaise.

Bynov avait basculé, heurtant douloureusement la dalle de pierre de plein fouet.

Il geignit :

— Pitié ! Pitié ! Laissez-moi, je ne vaux rien !

— Oui, tu as raison ! répondit l'autre en ramassant le chapeau de Bynov. En revanche, ton couvre-chef, lui, coûte une petite fortune. C'est du grand chic parisien ! Je crois que je vais le garder. Il manquait un accessoire pour parfaire mon apparence…

Toujours derrière lui, il se coiffa du haut-de-forme dans un geste grandiloquent. Il se mit à rire de façon théâtrale et méprisante devant la position grotesque dans laquelle le journaliste était tombé.

— Si tu pouvais te voir, cloporte que tu es !

Bynov demeurait les fesses en l'air, la joue droite éraflée sur le sol froid de la crypte. Au-dessus de lui, l'osier de la chaise formait comme une carapace de paille éclatée qui le faisait ressembler à un porc-épic. Son ravisseur appuya son pied sur le dossier.

Le journaliste hurla :

— Laissez-moi ! Pitié, laissez-moi !

L'autre relâcha la pression de son talon.

— Tu es un lâche ! Un journaliste, toi ? Une cocotte en redingote, oui ! Pourtant, tu ne dissimules pas ton accent de paysan quand je te fais couiner. Alors comme ça, tu as honte de la bonne vieille terre qui te colle aux souliers ? Tu la veux, ton entrevue ? Ouvre tes oreilles ! Encore une fois, je ne tue pas par vengeance. Les Dubrion n'avaient simplement pas envie de me donner leur or… J'ai volé ici tout ce qu'il y avait à prendre. Je pars à présent à la capitale. J'en ai fini avec cette ville ! As-tu bien saisi ?

— J'ai compris… J'ai compris… Je vous prie de m'excuser…, balbutia-t-il en sanglotant.

— Je ne crois pas que je vais te pardonner.

L'homme se baissa.

Le journaliste sentit à nouveau son souffle chaud sur sa nuque.

Il entendit alors le frottement d'un couteau qui sort d'un étui. Une seconde plus tard, son bourreau avait saisi une touffe de cheveux et une lame froide était collée contre sa pomme d'Adam.

L'assassin chuchota d'une voix d'outre-tombe :

— Je vais t'ouvrir la gorge, comme on le fait à un goret, d'une oreille à l'autre, et j'irai fouiller dans cette plaie pour t'arracher la langue… Ta mauvaise langue !

— Pitié ! supplia encore une fois Bynov.

Il ferma les yeux en tremblant de tous ses membres.

— Recommande ton âme au…

À la surface, dans la nef, une déflagration pareille à un coup de feu retentit au moment même où Bynov commençait à s'uriner dessus.

Le couteau chuta.

L'homme le cherchait dans l'ombre.

Le journaliste se mit à hurler :

— Au secours ! Commissaire, je suis ici !

— Ainsi, tu as prévenu cette ordure de Gamardin !

Plus que quelques instants et il serait délivré. Bynov se dit que le Gentilhomme n'irait pas bien loin, sans son couteau, face au revolver du chef de la police.

Le ravisseur prit alors la fuite.

Au fond de la crypte, il ouvrit une petite porte et disparut.

Quelques secondes plus tard, lorsque Gamardin déboucha de l'escalier en colimaçon, son pistolet à la main, il aperçut, à la lueur de sa lampe, une scène grotesque : Bynov, secoué de spasmes, était en chien de fusil et, sur son dos, une chaise dépaillée le faisait ressembler à un hérisson bondissant. Il sanglotait désormais comme un enfant.

— Êtes-vous blessé ? Où est-il passé ?

— Je ne… sais pas…, articula difficilement Bynov entre deux sursauts.

— Il ne peut pas s'échapper ! Mes hommes sont partout au-dehors ! hurla alors le commissaire.

18

Dimanche 28 octobre 1883
Maison à la Tour
Au matin

Jules Verne posa son bol de lait sur la table de la cuisine et examina l'article du *Progrès de la Somme*.

Rendez-vous avec le diable !

par D. Bynov

Dans ma vie personnelle, j'ai maintes fois fait preuve de ténacité. J'ai notamment participé aux campagnes de 70 sur les fronts de l'est, manquant de me faire tuer par les sabres-baïonnettes de l'ennemi prussien.

Le journalisme requiert aussi une part d'héroïsme.

N'écoutant que mon courage pour aller enquêter dans les recoins les plus sombres de notre cité drapière, j'ai traqué, l'an dernier, l'éventreur d'Amiens. J'ai même contribué, à cette époque, à confondre le meurtrier. Mais le secret de l'instruction m'oblige à garder le silence et je ne peux donc vous en dire davantage ici.

Alors, je n'ai répondu qu'à mon sens du devoir quand le Gentilhomme cambrioleur m'a envoyé un message à propos d'un tête-à-tête nocturne avec lui. Le lieu même de l'entrevue en aurait fait reculer plus d'un.

Je devais me rendre à minuit à l'ancienne abbaye Saint-Jean-des-Prémontrés. Le Gentilhomme me réclamait, moi, « le plus illustre des journalistes de la Picardie et du pays », comme me l'a affirmé, hier matin, le préfet en me félicitant pour ma bravoure.

Voilà donc le récit de ma folle nuit !

J'ai ainsi quitté mon domicile à vingt-trois heures trente pour me rendre faubourg Saint-Jacques où devait avoir lieu mon entrevue avec ce dangereux criminel. Notons bien que ce scélérat m'avait défendu de prévenir la police.

Tout d'abord, on eût dit que la pègre qui peuple ce quartier s'était donné le mot pour m'empêcher d'atteindre le diable. Pour commencer, j'ai combattu un voleur qui en voulait à ma montre à gousset. Je l'ai rossé avec ma canne, puis j'ai affronté, devant un tripot, trois mendiants qui tentaient de déflorer une vierge égarée, que j'ai remise à sa mère éplorée après l'avoir sauvée. Enfin, parvenu à mon rendez-vous à l'heure dite où minuit sonnait, le Gentilhomme m'attendait au fond d'une crypte.

Que dire de son apparence ? C'est un monstre ! Une grande cape et un masque, que l'on nomme un loup, dissimulent sa laideur. Nous l'avons baptisé Gentilhomme, mais c'est une erreur. C'est le Mal incarné ! Sa voix vient d'outre-tombe et son sourire est carnassier.

Mais je n'ai pas tremblé !

Je l'ai poussé dans ses retranchements, faisant preuve d'un courage hors du commun et d'une poigne de fer. Il a pleuré comme un enfant en confessant ses méfaits et ses crimes de sang devant ma témérité. Il a avoué avoir tué lâchement les frères Dubrion, uniquement pour leur richesse, et a admis avoir une maîtresse, en la personne de la veuve du banquier, qui se fait appeler « la Cagliostro ».

Dorénavant, cessez de penser qu'il donne aux pauvres ! C'est une ruse. Ce n'est pas un « gentil homme », mais un brigand de la pire engeance, qui n'aime que le meurtre et qui court après l'argent durement gagné par d'autres.

Comme j'étais un adversaire de taille, il m'a attaché les mains en réalisant qu'il ferait bien piètre figure face à un athlète de ma constitution physique. Avant qu'il ne s'enfuie, j'ai réussi à lui faire promettre de quitter notre ville pour aller à Paris, lui disant qu'il avait assez rapiné et tué dans notre bonne cité.

Il a exigé un souvenir en contrepartie. Je lui ai donné mon chapeau de grande valeur. Après son départ, je me suis facilement libéré de mes entraves par quelques tours de poignets. Pourtant, j'aurais pu utiliser son couteau, que j'avais fait tomber sur la dalle quand je l'ai affronté, faisant montre d'une dextérité dont il n'a pas su faire preuve lui-même.

Il semblerait que le Gentilhomme ait fui par un passage secret. Vaincu !

Mes très chers lecteurs, nous voilà débarrassés de ce meurtrier, de ce bandit, de ce fat, qui est en chemin vers la capitale pour y voler et assassiner à nouveau.

Ne me remerciez pas, je n'ai fait que mon devoir.

Votre humble serviteur,
D. Bynov

— Allons bon ! Comment cet incapable peut-il encore signer des articles dans un journal sérieux ? Tout cela sent le mensonge à plein nez ou je ne m'appelle pas Jules Verne !

L'écrivain ferma *Le Progrès* avec agacement, dans un vacarme de feuilles froissées qu'il laissa sur la table de la cuisine.

Rose, qui plumait une volaille, releva la tête.

— J'peux le prendre, m'sieur !

— Quoi donc ?

— Ben, l'journal ! C'est pour mes épluchures eud patates !

— Il est tout à vous, ma fille. C'est tout ce que mérite ce galimatias, vu les billevesées qu'il contient.

Rose, qui ne comprenait pas, le fixa avec les mêmes yeux qu'elle faisait quand Eugène, son mari, avait bu un « tiot coup d'trop », comme elle disait.

Il quitta la cuisine d'un pas pressé et gravit quatre à quatre les marches de l'escalier de la tour qui menait à sa bibliothèque, faisant fi de ses rhumatismes.

Le portrait d'un tueur sans vergogne ! Josefa, sa maîtresse ! Un départ à Paris ! Un passage secret ! Avec tous les sondages de Lesage ? Et quoi encore ?

Jules ouvrit la porte de son antre et entreprit de chercher un ouvrage en maugréant. Bien qu'il eût un système de classement savant sous forme de petites fiches bristol, il ne le trouvait pas.

Où est ce feuillet ? Où l'ai-je fichu ?

Il parcourait du regard ses milliers de livres à la recherche d'une étude sur l'ancienne abbaye Saint-Jean-des-Prémontrés. L'industriel amiénois Jean-Baptiste Lesage, passionné par les ruines de la ville, avait consacré une belle monographie sur cet ensemble religieux. Au bout de cinq minutes, il mit enfin la main sur l'ouvrage, le posa sur le bureau, afin d'y consulter la table des matières.

Il retrouva le plan de la crypte du XIIe siècle et ouvrit un tiroir pour se munir de sa loupe. Doté de l'instrument, il examina attentivement le document.

Dans cet édifice, il y avait bien deux accès au sous-sol, chacun débouchant dans la nef voûtée. Mais une seule porte donnait sur l'extérieur, en face du nouveau chantier des maisons ouvrières. Jules Verne avait visité les ruines de l'ancienne abbaye un an auparavant. Lesage lui avait demandé de signer une pétition pour conserver les quelques vestiges de cet ensemble datant de 1124, déjà très malmené par les troupes espagnoles au XVIe siècle. Jules Verne regarda à nouveau le plan à travers sa loupe : il n'y avait aucune mention d'un souterrain. L'endroit avait pourtant été minutieusement sondé par l'érudit local.

Le romancier rangea le livre dans une étagère de sa bibliothèque. Songeur, il resta immobile un moment, au centre de la pièce, se grattant la barbe au beau milieu de son tapis persan.

Est-il possible que Bynov ait inventé ce récit de A à Z ? Et si ce n'est pas le cas, le Gentilhomme que le journaliste a rencontré est forcément l'imposteur. Un individu violent, peu rocambolesque, comme l'a dit Lucien. Pas le cambrioleur, mais le meurtrier des Dubrion, sans aucun doute… L'écriture ne ment jamais. Elle ne peut pas. Elle a dissocié le voleur de l'assassin. D'ailleurs, peut-être que le Gentilhomme, le vrai, a laissé un message sous le gros caillou du tilleul…

Il referma à clé la bibliothèque, descendit rapidement l'escalier en colimaçon et, sans prendre la peine de se couvrir, sortit dans la cour.

Il avait gelé au petit matin et les arbustes semblaient figés sous un manteau de givre.

Heureusement qu'Honorine dort encore ! Elle m'aurait houspillé pour être allé dehors sans paletot.

Au pied du vieux tilleul centenaire, il souleva la pierre et trouva une lettre qu'il lut sans tarder.

Cher monsieur Verne,

Tout ce qui est écrit ce matin dans l'article de Bynov est un tissu de mensonges !

C'est l'assassin des frères Dubrion qui a organisé cette rencontre. Je n'ai rien en commun avec l'homme dépeint par ce journaliste. On veut me salir et faire de Josefa ma maîtresse. Elle n'est pas ma complice !

Je suis bien déterminé à découvrir qui se fait passer pour moi. Je poursuis mon enquête, mais, pour l'instant, sans succès...

J'espère vous en apprendre bientôt davantage.

Le véritable Gentilhomme cambrioleur

— Tiens donc, toi aussi, cela t'agace que l'on usurpe ton identité ! dit Jules Verne tout haut, soulagé de trouver ce mot, bien qu'il n'eût pas douté de l'innocence du Gentilhomme.

Sa plume fût-elle médiocre, Bynov avait tout de même un certain don pour l'outrance. Il était donc facile de se laisser corrompre par son emphase. Beaucoup de lecteurs allaient être convaincus par le portrait qu'il avait dépeint.

Alors qu'il allait rentrer dans sa demeure, Follet, son grand épagneul picard, aboya.

Jules se retourna.

Maurice et Lucien ouvraient le portail de la maison à la Tour.

— Êtes-vous au courant ? demanda le jeune chroniqueur à l'écrivain.

— Oui, Lucien. Je viens de lire la presse.

— Depuis hier, Bynov fait le paon au journal. Il raconte son exploit nocturne à qui veut bien l'entendre, même aux ouvriers compositeurs qui ne récoltent d'ordinaire que son mépris. Et son explication varie sans cesse ! Un coup, il aurait négocié son départ contre son magnifique chapeau de grande valeur. Un autre, le Gentilhomme aurait capitulé devant sa seule prestance… Enfin, la version la plus fréquente nous dit qu'ils se seraient battus et que le Gentilhomme aurait été rossé par Bynov. Mais sa joue râpée et son hématome au menton témoignent du mauvais quart d'heure qu'il a dû réellement passer !

— Le vrai Gentilhomme vient de clamer son innocence dans cette lettre. Tiens, prends-la, Maurice ! La personne qui a séquestré Bynov est bien sûr l'assassin des deux frères.

— Je n'en doutais pas un seul instant, affirma le policier.

— Au fond, nous ne saurons peut-être jamais ce qu'a vécu Bynov dans cette crypte, mais, le connaissant un peu, nous devons être très loin de la vérité, répliqua Jules.

— Et une chose est sûre, renchérit Maurice en tendant la lettre à Lucien, dans ce sous-sol, il y avait aussi Gamardin !

— Gamardin ? fit l'écrivain.

— Oui, quand je suis passé au commissariat ce matin, pour récupérer ma cagette avec toutes mes affaires, j'ai entendu les gars en parler. Gamardin avait prévu une souricière. Bynov l'avait averti du rendez-vous, au mépris de l'interdiction du faux Gentilhomme. Toute l'abbaye était donc surveillée par des policiers, tandis que le commissaire planquait à l'intérieur. Malgré tout cela, le meurtrier a réussi à prendre la poudre d'escampette et à échapper à la vigilance de Gamardin et de tous ses hommes.

— As-tu eu d'autres informations sur ce qu'il s'est réellement passé là-bas ? demanda Jules, qui commençait à sentir la morsure du froid.

— On m'a raconté que le commissaire se trouvait dans la nef quand il aurait entendu du bruit dans la crypte. Il aurait tiré sur le faux Gentilhomme pendant sa fuite, mais l'aurait raté à cause de l'obscurité. L'assassin des Dubrion aurait entravé Bynov, qui pleurait comme un bébé… Ce dernier se serait même pissé dessus de terreur. Le bandit aurait disparu tranquillement. Envolé comme par magie ! Personne ne l'a vu, à part notre bon vieux journaliste, et pas un ne sait comment il a échappé à un cordon de trente policiers. On raconte qu'il y aurait une autre sortie ; une galerie cachée peut-être. Le préfet soutient toujours Gamardin, malgré cet échec cuisant. « On ne peut rien contre un passage secret ! » Voilà ce qu'il lui aurait déclaré… Ah oui, j'allais oublier, Kuhn lui a dit : « Je vous renouvelle toute ma confiance, car Bynov et vous-même avez fait fuir cet assassin à Paris ! »

— Quel égoïsme ! s'indigna Lucien. Se réjouir de voir un criminel rejoindre la capitale, libre de continuer ses forfaits là-bas…

— Et quelle évasion ! fit Jules Verne, avec une pointe d'admiration dans la voix. Un meurtrier qui s'évapore d'un lieu clos… Cela est digne d'un roman de Wilkie Collins !

Les deux jeunes gens se regardèrent sans comprendre. Visiblement, ils ne connaissaient pas *La Pierre de lune,* ce roman-feuilleton qui avait rencontré, dix ans auparavant, un incroyable succès outre-Manche, dès sa parution dans un magazine dirigé par Charles Dickens.

— Je vois que je dois éclairer votre lanterne… Collins est un auteur anglais influencé par Edgar Allan Poe. J'ai eu la chance de lire cette histoire de détective grâce à la traduction de la comtesse Gédéon de Clermont-Tonnerre. Outre les multiples rebondissements, on y apprend que presque tous les protagonistes du récit peuvent être soupçonnés. Mais, surtout, nous avons affaire, dans ce texte, à une énigme en chambre close. Alors, comme dans ce roman, comment le meurtrier a-t-il pu s'échapper de l'abbaye ? Il n'y a aucun souterrain, rien qu'un lieu de culte abandonné dont les murs épais ont été à maintes reprises sondés par le président du cercle d'archéologie. Je subodore que ce malfaiteur s'est plutôt caché quelque part dans la nef en attendant que la voie se libère. Dans les combles semi-effondrés par exemple… Brrr… Le froid commence à pincer ! Bien, allons à l'intérieur, voulez-vous ? Puis-je vous offrir un café ? Un cigare ?

Une fois qu'ils furent confortablement installés dans le fumoir, Jules questionna les deux jeunes gens sur l'avancée de leurs recherches.

Maurice sortit un petit calepin de sa poche.

— Voilà ce que nous avons appris, tous les deux, au cours de notre enquête : la famille Dubrion provient d'une très ancienne lignée de nobles bordelais qui a dû ôter sa particule à la Révolution pour ne pas finir la tête en haut d'une pique. Du Brion est donc devenu Dubrion. Malgré le sang bleu qui interdit, dit-on, de travailler, le grand-père était un descendant d'armateurs. Leur fortune était héritée de la traite atlantique et du commerce d'esclaves.

— Les Bordelais ont cela en commun avec les Nantais. Mais faut-il blâmer les enfants pour les agissements des pères ? commenta Jules Verne en guillotinant le bout d'un cigare.

— Celui des jumeaux a investi tout son legs dans les manufactures de la capitale, reprit Maurice. C'était un patron d'usines drapières et un propriétaire de commerces. Il a bâti un véritable empire, de la teinture au tissage, du nettoyage au repassage, en ouvrant des blanchisseries. Il possédait même des bateaux-lavoirs sur les quais de Seine. Au décès de son épouse, morte en couches, ainsi que de l'enfant qu'elle allait mettre au monde, il y a une quarantaine d'années, il a quitté la métropole avec ses deux fils. Pour participer à l'aventure coloniale, il a revendu ses manufactures afin de s'installer en Algérie. Il a couvert le département d'Oran de vastes plantations de coton contre l'avis des agronomes, qui pensaient que le climat méditerranéen n'était pas favorable à la culture de cette plante tropicale…

Jules Verne ralluma le cigare de Maurice, qui s'était éteint.

Lucien poursuivit le compte rendu :

— Le père Dubrion clamait, à cette époque, dans *L'Écho d'Oran*, que son coton était « la plante qui devait faire prospérer l'Algérie et l'unir à jamais à la France ». Mais, derrière ces considérations politiques, il faut bien comprendre qu'il visait avant tout son enrichissement personnel. Au début, c'était une réussite : la guerre de Sécession avait éliminé, de façon temporaire, la concurrence du coton américain, d'excellente qualité. Mais le *Dubrion* n'égalait pas celui des plantations du sud des États-Unis ni même celui d'Inde ou d'Égypte. Les rendements étaient bas et les plantes ne supportaient pas les refroidissements nocturnes de l'Oranie. Les fibres étaient donc de piètre qualité, si bien que, au retour sur le marché mondial de la production américaine, son commerce fut un fiasco.

— D'autant plus, reprit Maurice, après avoir fait deux ronds de fumée avec son rayon vert, que le père Dubrion s'entêta. Les deux fils le supplièrent de vendre pendant qu'il était encore temps. J'ai mis la main sur une lettre dans les vieilles correspondances de Louis confiées par Josefa. En 1866, alors que les jumeaux étaient âgés de trente-huit ans, le père trépassa d'une apoplexie. Ils liquidèrent aussitôt les terres, qui ne rapportaient pas grand-chose, et se tournèrent vers l'activité boursière. Ils achetèrent à la baisse des actions qui, miraculeusement, allaient vite bénéficier d'un coup du destin. Leurs titres valurent bientôt le quintuple de leur prix d'acquisition. Leur fortune était faite : ils n'avaient plus qu'à les revendre pour s'enrichir.

— Et ce coup du sort, ils le doivent à Sadowa, intervint Lucien. D'après leurs détracteurs, les frères Dubrion auraient été avertis de l'issue de la bataille entre la Prusse et l'Autriche[1] avant tout le monde, par le ministre de l'Intérieur en personne, qui fréquentait le même bord... euh... la même maison de tolérance, se corrigea-t-il, en regardant Jules Verne.

Il poursuivit :

— Ils en auraient profité pour acheter des actions quand elles ne valaient rien, bénéficiant ensuite de la victoire prussienne, tellement imprévisible qu'elle renversa complètement la tendance boursière.

1. La bataille eut lieu à Sadowa en Bohême, le 3 juillet 1866. La Prusse triompha de l'Autriche à la surprise générale.

— Grâce à ce maquignonnage, ils bâtirent par la suite un vaste empire financier, reprit Maurice. Charles et Louis ont été maintes fois directeurs de banque en Suisse et en Italie, là où Louis a rencontré Josefa. Depuis deux ans, il était à la tête de la Caisse d'épargne d'Amiens et son frère, à celle d'une compagnie des mines des plus prospères.

— Se sont-ils fait beaucoup d'ennemis ? demanda Jules Verne en faisant tomber la cendre de son cigare dans une coupelle.

— D'innombrables ! reprit Maurice. Josefa m'a transmis des documents que je n'ai pas encore fini d'éplucher. Je suis allé interroger ceux à qui Louis prêtait de l'argent, en les accablant de taux d'intérêt exorbitants. Tous se réjouissent ouvertement de la mort de leur créancier.

— Quel sombre tableau ! fit Jules en se calant au fond de son fauteuil. Des maquignons, oui, comme tu l'as si bien dit en rendant hommage au passage à l'écrivain de la fin du XVIe siècle, Jean de Cholières. Ce dernier n'a pas laissé grand-chose à la postérité, si ce n'est cette belle expression qui convient fort bien pour désigner les manœuvres frauduleuses de cette association gémellaire. Ces deux frères malhonnêtes se sont bien enrichis en spéculant sur l'issue d'une guerre… somme toute, sur la vie d'hommes sacrifiés sur un champ de bataille. À bien y réfléchir, ces deux-là ne méritaient rien d'autre que d'être qualifiés de « charognards », comme je l'ai récemment entendu dans le langage fleuri de Rose, qui n'a rien d'une poétesse. Soit ! Messieurs, il faut poursuivre vos investigations ! Quelque chose nous échappe. Deux frères, deux meurtres, par un assassin qui veut nous faire croire qu'il est le Gentilhomme…

— Nous allons continuer d'enquêter, fit Lucien. Avez-vous des nouvelles de Josefa ?

— Pas depuis l'autre jour. Le véritable Gentilhomme la dit en sécurité. Quant à lui, en ce qui concerne son identité, j'ai une intuition. Mais je n'ai pas encore eu le temps d'aller la vérifier, car je dois finir mon roman. Hetzel me presse pour que je rende mes épreuves à temps ! Je suis sur une piste. J'ai emprunté un livre qui va m'éclairer.

— Un livre ?

— Il est bien trop tôt pour vous en parler, mais je pense tenir quelque chose…

19

Dimanche 28 octobre 1883
Dans un château de la Somme
Dans l'après-midi

Cela faisait deux jours que Josefa résidait au château.

Meurtrie dans sa chair par l'interrogatoire de Gamardin et par sa fuite éprouvante, elle n'avait quasiment fait que dormir sous son édredon de plumes.

Elle se sentait renaître depuis le matin. Sa toilette accomplie, son linge lavé, elle avait préparé le repas avec Hortense. Ses deux anges gardiens étaient rentrés de la chasse avec un lièvre qu'il avait fallu cuisiner.

L'après-midi avait été consacré à des travaux champêtres : pailler les légumes d'hiver et couper du bois.

Hortense, ses deux fils et le Gentilhomme cambrioleur formaient une communauté, bien à l'abri dans le château et dans son parc entouré de ses hauts murs rassurants. Ils menaient une vie en autarcie, où l'eau se prenait au puits, les œufs au poulailler et la viande dans le domaine privé.

Ce retrait du monde, qui s'apparentait à un exil forcé, permettait à la jeune femme de regagner des forces après les épreuves qui avaient été les siennes. Josefa se disait que, demain, elle ferait du pain, qu'Hortense lui apprendrait les gestes et le dosage du sel. Dans sa famille, elle n'en avait jamais préparé, elle ne savait faire que de la *focaccia*.

Les joues rougies par le grand air, elle s'accordait maintenant un moment de repos bien mérité en cette fin d'après-midi, assise sur un banc de pierre dans le jardin, près des haies de buis.

Le regard perdu sur la façade du château, elle se remémorait sa terre natale. Les pilastres maniéristes de l'édifice lui évoquaient un « petit morceau d'Italie ».

Soudain, ses sourcils se froncèrent durement. N'était-ce pas ainsi que Charles Dubrion l'avait appelée chez le notaire, le jour de l'ouverture du testament ? Ce jour d'humiliation et d'infamie…

Mon frère s'est acheté un morceau d'Italie…

Cette phrase avait fait voler en éclats toutes ses certitudes.

Tous ces mensonges auxquels j'ai cru !

Elle ferma les yeux.

Elle se reprochait d'avoir été aussi naïve.

Les mots de Charles Dubrion résonnaient toujours en elle.

Pourtant, l'auteur de ces paroles était mort désormais, comme l'homme avec lequel elle avait été mariée. Et quelqu'un les avait assassinés tous les deux.

Une vendetta ? Il n'y a que le sentiment irrépressible de vengeance qui peut conduire au crime. Aurais-je été capable de le tuer pour laver mon honneur ? Non ! Je ne l'ai pas fait lorsque je me suis retrouvée sans un sou, sur les routes avec ma famille. J'ai laissé vivre mes ennemis. Je suis de ceux qui crient aux représailles uniquement pour soulager leur âme. Suis-je lâche ou ai-je tout simplement choisi de demeurer en paix ?

Josefa remonta sur ses épaules un grand châle de laine que lui avait donné Hortense.

Le parc était orienté face au soleil couchant et il était à présent baigné par sa lumière rasante de fin du jour. Elle décida alors de se lever et d'emprunter une allée qui serpentait à travers des arbustes. Elle se dirigea sans le vouloir vers l'écurie.

Enfant, j'aimais tant la compagnie des animaux. Je m'endormais souvent dans la paille. Et Mammina me grondait…

Josefa pénétra dans ce qui ressemblait à une petite chaumière faite de bois et de torchis mêlés. À l'intérieur, elle compta six chevaux, une mule et un âne.

Il faisait bon dans l'écurie et son intrusion ne perturba que le baudet apeuré. Ce dernier se mit soudain à braire et à reculer.

— Tout doux ! Tout doux ! Je me nomme Josefa. Et toi, comment t'appelles-tu ?

Elle approcha lentement une main ouverte et amicale pour rassurer l'animal, qui, après l'avoir sentie, se laissa caresser entre les deux oreilles.

Son nom figurait sur la porte de l'enclos : *Cadichon*.

Josefa se souvint d'une histoire qui avait connu un petit succès en Italie. Il s'agissait d'un conte que sa mère lui racontait souvent pour l'endormir. Un livre d'une comtesse d'origine russe

Comment s'appelait-elle déjà ? Séguin ? Non, Ségur !

Elle avait écrit *Les Mémoires d'un âne*, ceux de Cadichon, maltraité par une fermière, puis recueilli par une bonne famille. L'animal, rancunier, tenait un enfant responsable de la mort d'un chien qui était son ami. Pour le punir, il le blessa. À la fin, Cadichon se racheta en sauvant le petit sur le point de se noyer.

De manière troublante, son histoire faisait écho à la morale de ce conte.

Je suis comme Cadichon. J'ai cru naïvement le Gentilhomme coupable du décès de Louis.

Soudain, elle fut assaillie par une autre évidence.

Mon hôte a mon âge, car nous avons lu les mêmes fables.

La jeune femme pénétra plus en avant dans l'écurie.

La moitié des chevaux étaient de solides animaux de trait que l'on pouvait atteler à une carriole. Elle remercia, d'une caresse, les deux pensionnaires qui lui avaient permis de fuir Amiens. Josefa détestait la manière dont on les exploitait habituellement. Ceux qui les utilisaient ne voyaient en eux que du bétail ou un instrument de travail. Lorsqu'ils étaient trop usés, ils terminaient chez l'équarrisseur. C'était la récompense d'une vie donnée à l'Homme. Que ce soit pour les labours, les champs de bataille, à la chasse, pour tracter la charrette, le fiacre ou le cabriolet des bonnes gens, ils n'étaient rien d'autre qu'une marchandise.

Un peu comme je l'ai été pour Louis...

En s'approchant, elle remarqua que toutes les bêtes avaient été baptisées : Zanni, Arlequin, Brighella, Figaro…

Figaro l'interpella par sa grâce.

Un vrai pur-sang né pour courir !

Il vint la saluer. Elle admira sa musculature élancée, sa robe chocolat, ses grands yeux noisette et sa crinière bouclée. Josefa se mit à lui parler doucement et à lui dire des mots charmants en italien. Comme l'animal appréciait, elle lui chanta un air dans sa langue natale, un de ceux que sa mère lui fredonnait, petite. Une larme de nostalgie roula sur sa joue.

Un regain d'orgueil la parcourut alors.

Je suis tombée bien bas. Mon honneur a été bafoué et je me cache ici, comme une criminelle, chez un homme que je ne connais pas. Et je ne sais même pas où je suis !

Josefa s'essuya les yeux et sortit de l'écurie.

Le soleil déclinait à l'horizon. Un vent du nord froid et cinglant s'était levé, charriant une odeur de terre mouillée venant des marais alentour.

Elle reprit le chemin à l'abri des grands arbres et rejoignit le château.

— As-tu apprécié ta promenade ? lui demanda Hortense au moment où elle entra dans le salon du rez-de-chaussée.

— Oui. J'ai fait la connaissance de Cadichon, de Figaro et de tous les petits pensionnaires de l'écurie.

— Viens donc te réchauffer près du feu !

Josefa fit quelques pas et se posta devant la monumentale cheminée. Dans l'âtre, une grosse bûche grésillait.

Tandis qu'elle approchait ses mains de la chaleur, elle dit :

— Le Gentilhomme lisait les mêmes histoires que moi autrefois… *Cadichon*, comme j'ai aimé ce conte !

— C'était son préféré. Il a toujours été attentif au sort des animaux. Comme à celui des hommes, d'ailleurs…

Hortense s'installa dans un fauteuil.

Josefa l'imita.

Le silence reprit ses droits dans la quiétude de la demeure, où seuls les crépitements de la flambée se faisaient entendre.

Après quelques minutes, l'invitée le brisa en demandant :

— Quelle sorte d'enfance a-t-il eue ?

Hortense sembla revoir alors des images du passé. Un sourire naquit sur ses lèvres.

— C'était un petit garçon charmant, doux et sensible. Il n'a pas vraiment connu sa mère, qui lui ressemblait, du reste, surtout par son caractère. Elle nous a quittés quand il avait trois ans, d'une pneumonie. Son père était tellement malheureux qu'il s'est donné corps et âme à son poste de directeur de cabinet d'un célèbre ministre. Il était fidèle à cet homme, comme un chien dévoué peut l'être à son maître. Il dénigrait d'ailleurs ceux qui étaient bien plus attachés au ministère, et servaient l'hôte de passage avec hypocrisie ; il les appelait les « chats ». Il combattait aussi les « singes », soucieux de leur carrière, bondissant d'un ministre à l'autre, par opportunisme, prêts à tout pour gagner de nouvelles grâces. Je retrouve beaucoup du fils dans le père, bien qu'il ne l'ait pas élevé.

— Vous lui avez donc tout appris ?

— Bien sûr ! Nous tous ici.

Josefa laissa le silence s'installer à nouveau.

La bûche ne grésillait plus. Les flammes apportaient une douce chaleur qui colorait ses joues. Le grand air de la campagne l'avait épuisée. La jeune femme se sentait un peu apaisée et cela ne lui était pas arrivé depuis une éternité.

Par une fenêtre, elle constata que le soleil s'était couché. Les nuages avaient absorbé ses derniers rayons pourpres, comme un buvard d'écolier.

— J'aimerais comprendre, dit calmement Josefa. Comment cet enfant est-il devenu un voleur ?

Hortense posa son aiguille.

— Ne vois-tu toujours en lui qu'un simple escroc ? Moi, je crois qu'il est un redresseur de torts. Tout cela vient de ce que nous avons tous enduré, subi. La plus intolérable des injustices. Lorsque le Gentilhomme a eu douze ans, son père a été accusé de haute trahison par des « singes », ainsi que d'intelligence avec l'ennemi. Ce n'était rien qu'une odieuse cabale montée par des hommes jaloux et désireux de lui prendre sa place. Malgré son jeune âge, notre Gentilhomme brûlait d'envie de le défendre et de le disculper, mais il l'a alors écarté pour le protéger, le mettant à l'abri dans une pension à l'étranger. Dans l'attente de son procès, son père avait pressenti qu'il risquait de tout perdre. Il nous a légué tous ses biens devant un notaire. Il avait une confiance absolue en nous, ses amis. Ce château n'a donc pas pu être confisqué. Nous nous chargions d'envoyer à son fils l'argent nécessaire pour parfaire son éducation...

Hortense fit une pause dans son récit, semblant encore très affectée par ses souvenirs.

Elle reprit après quelques secondes :

— Malheureusement, le comte n'a pas pu démontrer son innocence...

— Son père est mort ?

— Oui, seul, en prison, abandonné par l'homme qu'il avait servi toute sa vie et par tous ses soutiens. Son nom a été sali, traîné dans la boue. Quand notre Gentilhomme est devenu un adulte, à son retour en France, il a rassemblé toutes les preuves de l'ignoble cabale. Il a contribué à la réhabilitation de son père. Et lorsque ceux qui avaient comploté contre lui ont été arrêtés, jugés et incarcérés, le ministre s'est repenti d'avoir été aussi crédule. Ensuite, le Gentilhomme a voulu venir en aide à toutes les victimes de la société. Depuis lors, il consacre son existence à combattre d'autres injustices. C'est pourquoi il confisque ce qui a été acquis par malhonnêteté et redonne à ceux qui ont été spoliés. Il ne s'enrichit pas, ne garde rien pour lui ou pour nous. Nous n'en avons pas besoin...

— Et le collier de la reine ?

— Chaque pierre va être revendue une par une. L'argent profitera à ceux qui ont été ruinés par ton mari et qui n'ont plus de toit sur la tête.

Josefa n'opposa aucune résistance à ce qui venait d'être dit.

Sans un mot de plus, Hortense reprit son canevas. On n'entendit alors plus que son fil glisser à travers la toile. La jeune femme se souvint de sa mère, qui adorait broder, elle aussi. Où était la grande tapisserie, celle représentant les armoiries de la famille, qu'elle avait mis des années à confectionner ? Saccagée, découpée par les hommes qui les avaient chassés, cette horde de bandits à la solde du roi dont son père n'appréciait pas la politique et les abus... Ils avaient pénétré un soir d'été dans leur château pour les arrêter. Déguisés en paysans, ses parents avaient fui, avec elle cachée dans le foin, jusqu'au village où ils étaient morts tous les deux du choléra.

La nuit était complètement tombée quand Josefa reprit :

— J'ai bien peur qu'il ne finisse mal, comme le brigand que nous avions en Italie et qui s'appelait Carmine Crocco. En avez-vous entendu parler ?

— Non. Raconte-moi !

Hortense posa à nouveau son ouvrage.

— C'est l'un des plus célèbres bandits italiens. Tout comme le Gentilhomme, il détestait l'injustice. À l'origine de sa haine des seigneurs, il y a eu un conflit avec un aristocrate de Sicile. Un chien de chasse lui appartenant est entré dans la maison des Crocco et a tué un lapin. La famille n'étant pas bien riche, le frère de Carmine a assommé la bête pour récupérer le gibier. Le noble a retrouvé quelques heures plus tard son chien, mort, près de chez eux, peu avant de s'en prendre au frère et à la mère, qui était enceinte. Elle perdit l'enfant qu'elle attendait. Le père, qui avait voulu la venger, fut emprisonné. La mère en devint folle. Le jeune Carmine Crocco fut donc jeté sur les chemins et jura alors la ruine des puissants. Peu de temps après, il était à la tête d'une bande de deux mille brigands dévalisant les caisses communales pour distribuer l'argent au peuple.

— Et comment l'histoire s'est-elle terminée ?

— Fort mal... Carmine Crocco moisit depuis des années au fond d'une geôle.

Hortense observa la jeune femme un instant, puis se remit à broder.

— Puis-je aller dans la bibliothèque emprunter un ouvrage ? Je me sens un peu lasse. Je vais aller lire dans ma chambre.

— Mais bien sûr ! Tu es ici chez toi. Prends donc le bougeoir sur la commode en sortant.

Josefa quitta le salon et gravit les marches.

Elle s'attarda sur les dernières pour admirer le décor mural. Des chandeliers l'éclairaient comme en plein jour.

C'était un magnifique escalier, orné de marbre polychrome – une parfaite réplique, en plus petit, de celui de la reine à Versailles.

Elle observa un écusson, supporté par deux chérubins sculptés, où figurait un A majuscule.

La première lettre du patronyme de la famille ?

Elle étudia avec attention les tableaux accrochés. Nul portrait d'ancêtre ni même d'un maître de maison qui aurait pu lui fournir un indice sur l'identité du propriétaire du château, simplement des scènes champêtres et bucoliques.

Au premier étage, elle suivit un long tapis rouge jusqu'au seuil de la bibliothèque, quand elle remarqua une porte à côté de l'entrée. Elle approcha alors son bougeoir. Le bois était peint en indigo.

Une phrase récemment lue lui revint en mémoire :

Pour votre sécurité, je vous prie de ne pas vous rendre dans la salle à la porte bleue.

On aurait pu croire à celle d'un placard ou d'un petit cabinet…

Un petit cabinet ?

Un frisson glacé la parcourut et, d'instinct, elle recula.

Était-ce cette couleur singulière qui avait fait resurgir en elle un sentiment de peur venu tout droit de l'enfance ?

— *Barbablù*, chuchota-t-elle.

Ce château avait-il un pouvoir ? Celui de faire remonter à la surface des histoires qu'elle pensait à jamais oubliées ? *La Barbe bleue*, du Français Charles Perrault, était jadis son conte préféré.

Fallait-il qu'elle cédât à la curiosité, comme l'épouse de cet homme qui lui avait offert tout ce qu'il possédait contre la promesse de ne pas ouvrir la porte de son petit cabinet ? Allait-elle braver l'interdit au risque de découvrir la vérité ? Qu'y avait-il à l'intérieur ? Le pire, comme dans ce conte ? Les corps de ses précédentes femmes accrochés au mur ? D'autres terribles choses ?

Je dois en avoir le cœur net ! Après tout, dois-je croire aveuglément ce que me raconte Hortense ? N'ai-je pas déjà été trompée par le supposé amour de Louis ? Et si toute l'histoire du Gentilhomme n'était qu'un mensonge, qu'une ruse de plus ?

Un passage précis du conte lui revint alors en mémoire, comme un avertissement que lui lançait sa conscience :

Ouvrez tout, allez partout ; mais, pour ce petit cabinet, je vous défends d'y entrer, et je vous le défends de telle sorte que, s'il vous arrive de l'ouvrir, il n'y a rien que vous ne deviez attendre de ma colère.

Josefa, le cœur battant, hésita. Elle ôta sa main de la clenche, comme si celle-ci eût été chauffée au fer rouge.

Rien que je ne doive attendre de sa colère… Est-ce ainsi que je remercie un homme qui m'a sauvée et recueillie ?

Elle luttait contre l'ambivalence de ses sentiments, car quelque chose en elle était plus fort que tout : la curiosité.

Qui est-il ? Je veux connaître son identité ! Et je suis certaine que les réponses à toutes mes questions se trouvent dans cette pièce. Et comment saurait-il que j'y ai pénétré ? D'ailleurs, il n'est pas ici…

Elle posa sa paume sur le métal.

Il était froid.

Elle tourna la poignée de porte.

Verrouillée !

Elle s'agenouilla et éclaira le trou de la serrure avec son bougeoir.

Une clé à l'intérieur !

Elle se redressa et fit un pas de recul.

Par l'interstice entre la porte et le sol, un rayon de lune illuminait le bout de ses bottines.

Josefa se jura de trouver un moyen d'ouvrir bientôt cette porte.

20

LUNDI 29 OCTOBRE 1883
MAISON À LA TOUR
AU SOIR

Un délicieux fumet sortait de la soupière qu'Honorine Verne tenait de sa mère.

— Lucien, souhaitez-vous une autre assiette ?

— Volontiers, madame Verne !

— Mon enfant, vous pouvez m'appeler Honorine.

Un sentiment de peine envahit soudain la maîtresse de maison. Jules en connaissait la raison. Lucien lui faisait sans nul doute penser à Michel, leur unique fils, avec lequel Honorine et lui-même étaient brouillés.

Adolescent, le jeune Verne avait été placé, en raison de ses crises nerveuses et de son épouvantable caractère, dans l'institution du docteur Blanche, un célèbre aliéniste. Ce traitement avait été vain, tout comme l'enfermement par « voie de correction paternelle », dispensé à Mettray, près de Tours. Cet internement avait même aggravé son état. Si bien que Jules s'était tourné vers sa famille de la région nantaise, mais personne n'avait réussi à mater cet enfant retors. Michel avait continué ses frasques. À son retour à Amiens et face à ses nombreux écarts de conduite, son ivrognerie, ses dettes et ses turpitudes amoureuses, Jules Verne l'avait flanqué à la porte, après l'avoir émancipé, il y avait cinq années de cela. Michel venait alors de causer un scandale en s'enfuyant avec sa conquête, Clémence-Thérèse Taton, une actrice du théâtre d'Amiens, surnommée la Dugazon par l'écrivain. Il l'avait affublée de ce sobriquet en référence à Rose Dugazon, une comédienne populaire pour ses rôles de soubrette à la fin du XVIIIe siècle. Honorine songeait surtout à l'épisode où Michel avait provoqué un duel. Jules avait réglé l'affaire avec de l'argent. Il était même allé jusqu'à demander le soutien du procureur général, du maire, et la surveillance de son fils par la police d'Amiens.

Jules aussi repensait souvent à Michel. Pourquoi fallait-il qu'il ressentît un sentiment paternel plus fort pour un jeune homme débarqué de nulle part que pour son propre enfant ?

Où est-il, d'ailleurs, mon fils indigne, cet épouvantable perverti ?

La colère qu'il éprouvait pour lui le mettait à l'abri de la tristesse.

Sûrement en train de se goinfrer avec cette aventurière et les mille francs de rente mensuelle que je lui verse ! Comme il est aisé pour une progéniture de se vautrer dans le vice avec le fruit du travail de son géniteur !

Lucien Carambel rompit le bruit de soupe que faisait Jules, perdu dans ses pensées de père impuissant et contrarié.

— J'ai ramassé cela dans le jardin d'hiver. Sans doute s'est-elle égarée quand les policiers ont renversé le grainetier…

Le jeune homme fit rouler une graine entre ses doigts, avant de la poser à côté de l'assiette d'Honorine.

Cette dernière la prit au creux de sa main et s'exclama :

— C'est un pied d'alouette !

— Oui, c'est ce que je pensais aussi, fit Lucien.

— Certains l'appellent dauphinelle, ajouta Honorine, un dérivé de son nom latin, le *delphinium*. Cette plante donne de très belles hampes florales en été, qui sont plus hautes que moi : de grands épis bleu pur, violet ou blanc. Si elle ne manque pas d'eau et se plaît, elle fleurit constamment de juin à septembre.

— Savez-vous pourquoi elle porte le nom de *delphinium* ? demanda Jules en se mêlant à la conversation. C'est à cause de ses boutons, qui sont toujours prolongés d'un long éperon évoquant le rostre d'un dauphin.

— Mon cher Jules, je ne te croyais pourtant pas féru de botanique ! lança Honorine, impressionnée.

— Je n'ai aucun mérite, je l'ai lu quelque part. Mais je ne me souviens plus où… Sans doute était-ce pour décrire la végétation luxuriante de *L'Île mystérieuse*. Honorine, tu sais bien que, à l'accoutumée, je n'entends rien à la science des plantes ! Je ne distinguerais même pas le géranium de la bourrache, ni le rhododendron du *convolvus* !

— Tu veux dire le convolvulus, le corrigea Honorine. Que l'on nomme communément liseron.

— Et le néflier ? demanda soudain Jules à son épouse.

— Que désires-tu connaître sur cet arbre ?

— Tout ce que tu peux m'en dire !

— Ce que j'en sais… c'est ce que j'ai écrit dans mon herbier… Voyons, dit-elle en faisant un effort de mémoire, il est originaire d'Asie Mineure et a des feuilles vertes et ovales. Il a été rapporté en Europe par les Romains. Il est très commun en France, en Belgique et en Italie.

Jules sembla réfléchir, puis il se leva en posant sa serviette en boule sur la nappe.

— Mais, Jules, tu ne vas pas seulement dîner d'un potage ?

— J'ai le foie en vrac, cela me suffira bien.

Parvenu au deuxième étage de sa maison, Jules Verne tira la clé de son gilet et déverrouilla la porte de sa bibliothèque.

Il alluma la lampe, contourna son bureau contenant un nombre incalculable de livres ouverts et empilés qu'il consultait pour l'écriture de son roman en cours. Il travaillait sur l'histoire d'un comte hongrois emprisonné après avoir été trahi, réapparaissant sous un nom d'emprunt pour assouvir sa vengeance.

Tout en cherchant un ouvrage, soudain, une idée se précisa.

Et si l'assassin des Dubrion tuait, lui aussi, animé par ce sentiment ? Cet élan, plus fort que tout, pourrait être le mobile des crimes ! Une colère, fruit de la haine absolue, à même de nourrir la transgression de la loi. Un règlement de compte entre des gens qui se connaissent… Dumas a si bien compris ce tourment de l'âme.

Jules poursuivit son monologue intérieur, comme s'il s'entretenait avec sa conscience.

Oublions un moment ce point… Honorine vient de me faire gagner du temps dans l'avancée de l'enquête. Je n'ai plus que trois pays en tête désormais. Même deux en vérité… Bien ! Vérifions cette intuition et consacrons cette soirée à l'affaire du Gentilhomme cambrioleur, le véritable…

Jules ouvrit un tiroir et déposa face à lui les courriers reçus.

Voilà !

Il relut le passage de fin de la lettre mentionnant que Josefa était en sécurité chez lui :

Je propose également de vous faire part de mes avancées, en vous laissant des messages sous la grosse pierre au pied du tilleul de votre cour. Faites-en de même en retour.

Allions-nous afin de faire triompher la vérité.

Cela sera sans doute long, mais avec du temps et de la paille mûrissent les néfliers !

Avec du temps et de la paille mûrissent les néfliers ! Voilà une expression idiomatique qui m'a bien intrigué dès ma première lecture. Chez nous, on emploie le proverbe : « Tout vient à point à qui sait attendre ! »

Jules aimait dire que les langues étaient constituées de formules naturelles pour les uns et indéchiffrables pour les autres, selon le pays dans lequel on vivait : ces expressions étaient des idiomes qui pullulaient encore davantage dans les territoires. La France renfermait de multiples « parlers locaux », il en était bien conscient, habitant la Picardie et ayant publié une *Géographie illustrée de la France et de ses colonies* en 1867. Mais Jules, qui connaissait tous ses paysages, son hydrographie, son orographie, collectionnait aussi depuis toujours les idiomes typiques et champêtres spécifiques à chaque région. Il pouvait reconnaître les expressions propres au béarnais, au languedocien, au provençal, les parlers celtiques modifiés par l'apport des Romains ou des barbares… Tout ce qui concernait le langage le fascinait.

Quand Honorine avait évoqué l'importance de cet arbre en France, en Belgique ou en Italie, son périmètre d'investigation s'était restreint. Il ne restait donc plus que deux pays d'où pouvait provenir la formulation utilisée dans la lettre. Pas de la France, puisque l'écrivain pouvait se targuer de très bien maîtriser la langue de Molière et ses parlers locaux. De plus, il était évident que « tout vient à point à qui sait attendre ! » avait supplanté tous les proverbes régionaux sur la patience...

Il saisit l'ouvrage *Les Expressions idiomatiques des langues européennes*. Le livre emprunté à la bibliothèque comportait plus de six cents pages et compilait des milliers de ces expressions figées. Il consulta la table des matières pour commencer par la Belgique.

L'écrivain les parcourut du doigt. S'arrêtant sur celle-ci : « tomber avec son derrière dans le beurre », qui signifiait avoir de la chance, il se fit la remarque qu'il n'en aurait sans doute pas et que c'était : « chercher une aiguille dans une botte de foin ».

Jules soupira. Ne trouvant rien dans la langue de nos voisins belges, il consulta à nouveau la table des matières pour s'attaquer à l'Italie. Les expressions étaient fort nombreuses : au moins une centaine de pages leur étaient consacrées.

Comme l'âme italienne est vive et foisonnante à travers ces mots qui témoignent de sa richesse culturelle ! Que de phrases liées à « la casa, la religione, la cucina » !

Il désespérait cependant de trouver celle du Gentilhomme quand il lut, enfin : « Col tempo e con la paglia maturano le nespole ! »

C'était de l'italien ! Bien sûr. Un remarquable écart culturel avec notre langue, qui dépend essentiellement de la manière de penser et de définir l'expérience humaine. Ainsi, le Français aborde le thème de la patience comme une formule impersonnelle : « Tout vient à point à qui sait attendre ! » De son côté, l'Italien préfère choisir un proverbe portant sur le processus de maturation de la nature. Le grand Arcimboldo peignait bien des portraits phytomorphes en utilisant des fruits et des légumes... Fallait-il donc que le Gentilhomme ait séjourné longtemps en Italie ou qu'il y ait grandi pour employer cette expression ?

La seule Italienne que Jules Verne connaissait était Josefa. Était-ce une coïncidence ?

21

Mardi 30 octobre 1883
Café des Trois Cailloux
Au matin

Maurice Perrin se toucha le front, écartant une mèche rousse qui lui cachait l'œil droit.

— Italien ?

— Oui, Maurice ! Tu aurais dû voir le sourire de Jules quand il m'a attiré hier soir dans le fumoir pour me faire part de son incroyable découverte. Le Gentilhomme aurait grandi en Italie, m'a-t-il dit. Il l'a compris grâce à une expression qu'il emploie dans sa lettre et qui n'est utilisée que là-bas. Ensuite, nous avons parlé de langues et de littérature jusque tard dans la nuit. Débattu, même ! Selon moi, la pensée façonnerait le langage, et pour Jules, la langue structurerait la pensée. Quoi qu'il en soit, nous avons été d'accord pour conclure que le vrai Gentilhomme a une manière bien italienne d'évoquer la patience dans son courrier…

— Nous avons peut-être écarté un peu trop vite Josefa de la liste des suspects. Elle est italienne, et nous savons que c'est une femme hardie et téméraire. Peut-être est-elle également dissimulatrice. Après tout, son écriture pourrait trahir sa véritable identité.

— Oui, c'est ce que j'ai dit à Jules. Mais il n'y croyait pas. J'ai dû insister pour que l'on ouvre une malle restée dans sa chambre. Nous avons trouvé un calepin avec des notes rédigées de sa main. Nous avons comparé sa graphie à celle du vrai Gentilhomme. Ce n'est pas la même. Jules avait raison.

— Alors, qui est cet Italien ? Et surtout, Josefa le connaît-elle ? demanda Maurice avant d'avaler une dernière gorgée de café.

— La communauté italienne est-elle importante à Amiens ? questionna Lucien. Chez moi, du côté de Rouen, ils sont de plus en plus nombreux à travailler sur les chantiers navals, tout comme au Havre d'ailleurs.

— Je dirais bien qu'un demi-millier d'Italiens est présent dans notre ville. Il faudrait consulter le dernier recensement pour savoir combien exactement… Depuis l'unification italienne, certains, poussés par la misère, s'établissent ici pour trouver un emploi. Et cela sans compter les gens de passage, les vendeurs de babioles, les colporteurs, les chanteurs de rue…

— Ne cherchons pas uniquement du côté des classes laborieuses, car, comme Jules l'a déduit, le Gentilhomme est un lettré. Il maîtrise parfaitement notre langue. Serait-ce un érudit ? Un artiste ?

— Je vais poursuivre mon enquête. J'ai décidé d'aller inspecter l'ancienne abbaye ce matin. Veux-tu m'accompagner ?

— Volontiers ! Je n'ai plus rien à faire au journal. J'ai terminé de rédiger mes petites annonces pour l'édition de demain.

Les deux jeunes hommes déposèrent chacun une pièce sur le comptoir du café des Trois Cailloux.

Dehors, la ville était bien réveillée. De belles demoiselles sortaient d'une boutique, les bras chargés d'emplettes. Leurs rires étaient pareils aux gazouillis des oiseaux. Lucien, derrière elles, huma leur parfum de fleurs. Les yeux rivés sur la nuque pâle d'une jolie Amiénoise, il se rappela soudain, avec un pincement au cœur, celle qu'il avait laissée en Normandie. Perdu dans ses pensées, il trébucha sur le trottoir et se rattrapa au mur, les mains posées sur la plaque qui indiquait le nom de la rue.

— « Trois-Cailloux » ! Comme le bistrot d'où l'on vient ?

— Ma mère, qui était une Amiénoise pure souche, me racontait que jadis, à cet endroit précis, trois frères, du nom de Cailleu, avaient une riche propriété. À force que les habitants l'appellent entre eux « la rue des trois Cailleu », l'expression s'est transformée en…

— Rue des Trois-Cailloux ! C'est intéressant… Jules parlerait de glissement sémantique, s'il était avec nous. En ce qui me concerne, je m'étais imaginé une tout autre histoire… Mais tu as dit : « était », en évoquant ta mère. Elle n'est donc plus de ce monde ? demanda le jeune homme.

— Elle a été emportée par la grande épidémie de choléra. Moi, j'ai survécu, car elle m'a placé tout de suite chez ma grand-mère, à la ferme, et cela m'a sauvé la vie. Quand elle est morte, elle travaillait encore à la maison Cozette, un établissement de bienfaisance pour les indigents qui portait le nom du riche négociant qui l'avait fondé. Elle apprenait la couture et la confection de chemises à de jeunes filles, la plupart filles-mères. C'était une sainte qui les a soignées jusqu'au bout.

— Je suis désolé. Et ton père ?

— Oh, lui… ne m'en parle pas… C'est un pochetron qui nous a quittés, car il préférait la bouteille à sa famille. Il est allé faire des enfants ailleurs. Il est toujours en vie. Enfin, je crois…

Lucien demeura silencieux, n'osant plus bavarder pour ne pas rappeler d'autres souvenirs douloureux à son ami.

Il suivit alors son aîné dans un lacis de rues étroites et sa pensée dériva. Ses parents à lui étaient bien vivants, attentionnés et souvent inquiets pour lui. Il se promit de leur écrire très bientôt pour leur dire qu'il était en sécurité chez Jules Verne.

Ils débouchèrent en face de l'ancienne abbaye.

Une palissade crevée entourait le vieux bâtiment. Ils entrèrent par une brèche, découvrant un terrain envahi de ruines, de ronces et de tas de plâtras amoncelés.

Des gamins y jouaient, près du squelette d'une charrette renversée, à une heure où certains recevaient l'instruction si chère à Jules Ferry. Les députés venaient de voter les lois portant son nom, rendant l'enseignement primaire obligatoire, laïque et gratuit, donnant droit à l'alphabétisation de tous les enfants de la République. Seulement, dans les faits, aucun de ces petits Picards ne semblait se consacrer à l'obtention de son certificat d'études. Si la progéniture des aristocrates et des bourgeois bénéficiait depuis longtemps de cours privés et de précepteurs, celle des ouvriers jouait – avant d'être en âge de nettoyer les bobines ou de ramasser les déchets sous les machines-outils. Ils ressemblaient à des gavroches. Lucien se dit alors que le grand Hugo avait dû observer attentivement leurs jeux pour écrire la scène de la barricade dans *Les Misérables*. Les garnements virevoltaient, telle une nuée de mésanges, avec leur habit teint en bleu, parfaite réplique miniature de celui des parents. Ils allaient et venaient dans les ruines de l'abbaye, picorant çà et là des gravillons qu'ils se lançaient comme la mitraille d'une guerre imaginaire. Ils sautillaient, bondissaient, se sauvaient, disparaissaient, réapparaissaient dans une partie de cache-cache ponctuée d'éclats de rire.

Soudain, une matrone surgit devant eux, les mains sur ses larges hanches. Elle cria d'une voix tonitruante, comme l'aurait fait la mère Thénardier, qu'il était « l'heure eud manger » et qu'il y avait « des torgnoles qui s'perdent ».

La marmaille se dispersa d'un coup.

Les deux jeunes hommes eurent alors le champ libre pour pénétrer dans le bâtiment en ruine.

Maurice ouvrit sa besace. Il faisait très sombre dans la nef qui menait à la crypte. Heureusement, il avait prévu une lampe à pétrole. Il alluma la mèche avec son briquet.

Sous leurs pieds, les dalles étaient disjointes. Certaines étaient cassées, une autre était noire, brûlée comme dans l'âtre d'une cheminée.

Une drôle d'odeur flottait, à la fois familière et inconnue.

Les voûtes du fond étaient effondrées, enchevêtrées dans un amas qui tenait par on ne sait quel miracle. Ce fatras d'éléments de maçonnerie centenaire soutenait encore le toit. Nul homme n'aurait pu fuir par là sans se retrouver enseveli sous des tonnes de pierres.

Maurice et Lucien continuèrent d'inspecter cet antre délabré et de sonder les murs qui suintaient de salpêtre. Aucun ne sonnait creux.

Mis à part la porte, il n'y avait pas moyen de s'échapper.

Un mystère en chambre close, se répéta mentalement Maurice, se souvenant du terme qu'avait utilisé Jules Verne.

— Je sais à quoi tu penses ! dit Lucien. Comment le ravisseur de Bynov a-t-il pu sortir de la crypte sans être vu ? Les deux escaliers débouchent dans cette salle. Même si Gamardin descendait par l'un et que lui montait par l'autre, il n'y a qu'une seule porte pour se retrouver dehors nez à nez avec la police. Si Jules fait référence à Wilkie Collins, moi cela me fait plutôt penser au précurseur du genre, Edgar Allan Poe, et son *Double assassinat dans la rue Morgue*…

— Je l'ai lu sur les conseils de Chastagnol. Une énigme en apparence insoluble, avec des policiers peu perspicaces… Une femme et sa fille, enfermées dans une pièce fermée à double tour et massacrées. On se demande comment cela a pu être possible tout au long de l'histoire. On apprend finalement que le coupable est « un grand orang-outang des îles de l'Inde orientale » qui se serait enfui par la chaîne du paratonnerre.

— Et s'il s'était échappé par le haut du bâtiment ? Examinons les conduits de cheminée alors !

— Il n'y en a aucun ici, Lucien ! La fonction de cette pièce est la prière. Ce n'est pas un réfectoire.

— C'est à n'y rien comprendre…

Ils restèrent un moment silencieux.

— Bien, si nous allions inspecter en bas, à présent ?

Lorsqu'ils débouchèrent dans la crypte, ils délogèrent une souris qui remonta à la surface par l'escalier.

— Une fois encore, Jules avait raison. Si une sortie secrète existait, pourquoi donc le rongeur ne l'emprunterait-il pas ? dit Lucien.

Une chaise renversée trônait au milieu de la salle. Bynov y avait sans nul doute été attaché, car des liens en jute jonchaient le sol.

Maurice posa la lampe par terre.

La lumière rasante transformait la moindre aspérité en un inquiétant relief.

De la jonction des dalles, plusieurs fois centenaires, quelque chose surgit. La flamme projeta sur les murs badigeonnés de chaux l'ombre de pattes et de crocs redoutables.

Maurice sursauta.

Une araignée !

— Ce n'est rien qu'une toute petite bête, le rassura Lucien.

Soudain, un éclat métallique jaillit d'une anfractuosité sur le sol.

— Tiens-moi la lampe, Lucien !

Le jeune journaliste s'exécuta. Maurice enfonça les doigts entre deux dalles.

— Je sens quelque chose…

Il chercha à saisir l'objet entre le pouce et l'index.

Il reprit :

— C'est le couteau du faux Gentilhomme !

Le manche grinça en se libérant.

Contre toute attente, ce n'était rien qu'un petit outil de poche, avec une extrémité en nacre décorée d'une demi-lune.

On eût dit un couteau d'enfant.

— Non, c'est celui de Gamardin, celui avec lequel il ouvre le courrier au commissariat…

— Il a dû le perdre quand il a délivré Bynov.

— Eh bien, ce n'est pas moi qui vais le lui rendre !

Maurice fourra l'objet dans la poche de son paletot.

— Continuons l'examen de cette salle.

Les deux jeunes hommes inspectèrent ensuite chaque dalle, puis tous les murs de la crypte. Enfin, ils relevèrent les empreintes sur les parties métalliques de la porte du fond qui menait elle aussi dans la nef, à la surface. À l'aide d'une poudre noire et fine contenue dans une petite boîte en fer, d'un pinceau et d'un ruban collant, Maurice suivit avec soin la méthode enseignée par son mentor, Gaston Chastagnol.

— Vois-tu, c'est ainsi qu'il faut procéder si nous ne…

Soudain, il s'interrompit… Il venait d'entendre un bruit, le raclement de la porte vermoulue frottant sur la dalle.

Quelqu'un était là, au-dessus.

Par réflexe, le jeune inspecteur porta sa main à son étui en bandoulière, mais il ne l'avait pas. Il avait été suspendu et il avait remis son arme à Gamardin.

Sans un mot, il posa son pinceau empli de poudre par terre près de la lanterne et entraîna Lucien derrière un pilier.

Une ombre descendait à présent les marches en prenant tout son temps.

Lucien s'était instinctivement placé derrière son aîné. Le corps de Maurice était cambré, prêt à jaillir, brandissant les poings serrés pour frapper l'intrus.

Ils étaient convaincus que c'était le tueur des frères Dubrion.

Lucien retenait sa respiration, prêt à mettre en application ses leçons de lutte.

La forme était à présent dans la crypte.

Elle s'était immobilisée et semblait les narguer.

Maurice inspira profondément, se souvint qu'il avait un petit couteau dans sa poche, fût-il d'enfant. Silencieusement, il déplia la lame et serra le manche dans sa main droite.

Tout à coup, une voix familière lança :

— Maurice ? Lucien ?

— Jules ! Vous ici ? Vous nous avez fait une peur bleue ! souffla le policier, soulagé, en passant la tête derrière le pilier.

— Oui ! Je me suis finalement décidé à venir. Lucien me l'avait proposé ce matin au petit déjeuner. J'ai terminé la relecture de mon manuscrit et j'ai eu envie de me dégourdir les jambes après. Qu'avez-vous trouvé ?

— Bynov n'a pas menti. Il y a bien la chaise et les liens qui témoignent de sa séquestration. J'ai relevé des empreintes à l'instant, mais elles pourraient appartenir à d'autres personnes qu'au meurtrier.

— Hmmm, fit Jules Verne en observant la corde sur la dalle. Il a dû passer un bien sombre moment. Ce lieu est lugubre.

L'écrivain déplia son mouchoir sur son nez.

— Et l'odeur d'urine est épouvantable ! Cela nous indique que cet endroit est assez fréquenté. Cependant, je m'interroge. Il y fait bon, une température constante. Pourquoi n'y a-t-il pas de pauvres hères ?

— Vous voulez dire des mendiants ? Mais parce que nous sommes en pleine journée ! répliqua Lucien.

— Je ne crois pas, mon garçon. Ils auraient laissé des effets, des couvertures tout au moins.

— Bien sûr, fit Maurice. Comme je suis sot. Vous avez raison, Jules ! L'an dernier, je suis venu ici, car un bossu disait avoir été entraîné dans cette cave pour y être détroussé. Il nous a conduits là. Il y avait beaucoup d'indigents, amassés les uns contre les autres avec leurs affaires. Et désormais, plus personne et plus rien !

— Le faux Gentilhomme aura chassé les locataires de cet endroit..., conclut Lucien.

— Allons vérifier cette hypothèse, requit l'écrivain. J'aimerais beaucoup sortir de ce sinistre cloaque.

— Plus que quelques instants, Jules... Je n'ai pas fini d'inspecter l'autre escalier, celui par lequel l'assassin a dû fuir.

Maurice scruta les parois du mur. Certaines roches acérées auraient pu arracher une fibre de tissu. Il ne vit pourtant rien.

Ils sortirent tous les trois du bâtiment.

Une fois à l'air libre, le policier examina les alentours. Un mendiant était allongé entre deux énormes pierres effondrées entre lesquelles il avait tiré, en guise de tente, une couverture lépreuse. Il avait entre les mains une grosse tourie bardée de paille tressée.

— Bonjour, cher monsieur, dit Jules Verne.

— Bien l'bonjour, ti z'aute ! répondit l'homme de l'âge de Jules, qui en paraissait vingt de plus.

Il posa à terre sa bonbonne de vinasse.

Sa figure était cramoisie et son nez vérolé comme du bois mangé par la vermine.

— Dites-moi, mon brave, pourquoi ne pas vous mettre au chaud dans la crypte ?

— Dins l'cave ? Ben, j'ai accepté eune bonne somme pour n'point y crécher un temps. J'ai p't'ête pas d'fortune, mais j'n'ai qu'une parole, mi !

L'haleine de cet homme était épouvantable et Jules Verne dut détourner la tête pour ne pas respirer son souffle fétide, au risque de paraître impoli.

— Vous voulez dire que quelqu'un vous a payé pour ne pas l'occuper ? demanda Maurice.

— C'est qu'est-ce que j'a dit !

— Vous pourriez nous en raconter un peu plus ? reprit Jules.

Le mendiant frotta trois doigts les uns contre les autres pour indiquer qu'une généreuse obole lui délierait la langue.

Maurice regarda Jules.

L'écrivain plongea la main au fond de sa poche et en retira une pièce argentée qu'il laissa tomber au creux de la paume sale.

— Pour qui qu'té m'prends, ti l'aristo ? J'demande point l'aumône, mais l'fortune. J'veux que d'l'or, mi !

— Je suis désolé, mon ami, je n'ai guère plus ici, répondit Jules Verne, qui ne mentait pas.

— Tenez, dit Lucien, voici pour vous, ma médaille. Elle est de grande valeur.

Il ôta la chaîne de son cou. Le mendiant prit le bijou et croqua dedans comme pour vérifier qu'il était bien en or, au péril d'y perdre sa dernière incisive.

Il se gratta la tête et se décida à parler :

— Ben v'là ! Eul nuit d'avant que l'police elle est venue tout r'tourner, un type avec eune capuche il a v'nu m'trouver quand j'rentrais mettre eul viande dins l'torchon avec l'équipée. Y m'a r'filé une tiote fortune !

Maurice Perrin connaissait bien cette bande. L'individu devant eux s'appelait « le Blaireau », sans doute en raison de la couleur de sa chevelure fournie, qui alternait entre des touffes noires et des blanches. Il était le chef d'un groupe de malfrats qui officiaient près de la gare, volant les portefeuilles des voyageurs et les sacs des dames.

— Comment était-il, cet homme ? demanda le policier.

— Bien bâti ! Mais j'a point rbéyé s'figure, on n'y voyait goutte.

— Vous n'avez pas regardé son visage ? réagit Maurice.

— Ben non ! Comme j'te l'a dit, il avait eune grande capuche et pis y faisait bien noir. J'vois pus bien clair, mi !

— Pouvez-vous essayer de vous rappeler ses paroles ? insista Jules.

— Il a dit : « J'a besoin de t'crèche pour eune affaire. V'là pour ti ! J'veux pas t'voir pour un moment. Sinon, j'te r'trouverai, pis j'te tuerai ! » Après, il a tiré de s'poche une tiote fortune. Eud belles pièces et quéques papelards !

— Des papiers ?

— Oui.

— Pourrions-nous les regarder ? reprit le policier.

— J'sais point d'où que j'les a mis... p't'ête dins min foutoir.

Le Blaireau chercha dans ses affaires. Une soupière en faïence ébréchée trônait au centre de ses loques miteuses. C'était assez incongru de trouver ce récipient, à même le sol, au beau milieu des herbes folles. C'était souvent dans cet objet que les Picardes rangeaient leurs économies. Là et sous les matelas !

Une tradition héritée de sa mère, sans aucun doute, se dit Jules Verne.

Le Blaireau souleva le couvercle et sortit une grosse liasse.

— J'sais point lire, mes bieaux messieurs ! T'nez, faites-moi l'messe ! s'exclama-t-il en riant.

Jules Verne prit les papiers et les examina avec attention.

— Des titres ! Certainement volés dans le coffre de Louis Dubrion, le soir de son assassinat !

— Ça vaut quéque chose, ces bondieuseries ?

Le Blaireau disait sans doute cela à cause des chérubins qui figuraient sur chacun des bons au porteur. Il y en avait pour une petite fortune.

— Cher monsieur, je pense que si vous vous rendiez dans un établissement de change, vous auriez un toit et un confortable logis jusqu'à la fin de vos jours. Mais encore faudrait-il qu'on vous laisse jouir de cette transaction, répondit Jules Verne en regardant Maurice.

— Je ne vois aucun policier pour l'en empêcher, répliqua celui qui était suspendu.

Les trois hommes s'éloignèrent alors, abandonnant le Blaireau à sa fortune.

Jules, Maurice et Lucien rejoignirent le boulevard.

Tout en marchant, ils discutaient.

— Ainsi donc, le faux Gentilhomme a utilisé des titres boursiers comme monnaie d'échange d'un service peu coûteux. N'importe quel entrepôt vide des quais de la Somme aurait fait l'affaire ! Vous rendez-vous compte de la manne financière contenue dans la soupière ? Cet assassin n'a-t-il pas besoin d'argent ? dit Maurice.

— Je me faisais justement la même réflexion. C'est ahurissant ! répliqua Lucien.

— Oui, messieurs, parce que je ne veux pas croire que ce meurtrier soit stupide au point de ne pas savoir ce qu'il lui donnait. Il semblerait que quelque chose de plus fort que la richesse l'anime au plus profond de son être : la vengeance, comme je l'ai toujours pensé.

Les trois amis échafaudaient des hypothèses en regagnant les beaux quartiers, sans se soucier le moins du monde qu'au loin un homme encapuchonné les suivait.

22

Mardi 30 octobre
Dans un château de la Somme
En fin d'après-midi

Josefa avait prétexté à nouveau vouloir lire dans la bibliothèque.

Depuis plusieurs jours, elle avait été assaillie par une multitude de sentiments différents. Pour commencer, elle avait éprouvé du réconfort, bien à l'abri dans ce confortable domaine, puis de l'agacement, se sentant impuissante, ici, bien loin d'Amiens. Et enfin, depuis ce matin, elle était en proie à une très vive curiosité qui enfiévrait son âme, une véritable soif de découvrir l'identité du maître des lieux. Ne pouvant plus résister, elle se leva, posa son livre sur le fauteuil dans lequel elle feignait de lire, traversa la salle de long en large afin de regarder par la grande fenêtre qui donnait sur le parc. Les deux hommes de la maison y fendaient du bois pour la flambée du soir. Hortense, elle, décrochait le linge étendu sur un fil.

Josefa s'empara du coupe-papier qui trônait sur le bureau et quitta la pièce.

Une fois dans le couloir, elle s'agenouilla devant la petite porte bleue et sortit une page d'un ouvrage de la bibliothèque qu'elle avait découpée sans aucun ménagement pour le récit consacré à sa compatriote, Catherine de Médicis. Elle glissa avec précaution la feuille sous la porte, puis, utilisant la lame dans la serrure, elle fit chuter la clé dessus.

Par chance, celle-ci ne ricocha pas.

Elle tira très lentement et le précieux sésame passa tout juste dans l'interstice.

Enfin, elle avait la possibilité d'entrer dans cet endroit dans lequel elle espérait obtenir tant de réponses.

Consumée par sa curiosité, elle chassa un reliquat de conscience, une infime étincelle de raison, qui venait de lui remettre en mémoire le mythe de la boîte de Pandore et ses conséquences funestes. Sans état d'âme, elle introduisit alors la clé dans le trou de la serrure.

Elle resta immobile un instant sur le seuil, observant l'intérieur de la pièce.

Des portraits intimidants la scrutaient. Josefa était certaine du fait qu'elle profanait un lieu sacré pour le Gentilhomme.

Néanmoins, elle avança de quelques pas.

Elle s'approcha des murs pour examiner les tableaux qui y étaient accrochés. Bon nombre d'entre eux représentaient le même modèle féminin, une femme très belle au visage tendre, peinte dans les différentes salles du château ou dans le parc. Elle observa attentivement la créature blonde au teint diaphane dont les cheveux défaits cascadaient sur les épaules. Son nom était écrit sur tous les cadres : *Henriette d'Andrésy.*

Son regard se posa ensuite sur le portrait d'un homme, plus austère celui-là, en tenue de chasse et en compagnie de ses chiens. Son identité était également inscrite en lettres dorées : *Théophraste d'Andrésy, comte d'Andrésy*. Il était beau, bien bâti et large d'épaules.

Sur le mur de droite, Josefa eut l'impression de suivre une histoire, celle d'un enfant souriant, représenté dans son couffin sur le premier tableau, bercé par la main rassurante de celle qui fut sa mère. Sur le deuxième, le bambin, couvé dans les bras maternels, avait un peu grandi. Sur le troisième tableau, il jouait au cerceau, seul dans le parc. Sa joie de vivre semblait s'être éteinte. Sur le quatrième, il posait de manière solennelle, l'air très sérieux, avec la prestance d'un militaire, à côté de son père. Elle s'approcha, détailla le visage du jeune homme, un regard doux et tendre hérité de sa mère. Il était blond comme les blés, tout comme elle. Josefa était convaincue qu'il s'agissait de portraits du Gentilhomme cambrioleur.

Elle s'avança vers une étagère. Des carnets y étaient rangés. Sur la tranche, des noms y avaient été inscrits : Horace Velmont, Désiré Baudru, Michel Beaumont, Raoul d'Avenac…

Intriguée, elle en tira un et se mit à feuilleter ses pages rédigées avec une belle écriture.

« Horace Velmont sera un artiste peintre venu de Paris, membre du Cercle de la rue Royale. Légèrement voûté, il parlera d'une voix un peu cassée… »

Qui est cette personne ? Et pourquoi « sera » ?

Elle continua sa lecture. S'ensuivait une description de son caractère.

… Affable, mais un peu obséquieux…

Josefa pensa aux didascalies du théâtre. Tous ces cahiers comportaient-ils des indications sur la façon de jouer les différents rôles d'une pièce ? Elle réalisa alors qu'il s'agissait bien de personnages… ceux qu'incarnait le Gentilhomme cambrioleur pour commettre ses vols. La jeune femme rangea soigneusement le carnet à sa place.

Elle remarqua ensuite une penderie regorgeant de costumes : une robe de bure, une tenue de domestique, un habit de soirée…

Tous ses déguisements !

Sur une commode en acajou trônaient des têtes d'osier coiffées de perruques et de postiches. Elle ouvrit les tiroirs et aperçut des barbes, des moustaches et des favoris de multiples couleurs. Sur une console, elle se saisit d'objets curieux qui lui semblèrent appartenir à l'art de l'illusion. Dans une étagère contre le mur, savamment alignée, une collection de livres était rangée, d'un certain Robert-Houdin, dont les titres étaient éloquents : *Confidences d'un prestidigitateur, Les Secrets de la prestidigitation et de la magie, comment on devient sorcier*, suivi de *Magie et physique amusante.*

Dio mio ! Voilà donc les ouvrages lus par le Gentilhomme ! Tout ce qu'il faut pour maîtriser l'art de modifier un visage par des tours de passe-passe et d'enfumer un lieu pour dérober un collier !

Josefa resta bouche bée devant tous ces accessoires qui lui permettaient de pratiquer l'illusionnisme, cette nouvelle science de l'escamotage dont les spectacles faisaient partout salle comble.

Soudain, elle aperçut, au-dessus de la cheminée, une peinture bleutée, dans le style des impressionnistes. Elle reconnut la façade de la cathédrale Notre-Dame d'Amiens avec sa silhouette rassurante. L'édifice gothique, où elle se rendait tous les dimanches, y était représenté, de nuit, sous les rayons lunaires. Il lui revint alors en mémoire les mots prononcés par le Gentilhomme, sur les toits de la ville, le soir de sa fuite : « Il faudrait qu'il me déniche dans mon repaire, au plus près de la lune et des étoiles… »

Josefa chuchota :

— Je sais désormais où tu te caches.

La jeune femme allait quitter la pièce quand elle s'arrêta devant un tableau sur un chevalet.

C'était un portrait du Gentilhomme, adolescent, monté sur Figaro. Son nom était inscrit sur le cadre, en lettres dorées.

Raoul d'Andrésy !

Elle plongea son regard dans les yeux bleus du cavalier.

Abasourdie devant la peinture, son corps se figea.

Elle connaissait très bien ce regard.

23

Mercredi 31 octobre 1883
Dans les rues d'Amiens
En fin d'après-midi

— Édition spéciale ! Le Gentilhomme est mort ! Édition spéciale ! Le Gentilhomme est mort !

Un jeune vendeur à la criée invectivait les passants agglutinés devant l'entrée du Petit Paris, une boutique où l'on proposait des chemises pour hommes et de la lingerie pour dames bon marché. La cohue d'acheteurs du journal formait un attroupement autour du garçon et empêchait Jules Verne d'en acquérir un exemplaire. Impatient, l'écrivain se fraya un chemin, jouant des coudes, et en arracha un sur la pile au pied du gamin.

— Eh, m'sieur, c'est 15 centimes !

Jules sortit l'argent de sa poche et le posa sur le tas.

Il fourra *Le Progrès de la Somme* sous son bras, tout en s'extrayant de la foule.

Il lança alors à l'attention de Maurice et de Lucien :

— Messieurs, allons boire un verre pour prendre connaissance de cela !

— Tiens donc, monsieur Verne ! Comme il est surprenant de vous voir avec ce journal en main ! Ne m'avez-vous pas dit que Bynov n'écrivait rien de bon ?

Jules Verne venait d'être apostrophé par le commissaire Gamardin. Une colère sourde l'envahit soudain. Il détestait cet homme. Tout chez lui le révulsait : sa tête de forçat, sa voix puissante, mais surtout sa violence de brute… Instantanément, le choc de son interrogatoire lui revint en mémoire, ainsi que la gifle sèche donnée à Josefa. Figé, il ne trouva rien à lui répliquer. Pourtant, le commissaire semblait d'humeur courtoise.

Il n'y a rien de pire qu'une trogne patibulaire qui se met à sourire…

— Puis-je vous offrir un verre pour fêter la fin du Gentilhomme cambrioleur ? demanda-t-il. Je vous dois bien cela, monsieur Verne.

L'écrivain fixa le policier.

Est-ce une lueur de remords que je perçois au fond de ce regard ?

— Vous avez de la chance que je ne sois pas rancunier, mentit Jules Verne. Mais je suis avec deux amis ! Ne voyez-vous pas d'inconvénients à inviter un confrère que vous avez blâmé ? D'ailleurs, ne croyez-vous pas avoir été très injuste avec ce garçon en lui faisant endosser la seule responsabilité de votre échec cuisant ?

Gamardin se renfrogna.

Maurice intervint :

— Laissez, Jules ! Je pense que je vais me plaire à Abbeville. Le commissaire y est ouvert d'esprit, sans doute sensible aux méthodes novatrices qu'affectionnait tant mon ami Gaston Chastagnol.

— Soit ! C'est de bonne guerre ! J'ai certainement été un peu dur avec vous deux, mais c'est ainsi que l'on résout une affaire : par la fermeté et sans tergiverser ! Allons, prenons donc ce verre de la réconciliation et de la concorde.

Le trio, accompagné de Gamardin à la traîne, fit quelques pas sur le trottoir.

Une bourrasque venue du nord faillit ôter le chapeau du commissaire, qui l'enleva immédiatement avant d'entrer dans l'établissement choisi par Jules. Le café du Théâtre, que ce dernier fréquentait peu, fit cependant l'affaire pour une fois.

L'écrivain était curieux d'apprendre au plus vite le contenu de l'article.

Il se questionnait :

Mais qui est mort ? Quel Gentilhomme ? Le voleur ou l'assassin ?

Gamardin s'installa en dernier autour de la table ronde.

Il héla un garçon de café :

— Une coupe de champagne pour chacun de ces messieurs ! Nous avons quelque chose à fêter.

— Apportez-moi plutôt un verre d'eau gazeuse ! réclama Jules. J'ai des aigreurs d'estomac.

L'écrivain regarda avec attention le commissaire. Pour sûr, cet homme était heureux.

Il ne feignait pas le bonheur.

Un large sourire sincère éclairait sa trogne de bouledogue.

— L'affaire est enfin terminée. Le Gentilhomme n'était autre que Mignard, l'associé de Louis Dubrion. Et il est décédé !

— Mignard ? fit Maurice en écarquillant les yeux.

— Oui ! Le sous-directeur de la Caisse d'épargne.

— Mignard ? s'étonna une seconde plus tard Jules Verne. Je le connaissais personnellement ! C'était un éminent membre de la Société industrielle d'Amiens. Un homme charmant, au demeurant…

L'écrivain était un peu perdu.

Mignard était le faux Gentilhomme ? Le vrai ? L'assassin ? Le voleur ? Le coupable ? Un innocent ?

Jules tentait de rassembler ses esprits et ses certitudes, pour l'instant en vrac.

Mignard était jeune. Quarante ans… Il pratiquait l'équitation… Sa constitution physique était remarquable également…

— Comment avez-vous fait pour le confondre ? demanda Maurice.

— Il était proche de la ruine. Dubrion était un de ses créanciers. Lui seul était au courant pour le coffre dans le bureau de la banque. Et surtout, son domicile était truffé de pièces à conviction : des capes, des masques et des vêtements pour incarner son personnage d'opérette.

— C'est incroyable ! Avez-vous obtenu ses aveux ? s'enquit Lucien.

— Mon garçon, sa fuite vaut tous les aveux du monde. Il s'est défenestré alors que nous tentions de l'arrêter.

— Il a sauté par la fenêtre ? demanda Jules Verne.

— Absolument ! Il s'est jeté intentionnellement dans le vide pour se donner la mort. Il s'est fracassé le crâne sur le trottoir du mail.

Jules Verne resta sans voix. Il plongea ses lèvres dans sa boisson. Les petites bulles fines dansaient dans son verre, tout comme son esprit, qui se remit à pétiller soudain.

Gamardin poursuivit :

— Vous savez, monsieur Verne, les pires malfrats ne sont pas toujours ceux que l'on croit. Le vice et le crime se cachent très souvent derrière la respectabilité et des airs de vertu. Mignard était un fourbe, comme j'en ai rarement croisé dans ma carrière.

— Avez-vous trouvé l'attirail et les accessoires qui lui auraient permis d'emprunter mes traits et ma physionomie ?

— Dans son bureau, sans aucun doute !

— Comment cela ?

— En fait, le dément a fracassé une lampe à huile sur le tapis, juste avant de sauter dans le vide. Et l'incendie a ravagé en grande partie la pièce. Fort heureusement, mes hommes ont réussi à l'éteindre... Sinon, c'était le quartier tout entier qui s'embrasait. Je vous dois donc des excuses, monsieur Verne. J'ai eu tort de croire que vous pouviez être l'auteur des vols et des crimes.

— Vous m'avez fortement éprouvé, monsieur le commissaire. Et que dire à propos de Josefa Balsamo !

— La quête de la vérité ne se fait-elle pas à ce prix ?

Jules fit la moue, mais ne répondit rien. Gamardin prit certainement ce silence pour un signe d'approbation. Il se leva, dépliant sa grande carcasse, et offrit sa large main à l'écrivain, qui n'eut d'autre choix que de la serrer.

Puis il quitta le débit de boissons, laissant les trois amis se regarder avec circonspection.

Lucien se jeta sur le journal et se mit à en faire la lecture à voix haute :

Récit de la mort du Gentilhomme cambrioleur

par D. Bynov

Le Gentilhomme n'est plus ! Hier, dans la soirée, le commissaire Gamardin est allé appréhender, à son domicile, Hippolyte Mignard, sous-directeur de la Caisse d'épargne de la Somme, âgé de quarante ans. Ce dernier, dans une crise de démence, a mis le feu à son appartement et s'est défenestré, s'écrasant sur le mail.

Sous ses airs de citoyen modèle et respecté de notre cité se cachait un assassin doublé d'un voleur ! Car oui, le Gentilhomme cambrioleur était bien Mignard…

D'après des sources policières, cet être, misérable et jaloux, était ruiné. Il devait d'importantes sommes d'argent aux frères Dubrion. Et selon ses gens de maison, c'était un individu dépravé qui aimait les autres hommes, les recevant pour des parties de plaisir sodomite. C'était donc un inverti, un débauché, qui aura certainement puisé dans son goût pour le théâtre un personnage fantasque afin de draper sa sinistre existence de clinquant et de romanesque.

Devons-nous craindre maintenant les imitateurs et de pâles copies ? Pas moins de trois lettres sont arrivées au journal ce matin pour dire : « Je suis encore vivant ! » Cessez, voulez-vous, ce petit jeu navrant, par respect pour toutes les victimes !

Le Gentilhomme cambrioleur est mort ! Devons-nous l'appeler à présent « le Malfaiteur assassin », dans la mesure où, ne l'oublions pas, il a ravi deux vies, celles d'illustres humanistes et bienfaiteurs ? Il a bercé le peuple de sornettes pour mieux tromper son monde sur sa véritable engeance.

Quant à l'éventuelle complicité de la Cagliostro, toujours introuvable, elle n'a pas encore été établie. Puisse-t-elle, tout de même, pour la sécurité des concitoyens amiénois, s'en être retournée définitivement dans son pays.

L'investigation s'avérera difficile, car l'incendie a ravagé une bonne partie de l'appartement, emportant avec lui les preuves d'une quelconque correspondance. Quoi qu'il en soit, Mignard aimait l'Italie et ne s'en cachait pas, lui qui…

— Ça suffit, Lucien ! ordonna Jules. Maurice, Mignard était-il à l'inauguration de l'exposition où les joyaux ont disparu et où le Gentilhomme a pris mon apparence ?

— Euh… Oui… Oui ! Bien sûr ! J'étais là quand Gamardin l'a fouillé avant d'entrer.

— Le voleur avait emprunté mes traits. Mignard ne peut donc pas être le véritable Gentilhomme cambrioleur ! Cependant, pourrait-il être l'assassin ?

— Il a sauté dans le vide. Un suicide vaut un aveu. Le commissaire a raison, observa Maurice.

— Le meurtrier serait-il mort ? demanda Lucien.

— Messieurs, même si cela me crève le cœur de l'admettre, il faut bien reconnaître que Gamardin est un fin limier… Et Bynov pourrait, pour une fois dans sa vie, dire quelque chose de sensé !

24

Jeudi 1er novembre 1883
Château d'Andrésy
Minuit

Josefa n'avait pas entendu de bruit dans le château depuis que ses hôtes s'étaient couchés. Cela faisait maintenant trois heures que la maisonnée dormait.

Elle étouffait dans son vaste lit, tout habillée de sa tenue de jeune hortillon, celle dans laquelle elle avait fui Amiens quelques jours auparavant. Elle avait hâte de recouvrer sa liberté, comme l'aurait désiré ardemment un oiseau sauvage, blessé, mais guéri, et gardé trop longtemps en cage.

Le journal lu à haute voix par Hortense après le souper mentionnait que l'assassin de son mari et de son beau-frère avait été retrouvé. Il s'était donné la mort, juste avant son arrestation.

Le sous-directeur Mignard ! Un bon ami de Louis, avec qui il allait chasser en baie de Somme ! Qui aurait pu suspecter cet homme charmant ?

En entendant cette nouvelle, elle avait pris la décision de retourner à Amiens sans plus tarder pour se livrer à la police. Gamardin n'aurait désormais plus aucun mal à la laver de tout soupçon, elle en était persuadée. Mais elle devait aussi rejoindre la ville pour une autre raison…

Dans son lit, épiant le silence et attendant le bon moment pour se lever, elle cogitait :

Maintenant que l'assassin est mort, les vols du vrai Gentilhomme sont pour l'instant endossés par lui. Tant que le comte d'Andrésy ne récidive pas, il ne sera jamais démasqué. Je dois le trouver pour le persuader de ne plus recommencer. Il en est encore temps ! Et seulement ensuite, je me rendrai à Gamardin pour qu'il me disculpe des crimes, des cambriolages et de toute complicité.

Josefa quitta son lit, décidant que l'heure de l'évasion avait sonné.

Elle enfila ses bottines, veillant bien à ne pas faire gémir les lattes du parquet. Elle marcha doucement jusqu'au bout de la pièce.

La jeune femme vissa la casquette d'hortillon sur sa tête et ouvrit la porte de la chambre. Par bonheur, les gonds n'émirent aucun grincement. Elle tâtonna dans le grand escalier jusqu'au rez-de-chaussée, atteignit l'entrée, tourna la clé avec précaution et se retrouva dehors sur les graviers.

La nuit était presque noire.

Un pâle rayon de lune éclairait sinistrement le parc.

Il me faudrait un cheval téméraire pour braver l'obscurité.

Tandis qu'elle se dirigeait vers l'écurie, le vent fit craquer les branches des arbres nus. Un peu effrayée, Josefa se dit qu'elle devait s'armer de courage pour affronter le périple et les obstacles à venir.

Une fois qu'elle fut dans le bâtiment, Figaro renâcla de prime abord, puis la reconnut. Il l'accueillit alors avec quelques petits coups de tête amicaux.

Josefa le sella. Elle attrapa ensuite un vieux paletot trop grand pour elle qui pendait à une patère et l'enfila.

Dehors, menant Figaro par la bride, elle se dirigea avec lui vers la limite de la propriété.

Alors qu'elle parvenait au bout de l'allée de gravier, la monumentale grille en fer se dressa devant elle comme pour l'arrêter.

Fermée ! Bien sûr, idiota !

Cependant, elle n'allait pas rebrousser chemin. Déterminée, elle poussa de toutes ses forces sur un des deux battants.

Le pêne rouillé de la serrure céda sous son action et se désengagea.

Miracle ! La voie est libre désormais.

Ses yeux, comme ceux du cheval, s'étaient accoutumés à l'obscurité. De plus, la lune montait dans le ciel, rendant la nuit plus claire. Elle gardait en mémoire un plan d'une page de la *Géographie illustrée de la France et de ses colonies*, ouvrage rédigé par Jules Verne, consulté la veille dans la bibliothèque. Elle y avait, au préalable, entouré le château d'Andrésy sur la carte et avait dessiné le trajet à parcourir jusqu'à Amiens. Elle projetait de suivre le canal, par le chemin de halage, pour rejoindre la capitale picarde le plus sûrement possible.

Laissant le domaine derrière elle, elle sentit le souffle de la nuit fraîche sur ses joues ; les hululements pourtant lugubres des oiseaux chantaient à ses oreilles une douce mélopée au goût de liberté. L'angoisse ne l'habitait plus. Il n'y avait nul homme dehors, rien que la faune de la vallée humide, dont elle n'avait rien à craindre.

Elle rejoignit le fleuve qui, au loin, luisait comme un grand bandeau d'argent, renvoyant l'éclat de toute la Voie lactée. Ce miroir la guiderait jusqu'à Amiens.

Josefa, désormais en selle, gagna très vite le chemin de halage bordé d'une haie de peupliers et de saules.

Quelque temps après, elle aperçut des marécages, dans lesquels la vie grouillait, et des prés où la brume endormie roulait délicatement à la surface.

La nature exhalait des senteurs entêtantes d'herbe humide. Dans le ciel dégagé, les étoiles jouaient à cache-cache derrière la cime des arbres.

La chaleur de Figaro, qui avançait d'un pas sûr, se propagea des flancs de l'animal aux cuisses de la jeune femme, l'enveloppant tout entière.

Bercée par la cadence du cheval et le clapotis de l'eau sur la berge, elle rejoignit ainsi une écluse.

Un ancien panneau lui indiqua qu'elle était à cinq lieues d'Amiens. Elle devait économiser les forces de Figaro. Elle ralentit alors l'allure de sa monture, quitte à arriver à Amiens après le lever du soleil.

Quelques heures plus tard, les étoiles s'éteignirent tour à tour, les chouettes se turent et un coq se mit à chanter au loin.

La nuit touchait à sa fin.

L'horizon commençait à rougeoyer.

Droit devant elle, la silhouette des deux tours de la cathédrale se dessina à la frontière incandescente entre le ciel et la terre.

Les autres clochers apparurent eux aussi, cernés par les hautes cheminées des manufactures qui excrétaient leurs panaches de suie.

Le jour était né.

Les Amiénois étaient debout dans les masures agglutinées au seuil de Notre-Dame, dans les demeures bourgeoises ou d'ores et déjà à l'œuvre au pied des machines-outils.

À mesure qu'elle s'enfonçait dans la cité picarde grossissait le vacarme de l'activité de l'Homme.

Dans les rues, des carrioles s'ébranlaient vers les halles. Des chiens les suivaient, flairant les victuailles. Les ouvriers se dirigeaient vers les faubourgs tisserands, la tête baissée et le pas encore plein de sommeil. Les fiacres commençaient à grincer sur les boulevards et les premiers trains se mettaient en marche, toussant leurs épais crachats noirâtres, comme des vieillards poussifs au réveil.

Un ciel rouge sang, comme une plaie grande ouverte, apparut au-dessus de la cathédrale d'Amiens alors que la cloche de l'église Saint-Leu sonnait la première messe.

Après un dédale de ruelles, elle déboucha enfin sur la place, au pied de Notre-Dame.

Tout d'abord, la jeune femme frappa à la porte de la maison du pèlerin. Cette grande bâtisse à colombages était un relais pour voyageurs. Elle y déposa Figaro, qui reçut en récompense un baquet d'eau et une botte de paille. Josefa lui fit la promesse de revenir le chercher dès que possible. Elle paya le service avec son alliance, qu'elle ôta de son doigt sans aucun regret, et on lui offrit également à boire et une tartine de beurre.

On lui raconta que bon nombre de pèlerins de toute la chrétienté venaient se prosterner devant le crâne de saint Jean-Baptiste. Cette relique rapportée des croisades était conservée à l'abri dans le trésor de Notre-Dame. Elle soignait mille tourments de l'âme et réalisait des miracles. Bien qu'habitant Amiens depuis plusieurs mois, Josefa ne l'avait pas encore vue. Peut-être aurait-elle le pouvoir de convaincre le comte d'Andrésy de mettre un terme à sa folle entreprise ? Peut-être aurait-elle celui de la rendre heureuse à nouveau ?

Lorsqu'elle eut repris des forces et qu'elle se retrouva sur le parvis, son face-à-face avec la plus vaste des églises de France l'impressionna. Elle, si frêle, se sentait écrasée au pied de cette géante.

La cathédrale était-elle ouverte à cette heure matinale ? Le Gentilhomme y était-il toujours endormi ou alors en train de surveiller la ville, en ce moment même, immobile comme une gargouille au sommet de cette montagne de pierre ?

La jeune femme leva les yeux, balayant du regard la galerie des sonneurs qui reliait les deux tours.

Elle ne vit rien.

Elle observa la courtine, sous la grande rosace. Peut-être allait-elle y apercevoir la silhouette du Gentilhomme, tapie entre les statues des rois de France ou des sujets de la Bible ?

Rien non plus.

Josefa se dirigea alors vers les trois portails en ogive.

Sur le tympan, au milieu d'une dentelle minérale, le Christ ressuscité levait les deux mains au-dessus de sa tête comme pour l'empêcher d'y pénétrer, tandis que saint Pierre lui tendait une clé.

Elle suivit plutôt l'apôtre.

La porte centrale était, hélas ! fermée.

Elle choisit celle de gauche.

Saint Firmin et les martyrs de Picardie lui semblèrent plus accueillants. La jeune femme fit jouer la poignée de l'entrée peinte en rouge.

La cathédrale était ouverte.

Josefa s'engouffra dans ses entrailles.

Dans la nef, un servant de Dieu, à genoux, lessivait à grande eau les dalles noires et blanches du sol. Par miracle, il lui tournait le dos.

Comme une ombre, elle se dissimula derrière un pilier.

Elle devait gagner les parties hautes de l'édifice.

Mais où trouver l'entrée ?

En balayant du regard les lieux, elle repéra un accès avec une inscription : *tour sud*.

La jeune femme s'y dirigea sans un bruit.

La porte était ouverte également.

À tâtons, Josefa gravissait prudemment un escalier en colimaçon, assurant ses pas sur les marches irrégulières qui s'élevaient vers le sommet.

Sa main, posée sur le mur, lui servait de guide dans la semi-obscurité de l'endroit, quand, tout à coup, elle sursauta face à une horrible tête qui venait de jaillir…

Ce n'était rien qu'un visage sculpté dans la maçonnerie, dont la bouche ouverte semblait vomir de la noirceur.

Elle pensa soudain à Gamardin et son cœur s'accéléra.

Son ascension paraissait interminable.

Les jambes lourdes, le dos perclus de douleurs à cause de sa chevauchée nocturne, elle aboutit enfin sur un seuil.

En poussant la porte, elle dérangea une multitude de pigeons blottis les uns contre les autres, qui s'enfuirent en battant bruyamment des ailes.

Le vent fit s'envoler sa casquette d'homme, qui chuta derrière la rambarde de pierre. Elle tomba sur le parvis dans l'indifférence du marché qui s'installait face à la maison du pèlerin. Josefa, chancelante, se rattrapa à la balustrade. En bas, les camelots ressemblaient à des insectes minuscules.

Dieu merci, elle n'était pas sujette au mal des hauteurs.

Le soleil fit soudain son apparition entre deux nuages. L'éclat saisissant de l'aube lui donna l'espoir de trouver celui qu'elle cherchait dans cette immensité de pierre. Il y avait là tant de monstres grimaçants, tant d'inquiétantes gargouilles et de chimères, semblant garder son refuge.

Josefa inspecta tous les recoins de cet étage, se faufilant entre les arcs-boutants qui ressemblaient aux arêtes d'un poisson géant. Elle ne vit personne.

Elle fit le tour de l'édifice, désorientée, sans savoir où aller, puis se retrouva comme par enchantement de nouveau à l'intérieur de la cathédrale, dans une galerie ajourée que l'on nommait *triforium*.

Elle tenta de se raisonner. Le Gentilhomme ne pouvait pas se cacher dans un couloir aussi étroit.

Au sommet d'une tour, comme le sonneur de cloches de Victor Hugo ? Parmi les nids de pigeons, en plein vent ?

Elle réalisa alors qu'il était un homme, pas une créature imaginaire. Elle se dit également que personne ne pouvait résister aux intempéries, hormis les statues.

Sous la toiture, peut-être ?

Il lui fallait encore gravir la dame de pierre pour vérifier son hypothèse.

Toujours plus haut !

Elle effleura la grande rosace flamboyante. Ses meneaux lui évoquaient les bras d'une pieuvre ou ceux d'un animal fantastique que seul Jules Verne aurait eu l'art de rendre vivant.

Empruntant un dernier escalier, elle déboucha enfin sous la charpente de chêne du Moyen Âge.

De pâles ouvertures éclairaient l'endroit, un plancher rassurant en bordait le pourtour.

Au centre des gigantesques combles, les dômes, que constituaient les voûtes vues du dessus, ressemblaient aux courbes gibbeuses d'énormes dragons.

Droit devant elle, un éclat métallique attira son attention.

Une lanterne éteinte.

À côté, elle vit une couverture.

Quelqu'un a dormi à cet endroit.

Des malles en osier étaient posées contre le mur.

Josefa exulta.

Avait-elle déniché le repaire du Gentilhomme ?

En ouvrant un coffre, la certitude de ce qu'elle était venue chercher apparut sous la forme d'un costume, celui de son maître d'escrime, dont elle avait reconnu le regard sur le tableau du château.

Monsieur de Chamerace, ce grand vieillard voûté !

Elle avait tout de suite identifié l'expression vive et généreuse des yeux de cet homme, pareille à celle de l'adolescent du portrait…

L'habit, rembourré afin de simuler l'embonpoint de l'âge, était accompagné de son postiche et de sa barbe blanche. Il y avait même un masque en sorte de résine recouverte de fards, imitant la couleur de la peau et reproduisant toutes les rondeurs.

Les grosses joues du maître d'escrime !

Comme elle avait été naïve de croire à la Providence, quand elle avait reçu la visite de ce vétéran des plus illustres batailles françaises de son temps ! Il avait été recommandé par un neveu, rencontré lors d'un dîner mondain, avec qui elle avait parlé de son désir d'apprendre à manier l'épée.

Ce neveu devait être le comte d'Andrésy également !

Josefa, éreintée par sa folle ascension, se laissa tomber sur la couverture.

Ti aspetto ! Tu peux venir maintenant.

25

Jeudi 1er novembre 1883
Messe de la Toussaint
Au matin

Raoul d'Andrésy venait de finir de jouer sur les trois claviers du grand orgue de la cathédrale Notre-Dame, faisant chanter les quelque deux mille tuyaux de plomb de la soufflerie.

Il rangea sa partition et quitta son perchoir, à dix-sept mètres au-dessus du sol. Ce matin pour l'office de la Toussaint, la tribune sur laquelle reposait l'instrument avait vibré comme jamais sous les mélodies du Gentilhomme. Pourtant, elle le supportait toujours, imperturbablement, et ce depuis l'an 1429, grâce à une grosse poutre plusieurs fois centenaire.

Par une claire-voie, Raoul observait, d'un œil rieur, les bancs des fidèles se vider. Il avait glissé, dans l'habituelle partition de la messe de la Toussaint, quelques notes d'un compositeur italien à la mode qu'il affectionnait autant que l'illustre Antonio Salieri, le grand rival de Mozart.

Lorsqu'il descendit dans la nef, quelques enfants chahutaient au milieu de l'église, à l'emplacement même où avait été construit, au Moyen Âge, un labyrinthe de pavement noir et blanc. Le dessin d'un dédale octogonal long de presque huit cents pieds avait disparu au début du siècle. Le chapitre de chanoines avait jugé que le suivre relevait du péché. De surcroît, ces membres du haut clergé considéraient que cela faisait un effroyable bruit de sabots, indigne dans la maison du Seigneur. On l'avait donc détruit pour ne plus entendre les cavalcades des gamins qui se perdaient dans ses lignes complexes durant les offices. Pourtant, ils continuaient à jouer au même endroit, comme attirés par les fantômes des rires anciens.

Le père de Raoul lui avait raconté cette histoire, lui apprenant qu'avant cette absurdité tous les comtes d'Andrésy successifs parcouraient ce labyrinthe à genoux, une fois par an, en signe d'humilité, comme un pèlerinage pour ceux qui ne pouvaient se rendre en Terre sainte. Il lui avait aussi dit qu'il symbolisait le voyage tortueux d'une existence, faite de peines et de renoncements, pour atteindre enfin le bonheur. Enfant, il ne l'avait pas compris, sûr de vivre immuablement dans l'amour des siens et bercé par la certitude d'être à jamais heureux. À présent que ses parents avaient quitté ce monde, il saisissait tout à fait la portée du message. Il se jura alors de faire bientôt un don pour reconstruire ce labyrinthe, afin qu'il soit à nouveau incrusté dans le pavement de l'édifice, comme son père l'avait toujours espéré. Un autre subside irait à la rénovation de l'orgue, en mémoire de sa mère qui adorait la musique. Étant jeune, elle jouait d'ailleurs divinement bien du clavecin.

Il en était là de ses pensées quand une main se posa sur son épaule.

Il sursauta et se retourna, sur ses gardes, peu habitué au contact physique.

— Je voulais vous remercier en personne.

L'évêque, tout sourire, se tenait devant lui, les bras croisés.

Il reprit :

— Vous avez ravi mes oreilles. Votre talent est un don de Dieu, mon fils. Vous savez, la Toussaint n'est pas seulement la fête de tous les saints. À cette occasion, notre religion nous dit que chacun d'entre nous est appelé à la béatitude par ses chemins propres, différents et parfois singuliers ou accidentés. Cela concerne tous les enfants de Notre-Seigneur qui choisissent de mettre leurs pas dans les siens. Les saints ne le sont pas devenus d'un seul coup. Leur parcours a été semé de doutes et d'embûches. Mais ils avaient tous un point commun : leur humanité.

Il resta silencieux quelques secondes et reprit d'une voix beaucoup moins solennelle :

— Pour cette belle musique, tenez, voilà pour vous !

Le prélat glissa sa main à l'intérieur de sa chape pour en tirer une grosse pièce qui luisait à la lumière d'un vitrail.

Le curé de Notre-Dame, qui venait de les rejoindre, chuchota son prénom à l'oreille de Monseigneur.

Ce dernier reprit en effectuant un signe de croix au-dessus de la tête du jeune homme :

— Dieu vous bénisse, Raoul.

Le comte d'Andrésy, connu ici uniquement sous ce simple prénom, attendit le départ des religieux pour déposer la pièce dans un tronc accroché à un pilier.

Depuis quelques mois déjà, on ne pouvait plus se passer de lui à Notre-Dame. Très apprécié dans le diocèse, il apparaissait comme un garçon discret et poli, qui faisait tinter les cloches à la place du sonneur, par pur esprit chrétien de bonté et de charité. Il était devenu l'organiste de la cathédrale quand le curé l'avait surpris en train de jouer. Il avait alors octroyé à l'ancien titulaire un repos bien mérité. Ainsi, le pauvre homme, à la surdité profonde et aux doigts déformés par la vieillesse, n'écorchait plus les tympans des ouailles avec ses affreuses fausses notes.

Notre-Dame était à présent sa « gentilhommière », dormant la journée dans ses combles, lorsqu'elle était agitée par la foule des fidèles, et y déambulant la nuit, au gré de ses aventures.

Il aimait voir les premiers rayons du soleil poindre à travers les vitraux, prenant un moment pour s'asseoir sur un banc de l'abside, afin de contempler l'effet de la lumière sur l'ange pleureur. La sculpture de Nicolas Blasset, au sommet du tombeau d'un chanoine, symbolisait l'écoulement du temps. Raoul avait appris par Hortense que l'angelot représentait surtout le chagrin des orphelins dont le clerc s'occupait alors. Il se demandait souvent comment l'artiste avait fait pour rendre la pierre aussi expressive et émouvante. Sans doute s'était-il assis des heures durant pour observer et dessiner le visage d'un enfant privé de ses parents, priant pour leur retour ou attendant de les rejoindre au paradis…

Tout à coup, Raoul bâilla. Il était très fatigué. Une sensation rare pour lui. Toute la nuit, il avait surveillé les abords et la sûreté d'une bijouterie qui venait de recevoir un diamant d'une pureté inégalée. C'était une pierre inestimable qui avait provoqué la mort d'une centaine d'Africains au cours de son extraction acharnée dans le territoire de Kabinda au Congo. La compagnie minière était responsable de l'effondrement d'une galerie, mal étayée par souci d'économie. Bien entendu, Raoul projetait le vol de ce joyau. Ainsi, sa future revente mettrait à l'abri du besoin les mineurs et les familles de ceux ensevelis.

Auparavant, le Gentilhomme devait s'accorder une bonne journée de sommeil. Le cambriolage aurait lieu très prochainement.

Il attendit que la cathédrale se vide et entra furtivement par l'escalier de la tour sud.

Tout en gravissant les marches vers le sommet, il passa en revue quelques détails du plan qu'il exécuterait seul, cette fois. On entendrait à nouveau parler du Gentilhomme, alors que la presse l'annonçait mort. Le commissaire Gamardin et les journalistes devraient bientôt admettre qu'il n'était pas le coupable des meurtres, uniquement celui des vols. Cela sonnerait comme un démenti public. Cet usurpateur avait terni la réputation de son personnage et avait transformé ses aventures rocambolesques en faits divers sordides aux yeux de tous. Et il souhaitait par-dessus tout laver l'honneur de Josefa.

Le directeur adjoint de la Caisse d'épargne était-il vraiment le tueur ? Une piste s'était ouverte dernièrement, en fouillant dans le passé des protagonistes de l'affaire. Il tenait peut-être quelque chose pour réhabiliter Mignard et confondre le véritable meurtrier. Il réalisa qu'il ne pouvait plus se contenter de déposer des lettres sous le tilleul de Jules Verne. Il projetait bientôt de le rencontrer et de discuter de vive voix avec cet homme qui était encore plus perspicace que lui.

Il entra alors dans les combles.

— Bonjour, Raoul !

— Qui est là ? demanda-t-il, scrutant l'obscurité sous la gigantesque charpente.

Une lanterne s'alluma et une forme fit un pas vers lui.

Il chuchota :

— Josefa ?

— Comment allez-vous, monsieur de Chamerace, ou devrais-je plutôt dire monsieur le comte d'Andrésy ? Vous vous êtes vraiment bien moqué de moi ! Vous m'avez flouée, afin de dérober le collier de la reine !

Elle vit son visage, pour la première fois sans fard et sans artifice, et le trouva beau, presque angélique. Il avait le même âge qu'elle. Sur son front haut, quelques mèches blondes pendaient, décoiffées et rebelles, comme celles des garnements. Cela contrastait avec sa mâchoire carrée et ses pommettes saillantes.

— Monsieur, vous m'avez trahie ! reprit-elle. Ainsi donc, comme la devise de ma maison l'exige : « Que celui qui m'offense périsse par le fer ! » Je vous provoque donc en duel !

— Madame, vous ne pouvez pas ! répondit-il, inquiet, en s'approchant la paume droite ouverte vers le haut en signe d'apaisement.

— Comment cela, je ne peux pas ? N'est-ce pas ce que vous m'avez enseigné ?

— Josefa, je vous ai appris quelques attaques et plusieurs parades d'escrime, mais vous ne pouvez pas encore gagner un combat !

— *E allora ?* fit-elle, le menton en avant et la main sur la hanche. N'est-ce pas ainsi que vous vous vengez, vous les hommes ? Moi aussi, je veux obtenir réparation pour mon préjudice ? Allons, monsieur ! En garde !

À ces mots, elle jeta en l'air une des épées qu'elle avait trouvées dans sa malle.

Il l'attrapa dextrement par la poignée, mû par un réflexe.

— Je ne me battrai pas contre vous ! affirma-t-il d'une voix autoritaire.

— *Andiamo !* cria-t-elle en chargeant.

Il n'eut pas d'autre choix que de croiser le fer avec elle. Leurs deux épées se heurtèrent violemment, juste devant son beau visage courroucé.

Il la repoussa sans y mettre beaucoup de force.

Elle porta une nouvelle attaque en allongeant le bras.

Il recula dans une esquive habile, tandis que la lame de la jeune femme fendit l'air.

— Josefa, vous allez vous blesser ! Arrêtez, voulez-vous ?

— Comment trouvez-vous ce petit jeu ? Dangereux et mortel à présent ! Quand donc cesserez-vous vos vols et votre croisade vengeresse ?

— On ne parle pas de moi, mais de vous. Je vous en prie, vous allez finir par vous faire mal.

La voix de Raoul d'Andrésy était pleine d'inquiétude.

— Oui, c'est bien là le risque quand on met quelqu'un en colère ! Commencez-vous donc à comprendre où cette course folle vous mènera ? Un jour, vous aurez à tuer une personne offensée ! Ou alors, si vous le refusez, vous mourrez !

Soudain, il exécuta une virevolte et se retrouva derrière elle, immobilisant son corps et son poignet armé avec une clé de bras.

Elle ne pouvait plus bouger.

Elle sentait à présent le souffle chaud du Gentilhomme à la racine de ses cheveux, juste dans le creux de sa nuque, et la chaleur de ses cuisses puissantes contre les siennes.

— Allons, calmez-vous, madame !

— J'arrêterai quand vous aurez compris ! Lorsque vous me lâcherez, vous m'enfoncerez votre lame dans le cœur, car c'est comme cela que finissent toutes les histoires de vengeance.

— Je ne vais pas vous tuer, lui murmura-t-il.

— Vous y serez forcé, car la mort est toujours l'issue fatale de la vendetta. Comme vous, j'ai longtemps cru que c'était la seule véritable justice. Pourtant, maintenant, je sais que ce n'est pas ainsi que l'on apaise sa peine et que l'on se console de la perte de sa famille. Raoul, vous n'aurez pas assez d'une vie pour mener ce combat. D'ailleurs, vous vous trompez de cible.

— Je me trompe de cible ?

Il la tenait tout contre lui. Il appuya sur un muscle du poignet de sa captive pour lui faire lâcher sa lame. Elle se planta toute droite dans une des lattes du plancher et vibra.

Elle se retourna et lui fit front, son regard perçant plongé dans le sien.

— Oui, Raoul, car la cible, c'est vous !

— Moi ?

— Oui, vous !

— Je… Taisez-vous…, dit-il tout bas.

La phrase de Josefa avait fait mouche.

En plein cœur.

Elle continua d'attaquer.

— Vous n'arrivez pas à vous pardonner votre faute, n'est-ce pas ? Celle que vous vous reprochez chaque jour est la même que la mienne : celle d'avoir été un enfant et de n'avoir rien pu faire contre le destin qui nous a arraché les nôtres.

— Taisez-vous, Josefa !

Sourde à sa requête, elle continua :

— À chaque instant, vous vous en voulez de n'avoir pas pu empêcher votre mère de mourir dans la maladie et de ne pas avoir eu le bras assez solide pour défendre votre père contre ceux qui l'ont sali et qui ont provoqué son trépas. Il faut vous le pardonner, car vous êtes innocent des torts que vous vous attribuez.

— Tais-toi ! fit-il, de plus en plus bouleversé.

Il la tutoyait, perdant toute politesse.

Elle laissa s'écouler un instant et reprit avec une tout autre voix. Elle ne criait plus et avait adopté désormais un timbre maternel.

— Tu n'y pouvais rien, Raoul, comme moi je n'y pouvais rien. Elle te ronge toi aussi, elle t'étouffe certaines nuits, cette culpabilité d'être encore en vie. C'est elle seule qui te pousse à poursuivre cette quête. Cette faute, que tu fais tienne, tu tentes tous les jours de l'expier. Mais sache qu'elle te coupera des tiens et t'éloignera du bonheur à jamais…

Il la lâcha, comme soudain vidé de ses forces.

Pourtant, elle demeura blottie tout contre lui.

Il murmura :

— Le bonheur ! Quel bonheur ?

— Mais celui que chacun d'entre nous mérite !

— Le mien m'importe peu, chuchota-t-il, à présent vaincu.

L'un contre l'autre, dans le silence des combles, leurs cœurs battaient désormais à l'unisson.

Pour eux, il n'y avait plus de temps ni d'espace.

Seulement l'éternité de leur regard mêlé.

Elle releva la main pour balayer une mèche blonde sur le front moite du jeune homme.

Ce geste de tendresse le bouleversa.

— Et mon bonheur à moi ? dit-elle en chuchotant.

Il répondit dans un souffle :

— Je ferais n'importe quoi pour toi, Josefa.

— Alors, Raoul, arrête tout ! Tant qu'il en est encore temps !

Dans un élan du cœur, elle l'étreignit et lui murmura tout bas :

— C'est fini… Vois-tu, je voulais te faire comprendre… As-tu saisi à présent ?

Il ne répondit rien.

Elle reprit :

— Raoul, tu sais… moi aussi, pour être forte, je me suis inventé un personnage. Il n'y a jamais eu de proverbe sur la vengeance dans ma famille. Jamais ! Nous n'avons toujours vécu que dans l'amour.

C'est alors qu'il se mit à pleurer au creux de son épaule.

26

Jeudi 1er novembre 1883
Maison à la Tour
Dans l'après-midi

— Jules, tu sors ? As-tu pensé à ta peau de lapin pour ne pas prendre froid ? cria Honorine, qui lisait dans le salon.

Elle venait de voir passer l'ombre de son mari au-dessus de son ouvrage.

— Non, je vais juste jeter un ou deux bâtons à Follet dans le jardin.

— Donc, tu vas dehors ! Alors, mets le plastron que t'a recommandé le médecin. Et n'oublie pas ton cache-nez !

— Honorine, je ne suis pas un enfant !

Jules obéit pourtant, glissant sous sa liquette la fourrure prescrite par le docteur pour préserver son estomac fragile du froid de l'hiver.

Une fois dans la cour, il lança un grand morceau de bois mâché à son épagneul picard et fila inspecter le caillou du gros tilleul.

Il y avait un message.

> Monsieur Verne,
> Je ne suis pas mort.
> J'ai des révélations à vous faire.
> Suivez le bout de vos souliers crottés, de la Terre à la Lune.
> Venez à une heure, cette nuit ! Seul ! Je vous y attendrai.
>
> Le Gentilhomme cambrioleur

Jules Verne s'exclama en regardant l'épagneul :

— Mais que signifie ce message énigmatique ? Ma foi, ce Gentilhomme cambrioleur est bien joueur ! Encore plus que toi, mon Follet… Mes souliers ne sont jamais crottés. Usés quelques fois, mais salis, jamais ! Qu'en penses-tu, mon chien ?

Jules Verne se gratta le front. Son œil gauche eut un tic nerveux, reliquat d'une ancienne crise de paralysie faciale.

— Viens, Follet, allons-nous mettre au chaud !

Jules Verne, malgré l'interdiction d'Honorine, laissa entrer l'épagneul picard dans la maison. Il s'enferma même avec lui dans le fumoir.

L'écrivain ouvrit une boîte, en sortit une cigarette médicinale au chanvre et l'alluma.

Le remède ne tarda pas à faire son effet.

Follet, soudain plus calme, s'allongea sur le tapis aux pieds de son maître.

Jules fixait une des premières photographies de Félix Tournachon, dit Nadar, suspendue sur le mur en face du fauteuil. Il affectionnait beaucoup cette vue de Paris, qui datait de 1858, prise lors d'un vol captif, à quatre-vingts mètres au-dessus du Petit-Bicêtre. Cette image lui avait inspiré *Cinq semaines en ballon*.

De la Terre à la Lune… Y a-t-il un lien avec mon roman ? Ou faut-il prendre de la hauteur pour reconsidérer les choses ? Mes souliers crottés… mes souliers crottés…

Soudain, il se leva. Follet ouvrit un œil, tandis que son maître fouillait dans la pile de journaux posée sur la console, près de la cheminée de marbre blanc.

Dieu merci, Rose n'a pas encore utilisé cet exemplaire du Progrès *pour éplucher ses légumes !*

Il le déplia.

C'était celui du lundi 22 octobre, le lendemain de son arrestation musclée. Gamardin y racontait comment le Gentilhomme avait usurpé l'identité de l'écrivain et Bynov avait conclu l'article par : « La perspicacité du commissaire est telle que ce fin limier avait déjà des doutes sur le Jules Verne présent à l'inauguration de l'exposition des joyaux de Marie-Antoinette. Il savait qu'un auteur de renom ne pouvait avoir ses souliers crottés par des fientes de pigeons… »

Les mots de son ami Adolphe Cornaille lui revinrent soudain en mémoire :

On ne peut plus se rendre à un office à Notre-Dame sans être criblé de leurs fientes, car ils nichent entre les statues. Un fléau !

Jules Verne, exultant, s'adressa à Follet :

— Il se cache à la cathédrale ! Le plus haut des édifices de notre bonne vieille cité picarde, déployant sa majesté « de la Terre à la Lune », et qui regorge de ces créatures ailées qui nichent dans n'importe laquelle de ses anfractuosités, déféquant sur toute la statuaire ! Il réside sûrement là-bas, comme Quasimodo, dans une tour ou bien dans les combles… Sous la charpente, bien sûr, à l'abri des vents et du froid ! D'autres ont vécu avant lui dans ce qui a servi de refuge aux tâcherons et aux compagnons, à l'instar de Bruno Vasseur, ce maître couvreur amiénois de talent, qui déjeunait sur la flèche, assis sur le coq, et qui a écrit son nom partout sur les poutres de la toiture… Destin funeste que celui de cet homme-là, mort le jour de la Saint-Louis, en suspendant des lanternes pour la fête…

Le chien lui répondit par un aboiement.

— Tais-toi, malheureux ! Honorine va t'entendre et tu vas retourner dehors.

Jules jeta un œil à la pendule sur le manteau de la cheminée. Il était seulement dix-sept heures. Lucien n'allait pas tarder à rentrer du journal. Leur enquête piétinait. Ni Maurice ni lui n'avaient trouvé quoi que ce soit de nouveau.

Le Gentilhomme, quant à lui, écrivait qu'il avait des révélations à lui faire.

Lorsque l'excitation de la résolution du message retomba, Jules Verne hésita.

Il aimait braver les éléments, la mer, le vent, la nature, mais affronter l'Homme, c'était une tout autre histoire.

Il n'appréciait pas l'idée de se rendre seul à Saint-Leu. Encore moins celle de s'y faire conduire par Eugène, qui le dirait à Rose, qui le raconterait à Honorine !

Je prendrai ma canne-pommeau à tête de chien. Je n'aurai qu'à tirer sur l'extrémité pour dégainer la lame qu'elle renferme si on me cherche querelle dans la rue.

Il tentait de se rassurer de la sorte, bien qu'en réalité il fût incapable de blesser quiconque.

Jules Verne s'occupa jusqu'au souper en relisant les papiers affligeants de Bynov.

Quelques heures passèrent ainsi, dans la chaleur du fumoir.

Follet dormait toujours profondément à ses pieds.

Soudain, le chien releva la tête, surpris. Il venait d'entendre le rire d'Honorine pour la première fois depuis des mois. Cet éclat cristallin dans le jardin d'hiver fut suivi de la voix de Lucien.

Ces deux-là sont encore en train de rempoter, d'arroser et de faire des boutures ! Faudra-t-il qu'on l'adopte ?

Au souper, Jules dîna peu, puis prétexta du travail pour monter, seul, dans sa bibliothèque.

Il consacra ce temps à corriger un texte, mais il n'arrêtait pas de fixer sa petite pendule en bronze doré.

Vers minuit, il se mit debout. Le dernier train venu de Paris passa dans le tunnel en contrebas.

La maison était à présent endormie.

Jules prit sa canne, oublia sa peau de lapin, enfila son paletot et noua une écharpe autour de son cou. L'écrivain se vissa sur la tête une vieille casquette de marin, mangée par le sel du Crotoy, et sortit tout en prenant soin de ne pas faire de bruit.

J'espère qu'il aura ouvert un des portails, je n'ai pas de passe-partout. Un comble pour le père du Tour du monde en quatre-vingts jours *!*

Jules pensa qu'il n'avait justement rien d'un Jean Passepartout, son héros téméraire. Il n'avait rien d'un gymnaste ou d'un casse-cou. Il se donna du courage, se disant que, s'il n'avait pas une constitution d'athlète, son esprit était encore alerte.

Il marchait contre les rafales qui poussaient vers l'est les nuages ressemblant à de longs morceaux de tissus sombres et effilochés.

Au firmament, un quartier de lune était penché comme si lui aussi avait été renversé par les bourrasques. Le vent d'ouest annonçait une forte dépression, de celles qui démontent la mer dans la Manche, arrachant les ardoises des toits du Crotoy.

Jules baissa la tête, releva le col de son paletot et enfonça encore davantage sa casquette. Il traversa la rue de la porte de Paris, redoutant la proximité du square que l'on disait fort mal famé la nuit. Il était désert.

Heureusement, les becs de gaz éclairaient assez généreusement la rue Saint-Denis, mais, en contrepartie, donnaient aux ramures des arbres nus des airs de squelettes.

Une fois qu'il fut parvenu au bout du boulevard, l'alignement de réverbères se fit plus rare et il s'enfonça dans une bouche d'ombre, noire comme l'encre d'une pieuvre.

Les rues cessèrent alors d'avoir un trottoir. Il entrait dans les bas-fonds, ceux qui sentent le remugle et le graillon.

Les masures d'antan, penchées les unes sur les autres et pareilles à des vieillards éreintés, apparurent massées au pied de la cathédrale. Comme il détestait ces hideuses reliques ! Jules aurait voulu étendre le progrès à tous les quartiers d'Amiens.

Avant de parvenir sur le parvis, il y avait encore un lacis de ruelles tortueuses à emprunter. Dans l'une d'elles, un troquet débitait de l'eau-de-vie frelatée. Son ami Gaston Chastagnol avait coutume de parler de « tapis-franc » pour désigner les estaminets du plus bas étage. On trouvait d'ailleurs, passé un des ponts sur la Somme, le Cabaret rouge, le plus redoutable d'entre eux, qui prostituait des enfants et qu'il avait eu l'horreur de visiter l'an dernier.

Au fil de sa progression grossissait le vacarme d'une soûlerie générale.

La paie de la quinzaine a dû tomber.

Les lanternes oblongues d'une gargote balançaient dans le vent. En s'approchant, il se demanda s'il ne devait pas rebrousser chemin et emprunter une autre ruelle. Mais il ne voulut pas se perdre dans cet infernal dédale. Jules Verne longea les murs, évita les zones éclairées, prit au large, mais, dans une venelle très étroite, il dut frôler un pas de porte où deux pochetrons gîtaient en se disputant une bouteille à demi vide. Plus loin, le vent charria un nuage de fumée produit par toutes les pipes en terre cuite et les cigares à un sou de la salle encore pleine, malgré l'heure avancée. Il toussa.

La populace, qui s'encanaillait, s'invectivait dans un affreux patois, éructé comme des glaires au fond d'un gosier de phtisique. Jules frissonna et pressa le pas.

Quelques instants plus tard, au milieu du ruisseau de la rue, une forme gisait. Jules s'arrêta. Il étudia les risques. L'homme était aviné, affalé de tout son long. Il récitait une prière, les bras en croix, l'air heureux en regardant le ciel. L'écrivain en profita pour se faufiler entre l'ivrogne et le mur en torchis.

Au moins, lui n'a pas l'alcool mauvais !

Le quartier Saint-Leu était très mal fréquenté, surtout la nuit. Cependant, Jules réalisa que le vent, qui criait dans ses ruelles, l'avait rendu plus sûr que d'habitude, car il avait découragé certains larrons de sortir pour chercher querelle. Si Jules Verne avait un profond respect pour les petits travailleurs honnêtes, comme les charbonniers, les tripiers ou les marchands de harengs résidant dans ce faubourg et besognant durement pour faire manger leur famille, il n'en avait aucun pour les malandrins qui vivaient de rapine, se goinfrant du fruit du labeur des autres.

Enfin, l'écrivain, soulagé, vit soudain la cathédrale jaillir au bout de la venelle.

Une nef des fous que ce quartier malsain, à l'image de ce tableau de Bosch ! L'humanité est à la dérive, rongée par l'alcool et le vice !

Il avait eu l'impression d'errer, tel un navire perdu à la recherche d'un phare, et il venait de le trouver au beau milieu d'une mer pleine de récifs. La présence immuable et réconfortante de la grande dame se dressait désormais devant lui comme une île accueillante, sa pierre accrochant les éclats de l'astre nocturne.

Il fit les quelques pas restant en courant.

Il décida de s'y introduire par un accès latéral. Il n'était pas concevable que le Gentilhomme ait voulu qu'il pénétrât dans l'édifice par les portails centraux. Des mendiants y passaient traditionnellement la nuit et il était dangereux de les déranger.

Lorsqu'il y parvint, c'était ouvert.

Jules plongea alors la main dans sa besace pour en sortir une lampe Wolf à essence.

Il enflamma le prototype d'un ingénieur allemand, qui éclairait bien mieux que la Marsaut, à l'huile végétale, utilisée dans les mines de la Compagnie du Nord.

Il entra à pas de loup dans l'édifice.

De petites bougies étaient allumées et disposées sur le sol, les unes à la suite des autres, comme les miettes de pain d'un conte pour enfants très connu.

Le Gentilhomme les avait sans nul doute placées pour former un chemin de lumière vers un énorme pilier du transept. On eût dit des milliers de lucioles.

Il suivit la voie indiquée jusqu'à lui et l'examina en soulevant sa lampe par son crochet.

Un placard à micelles ?

Il ouvrit le battant dans le pilier.

Contre toute attente, un escalier en colimaçon jaillit dans l'obscurité.

Assurément, il va jusqu'au sommet de la voûte. En avant ! De la Terre à la Lune !

Tenant solidement la lanterne dans sa main, il déboucha, après de nombreuses marches, sur la galerie du triforium, passage étroit aménagé dans l'épaisseur des murs des bas-côtés de la nef.

Dans le fin couloir, le vide était à sa gauche et la paroi de pierre à sa droite. Heureusement, Jules n'était pas sujet au vertige, car il ne pouvait faire abstraction du pavé qui se trouvait à présent à plus de quarante mètres en dessous de lui. Jules se déplaçait maintenant doucement, assurant chacun de ses pas. Sa lampe éclairait le chaînage métallique à ses pieds. Cette sorte de corset de fer utile à Notre-Dame pour éviter l'effondrement de son squelette avait quatre cents ans. Il ne fallait surtout pas y glisser une extrémité, sous peine d'y laisser la vie.

Une fois le danger passé, il leva la tête et tomba sur un mystérieux sujet taillé sur un chapiteau.

Il sursauta.

Un être encapuchonné aux pattes de pigeon… Ce n'est rien qu'une sculpture. J'espère que cela ne présage pas de l'apparence du Gentilhomme !

Victime d'une sueur froide, il tira un mouchoir de sa poche pour s'essuyer le front.

Il emprunta un autre escalier en colimaçon et déboucha au-dehors.

Au loin, la ville dormait à poings fermés. Les quelques fenêtres éclairées et les becs de gaz des grands boulevards semblaient ridicules dans l'obscurité du ciel et de la terre mêlée. À cette hauteur, le vent sifflait avec ardeur dans la pierre. Il dut ôter sa casquette et la ranger bien à l'abri dans sa besace.

Il tira sa montre à gousset.

Il était une heure moins quart.

La petite porte qui donnait accès au grenier n'était pas fermée.

Il entra à pas feutrés, après avoir vérifié l'étanchéité de sa lampe.

Un incendie peut si vite arriver dans les combles.

Il frémit en imaginant ce que le monde perdrait si cet édifice venait à s'embraser…

Il lança à la cantonade :

— Monsieur le Gentilhomme ? C'est moi, Jules Verne !

Seul le silence lui répondit.

Dans ces combles, il n'y avait rien d'autre que son ombre projetée sur les poutres.

Soudain, Jules se figea.

Il avait remarqué de minuscules points brillants au bout de ses souliers.

Quel est donc ce mystère ?

Il resta un instant immobile, essayant de comprendre.

Il réalisa alors qu'il s'agissait des bougies placées quarante mètres plus bas, dont la lumière filtrait à travers une ouverture. Tout à coup, il aperçut une bouche béante sur le plancher. Prudemment, il fit un pas en avant pour l'éclairer.

Sans nul doute ce passage a-t-il permis aux couvreurs de hisser des tonnes de marchandises vers les sommets…

Jules comprit pourquoi le Gentilhomme avait illuminé le chœur en contrebas. Il venait de lui sauver la vie. Sans lui, sa chute aurait été vertigineuse.

Il imagina sa carcasse disloquée sur la dalle. Il se mit à suer de plus belle et sortit à nouveau son mouchoir de la poche de son gilet. L'écrivain frémit en se demandant ce qu'aurait pu raconter Bynov à ses lecteurs dans *Le Progrès de la Somme* du lendemain.

Pourquoi Jules Verne a-t-il quitté son lit pour aller se jeter dans le vide et s'empaler sur une croix de l'autel au beau milieu de la nuit ?

Il souleva sa lanterne afin d'inspecter l'obscurité de cet immense grenier et n'y vit aucune forme humaine.

Il avait à présent besoin de respirer au-dehors.

Il se retrouva devant la grande rosace qui ornait la façade gothique. Il allait prendre une bonne bouffée d'air quand, soudain, il le vit, accoudé à la rambarde.

La lune luisait comme une auréole derrière son haut-de-forme.

L'écrivain se figea telle une statue de pierre, n'osant plus bouger.

Était-ce à cause de son audace ? Était-ce parce qu'il trouvait ce Gentilhomme à la hauteur d'un héros d'un de ses romans ?

Jules Verne demeura sans voix. Il s'était pourtant juré, une fois devant lui, de le réprimander pour l'avoir compromis en usurpant son identité. Mais il resta coi.

Soudain, l'homme prononça tout bas :

— Ne soyez pas timide… Approchez…

Cette voix, il la connaissait.

Jules posa sa lanterne sur la statuaire et fit un pas vers lui.

L'habit du Gentilhomme était faiblement éclairé, mais son visage résidait dans l'ombre. Il tenait la tête volontairement baissée.

Tout à coup, il releva le menton.

— Vous ? Non, ce n'est pas possible !

L'homme lui adressa un sourire, ou plutôt un affreux rictus dont il avait le secret, et dit d'une voix sépulcrale :

— Vous vous attendiez à quelqu'un d'autre ?

Jules Verne blêmit.

— Gamardin ! Bien sûr !

À la vitesse de l'éclair, il assembla ses idées et l'évidence s'afficha clairement dans son esprit.

— Vous n'êtes pas le Gentilhomme ! Vous êtes celui qui a usurpé son identité pour tuer lâchement par trois fois. Les crimes, c'était vous ! Vous seul, du fait de votre fonction, pouviez faire cela !

En guise de réponse, Gamardin sortit son revolver pour le menacer.

— Il a fallu que tu t'en mêles, Verne ! Tu ne pouvais pas te contenter d'écrire tes fadaises pour enfants ! Comme l'an passé, tu t'es encore cru obligé de jouer au détective avec tes deux amis ! Je t'ai suivi jusqu'ici cette nuit. Je pense que tu as rendez-vous avec le véritable Gentilhomme cambrioleur, n'est-ce pas ? Nous allons l'attendre ensemble !

— Commissaire, vous avez un sens inné de la dramaturgie et du dénouement. Vous auriez dû écrire du théâtre à ma place… Vous ne pouviez pas me dire simplement tout cela au coin d'une rue ! Vous savez également choisir les accessoires ! Vous avez détroussé ce pauvre Bynov ! Je reconnais bien là son stupide couvre-chef !

— Tais-toi, Verne ! Ici, tu n'es pas en position de faire le malin ni l'érudit, fit le commissaire tout en continuant de le menacer avec son arme.

— Je réalise enfin ce que mon esprit était incapable de concevoir. Dans cette crypte, vous avez joué à effrayer ce pauvre chroniqueur qui avait posé dans le journal son unique question intelligente : pourquoi les frères Dubrion ? Vous lui avez répondu que c'était pour l'argent. Mais ce n'était que par pure vengeance, n'est-ce pas ?

Le visage de Gamardin s'anima d'une horrible grimace.

— Oui ! Ils ont payé pour leur nom et pour les crimes de leur père !

— Ainsi donc, vous êtes un Dantès, mais sans aucun panache ! Il n'y a toujours eu qu'un seul homme dans cette crypte sombre : vous ! Ce mystère de chambre close dans l'abbaye n'en était pas un puisque vous êtes sorti côté cour pour revenir côté jardin… Vous avez utilisé un procédé sonore, un pétard, pour faire croire à un coup de feu. Vous avez allumé la mèche avant de descendre afin d'effrayer ce pauvre Bynov. J'ai aperçu de la poudre sur le sol de la nef. Du théâtre, je vous ai dit. Si des êtres humains n'y avaient pas perdu la vie, je vous applaudirais volontiers. Je me suis trompé à votre sujet. J'ai pensé que vous n'aviez pas d'imagination, mais c'est tout le contraire, vous en avez beaucoup, dans le vice ! Vous avez cependant commis une erreur. Lors de cette mascarade, vous avez fait tomber un accessoire entre les dalles, ce petit couteau orné d'un D, et non d'une demi-lune comme j'ai pu le croire au début. Maurice Perrin me l'a montré. Un outil bien trop luxueux pour vous ! Un couteau d'enfant… Il était à l'un des frères Dubrion, n'est-ce pas ? Vous les avez côtoyés il y a bien longtemps, c'est certain, pour nourrir autant de haine à leur encontre…

— C'est impressionnant comme tu réfléchis bien, Verne ! Tu aurais pu mettre ton talent au service de la police.

— Mais c'est ce que j'ai fait ! C'est la raison pour laquelle je suis ici.

— Non, tu te dresses contre moi, car tu te places entre l'ordre que je représente et la justice divine. Et je suis là pour châtier ceux qui le méritent !

Un regard halluciné éclairait à présent les orbites creuses du commissaire.

— Et Mignard dans tout cela, qu'a-t-il fait ?

— Les Mignard sont les chiens des Dubrion depuis plus d'un demi-siècle !

Le vent soufflait de plus en plus fort au sommet de la cathédrale, faisant désormais siffler la pierre comme le chant funeste d'une

Furie. La flamme oscilla sous les assauts d'une puissante rafale. L'ombre et la lumière dansèrent alors frénétiquement sur le visage de Gamardin comme si des bêtes infernales couraient sous sa peau. On eût dit la face d'une horrible gargouille qui prenait vie sous le regard de l'écrivain. Ses yeux n'avaient plus rien d'humain. Ils étaient démoniaques, brillants de l'éclat de la lampe et habités par le feu ardent des enfers. Sa lèvre supérieure était retroussée sur des canines effrayantes, pareilles à celles d'un Cerbère.

Il est bientôt une heure du matin. Je dois gagner du temps.

Jules devait continuer à recourir aux mots pour grappiller de précieuses secondes.

— J'aimerais comprendre pourquoi, Gamardin. Vous me devez bien cela avant de m'exécuter !

— Tiens donc ! À quoi cela peut-il te servir maintenant ? Tu me prends pour un idiot, tu veux repousser l'heure de ta mort. Mais c'est trop tard, Verne !

— Non, je suis simplement un écrivain, j'ai besoin de connaître la fin des histoires et la raison pour laquelle vous allez me tuer.

— Eh bien, pour une fois, tu seras contrarié !

Gamardin le saisit par le collet et, développant une force herculéenne, le mena sans ménagement au bord du précipice.

Jules Verne était à présent dos à l'abîme.

Privés de lumière, les yeux de Gamardin ressemblaient désormais à deux gouffres d'ombre, vidés de toute humanité et peuplés de ténèbres.

— Aaaaah ! rugit-il. Tu te demandes pourquoi je les ai tués ? Pourquoi ils devaient mourir ? C'est parce qu'ils le méritaient !

Le corps de Jules était désormais dans le vide, prêt à basculer par-dessus la rambarde, ne tenant plus que par la poigne de Gamardin. Seul le bout de ses talons reposait sur la pierre.

Le revolver était à présent collé sur sa tempe gauche.

En bas, il y avait les pavés, mais, avant, la chute vertigineuse.

Il cria :

— Vous devez me dire ce que les Dubrion vous ont fait ! Vous me le devez !

— C'est entre Dieu et moi ! hurla Gamardin. Fais ta prière, l'écrivain !

— Moi aussi, j'aimerais beaucoup le savoir ! prononça une voix qui surgit de l'ombre.

Jules, qui ne songeait plus désormais qu'à Honorine et à sa famille, rouvrit les yeux.

Gamardin, surpris, le ramena d'un geste vers lui.

Il pointa son arme sur celui qui venait d'apparaître dans la lumière de la lampe.

— Ainsi donc c'est toi le Gentilhomme ! Comme j'ai bien fait de te suivre, l'écrivain. Je n'avais pas tort, je savais bien que tu complotais quelque chose avec ce voleur.

Le visage de Raoul était tendu. Malgré son air farouche, il ressemblait à un ange, auréolé par la flamme de la lanterne.

— Laisse monsieur Verne tranquille ! C'est entre toi et moi, maintenant ! fit-il en fermant les poings.

Gamardin eut un éclat de rire sardonique, puis prononça :

— Tu vas être aux premières loges pour assister au grand saut de ton ami, petit monte-en-l'air… Ensuite, je t'abattrai d'une balle entre les deux yeux et je te ferai tomber de ton perchoir. Quelle belle fin ! Le cerveau et le bras ! L'inventeur et le personnage ! N'est-ce pas ce que va écrire Bynov, dès demain matin, quand je vous aurai tués tous les deux ? Et moi, le grand héros de cette histoire, je serai là pour attester que Jules Verne était bien le commanditaire de tous les crimes et que le Gentilhomme était sa chose.

— Et comment vas-tu expliquer ma mort, Gamardin ? lança courageusement Jules Verne. Qui croira sérieusement en ta fable ridicule ?

Gamardin desserra son emprise sur le cou de Jules, qui fit un petit pas en avant, s'éloignant du vide. Tout en menaçant tour à tour Jules et Raoul, le commissaire plongea sa main gauche dans sa poche et sortit un papier.

— Voilà comment je vais l'expliquer ! Tu te sentais rongé par le remords. Tu étais piégé par moi, le héros, lancé sur tes traces. Tu étais acculé, alors tu as mis fin à tes jours d'une façon romanesque, comme les auteurs savent le faire. Et on trouvera cette lettre sur ton cadavre après ton suicide…

Il brandit le papier plié en quatre.

— Est-elle éloquente, au moins, cette lettre ?

Jules cherchait encore à gagner du temps. Croisant le regard de Raoul, qui, à trois pas de lui, esquissait un mouvement pour bondir sur Gamardin.

— Au seuil de la mort, tu te préoccupes de ta renommée ! Ta vanité est sans borne, Verne ! Sache que je déteste ta caste de petit-bourgeois. Et je n'ai jamais aimé les écrivains dans ton genre, les brasseurs de rêves, les parasites et les inutiles ! Je préfère ceux qui ne sont rien ou pas grand-chose dans les yeux de gens comme toi. Une seule phrase suffira donc : « Je suis le meurtrier, pardonnez-moi ! »

— Tu es commissaire, Gamardin, et tu t'apprêtes à tuer un innocent, toi qui as juré de défendre la loi et de mettre ton bras au service de la justice… Je n'aurai qu'une question à poser avant de mourir. Est-ce pour moi ou pour toi que tu as rédigé cette confession ? Si tu as ces mots écrits dans ta poche, c'est que tu as déjà eu envie de t'enfuir par la mort ! Il est clair que tu te sens pris au piège et que tu ne supportes plus le poids de tes actes ! M'as-tu vraiment suivi ou voulais-tu en finir, ce soir, en sautant de ce promontoire ?

— Et ta mère, Gamardin ? Que penserait-elle de tes crimes, si elle était toujours de ce monde ? demanda Raoul d'une voix douce.

Le commissaire eut alors un léger relâchement. Ses lèvres tressaillirent. La main qui tenait le pistolet trembla et le papier dans l'autre s'envola. Ce fut le moment choisi par Raoul d'Andrésy pour se jeter sur lui.

Gamardin esquiva la charge du Gentilhomme et pressa la détente dans un réflexe.

Un coup de feu déchira la nuit.

Surpris et emporté par le recul de son arme, le commissaire trébucha avant de basculer par-dessus la rambarde dans le vide.

Dans sa chute, il parvint à agripper la trompette de l'archange Gabriel sculpté au-dessus du portail central.

Suspendu à la statue, Gamardin s'agitait, tentant de trouver un équilibre, fût-il précaire.

Jules Verne, soulagé de ne pas être tombé lui aussi à la renverse, était à quatre pattes sur la galerie, bénissant la pierre sous ses mains et sous ses genoux.

Le comte d'Andrésy, blessé, se tenait l'épaule.

— Raoul, non ! s'écria Josefa, qui hurla et accourut pour le relever.

Le jeune homme se redressa très vite. Il observa en contrebas Gamardin, toujours accroché à la statuaire. Ses jambes battaient dans le vide.

Raoul d'Andrésy se pencha et lui offrit son bras valide.

— Donne ta main, Gamardin ! Plus personne n'a besoin de mourir !

La trompette de pierre s'effrita. De petits morceaux s'écrasèrent plusieurs dizaines de mètres plus bas. L'instrument qui supportait toujours stoïquement le commissaire n'allait pas résister bien plus longtemps sous son poids. Il fournit un énorme effort pour attraper l'archange Gabriel. Raoul grimaçait, s'accrochant d'une main à la rambarde et ouvrant l'autre pour que Gamardin la saisisse.

Il reprit avec calme :

— Ta mère n'aurait pas voulu ça.

— Ne parle pas d'elle, petit voleur ! Comment as-tu appris pour elle ? Ils l'ont tuée, empoisonnée avec les vapeurs de l'usine du père Dubrion et de son associé Mignard ! Ils ont infecté toutes les ouvrières de la teinturerie sans que justice soit faite !

— Cesse de t'agiter, Gamardin ! reprit Jules Verne. Donne-lui ta main, pour l'amour de Dieu !

— Je suis le juge de ces monstres ! hurlait-il, les pupilles dilatées. J'ai châtié leurs parfaites petites répliques ! Leurs portraits crachés ! Leurs graines ! Ils le méritaient tous !

— Oui, Gamardin, cria l'écrivain, tu as vengé ta mère. C'est fini maintenant ! Ton œuvre est terminée. Nous ne sommes pas comme eux. Prends la main que l'on t'offre !

— Laissez-moi ! Je ne veux pas du tribunal des hommes. Seul m'importe celui du Créateur ! Ce soir, j'entrerai au paradis. Dieu me pardonnera d'avoir rendu la justice moi-même, car j'ai purgé la terre de trois démons. J'irai ensuite rejoindre ma mère, qui est assise à sa droite… C'était une sainte ! Une âme pure ! On me l'a arrachée. Ils méritaient la mort !

Il murmura une prière qu'elle lui avait apprise, enfant.

À cet instant, son visage s'illumina d'un sourire extatique.

Il lâcha alors délibérément la statue.

Dos à l'abîme, les bras en croix et à présent serein, il tomba dans le vide.

Sa tête s'écrasa la première sur les marches de Notre-Dame dans un fracas sinistre qui se perdit dans les ruelles d'Amiens.

Jules Verne, Josefa et le Gentilhomme cambrioleur avaient fermé les yeux au moment où son corps s'était disloqué sur le parvis.

Malgré l'effritement de sa pierre, l'ange Gabriel n'en resta pas moins impassible.

Quelques secondes plus tard, le vent rapporta un papier plié en quatre qui vint, comme par miracle, se loger sous le flanc brisé de l'assassin, pour ne plus en bouger.

27

Jeudi 8 novembre 1883
Maison à la Tour
En début d'après-midi

Une semaine plus tard, l'effervescence était retombée sur la petite ville de province.

Curieusement, l'article de Bynov n'avait pas été si mauvais. Le journaliste avait brossé le portrait d'un fonctionnaire honnête qui avait fait régner la loi et l'ordre des années durant. Il avait basculé dans une folie meurtrière, en arrivant à Amiens, quand il avait revu le visage d'un homme à travers ceux de ses fils, celui qui était responsable de la mort de sa mère. Il les avait exécutés tous les deux, puis il s'en était pris au rejeton de l'associé du patron en le jetant par la fenêtre de son appartement avant d'y mettre le feu et de l'accuser de tous les crimes.

Bynov avait expliqué que Gamardin, dans ses accès de fureur, en était venu à détester les nantis et convoitait leur richesse. Il s'était inventé un personnage fantasque, un double maléfique, pour voler les gens fortunés sous le nom de Gentilhomme cambrioleur. Il était déjà devenu un sujet d'étude fascinant pour les plus brillants aliénistes, qui décelaient une dualité de l'âme. On ignorait toujours là où les biens de ses victimes étaient cachés. Certains disaient qu'il les avait enfouis dans les souterrains de la cathédrale. D'autres farfelus commençaient même à raconter qu'ils reposaient dans les falaises creuses d'Ault, sur la côte picarde, aux côtés de ceux des rois de France.

En ce début d'après-midi où le soleil était revenu sur Amiens, Jules Verne était assis avec Lucien et Maurice dans le jardin d'hiver de la maison à la Tour.

L'exposition des baies vitrées permettait de réchauffer les contusions de l'écrivain. Les stigmates de la nuit où Jules avait failli mourir entre les mains de Gamardin étaient encore frais. Une fois de plus, Honorine n'en avait rien su. Ses collaborations aux enquêtes, qu'il appelait en pensée ses *Mystères d'Amiens*, en hommage à Eugène Sue, se soldaient à nouveau par sa propre mise en péril. Cependant, Jules éprouvait le sentiment du devoir accompli.

Il étira les jambes et songea :

Si c'était à refaire, je n'hésiterais pas une seconde à recommencer, pour le triomphe de la vérité.

Il venait de replier *Le Progrès de la Somme* après en avoir fait la lecture à ses deux acolytes. Jules annonça que Bynov s'était attelé à l'écriture d'un feuilleton policier.

— Mes amis, une chose est sûre : prochainement, Rose ne manquera pas de papiers pour ses épluchures !

— C'est le moins que l'on puisse dire, pouffa Lucien, en pensant à la pitoyable prose du pauvre journaliste.

— Souhaitez-vous que je vous révèle les derniers éléments de mon enquête ? demanda Maurice, redevenant soudain plus sérieux.

Lucien, qui avait posé sa tasse de café sur une console où trônait une belle orchidée grenat, opina du chef.

Maurice s'éclaircit la gorge et débuta son récit.

— Après la mort de plusieurs ouvriers et ouvrières qu'il a camouflée en 1845, Louis Dubrion père a mis fin à son activité tinctoriale à Paris. Il s'est installé en Oranie et, après une période de prospérité, il a sombré dans les difficultés financières. J'ai découvert, dans la correspondance des frères Dubrion saisie chez Charles, la preuve que les deux jumeaux ont exécuté leur père en Algérie.

— Mais c'est monstrueux ! s'indigna Jules Verne.

— Oui, Louis Dubrion l'écrit noir sur blanc dans un courrier adressé à son frère. Il se réjouit de « la mort du commandeur » et revient sur la nuit du meurtre. Ils l'ont assassiné afin d'hériter de la plantation pour la revendre pendant qu'elle valait encore quelque chose.

— Ils ont tué leur propre père ! Mais comment ? demanda Lucien.

— Un sac en papier sur la tête pour l'étouffer ! Ils n'en éprouvaient aucun remords dans leurs échanges épistolaires et en riaient volontiers. Et ce n'est pas tout, mes amis ! Ils ont aussi assassiné leur mère alors qu'elle était en couches, car ils ne voulaient pas d'un petit frère.

— Parricide… comme dans l'*Œdipe roi* de Sophocle…, murmura Jules Verne.

— Oui, Jules, mais nous ne sommes pas dans une histoire inventée, nous sommes dans l'atroce réalité… Dans un passage, Charles raconte le souvenir de la nuit où ils ont poussé leur mère dans l'escalier. La chute a été fatale pour elle, comme pour le bébé qu'elle portait dans son ventre. Ils ont gardé le secret toute leur vie.

— Des enfants tueurs ! Comment cela peut-il être possible ? Cela doit être extrêmement rare…

— Au contraire, cher Jules, les graines de potence ne sont pas exceptionnelles. Les faits divers en sont truffés, ajouta Maurice.

— Et Mignard ? As-tu trouvé quelque chose le concernant ? demanda Jules.

— Le sous-directeur Mignard n'était pas bien méchant, plutôt honnête au demeurant. Mais son paternel était l'associé de Dubrion père et lui était une véritable ordure ! J'ai relevé dans les archives parisiennes plusieurs plaintes d'ouvrières pour abus et outrages, toutes classées sans suite bien qu'il usât sur nombre d'entre elles d'un droit de cuissage avéré. D'ailleurs, dans la liste des requérantes, il y avait la mère de Gamardin, juste neuf mois avant la naissance du petit Justin. Ainsi, nous ne saurons jamais si le commissaire a tué son demi-frère quand il l'a défenestré…

— Du Racine et du Corneille à présent ! Quelle tragédie, mes enfants !

— En 1845, reprit Maurice, quelques semaines avant la mort de madame Gamardin, le père Dubrion a accusé un jeune teinturier pour le vol du canif de son fils.

— Ah, le fameux couteau ! réagit Jules.

— Justin Gamardin a témoigné qu'il l'aurait gagné loyalement en jouant au bonneteau avec un des deux jumeaux du patron. Ce dernier affirma qu'on le lui avait dérobé. La justice a rendu le couteau au propriétaire, tandis que la mère fut taxée d'une lourde amende sur sa quinzaine. Gamardin a dû le retrouver dans le coffre du bureau de la banque et le garder.

— L'animosité pour les fils a dû naître il y a bien longtemps, dit Jules, bien avant que le père Dubrion n'empoisonne la mère Gamardin. Une haine qui s'est ravivée quand il a été muté ici et qu'il a rencontré le directeur de la Caisse d'épargne ! Un policier qui sombre dans le crime, ce n'est pas commun. Il a dû souffrir énormément pour basculer de l'autre côté de la loi. Les douleurs de l'enfance sont souvent les plus difficiles à cicatriser... Certaines ne guérissent pas et gangrènent le cœur à jamais pour empoisonner l'âme tout entière. Rappelez-vous Nemo l'an dernier... Le Gentilhomme cambrioleur a, lui aussi, cette faille dans sa jeunesse : la mort d'une mère et le déshonneur d'un père. Il s'est rêvé redresseur de torts pour rendre lui-même la justice. La différence, c'est que Raoul d'Andrésy n'a pas décidé d'ôter la vie de ses propres mains. Ah, messieurs, soupira Jules Verne, l'âme humaine est si fascinante...

Les trois compères restèrent un moment silencieux. C'est l'instant que choisit Mistigri pour venir se frotter contre la jambe droite du pantalon de Jules.

— Ouste ! Que fais-tu ici, chenapan ? Vas-tu te sauver, fripon ! Il ne manquerait plus que tu grattes la terre des plantes d'Honorine. Rose !

La domestique accourut, en s'essuyant les mains dans son tablier.

— Rose, veuillez emmener ce petit intrus dans le salon, ou bien alors dans le grenier, car j'ai entendu des rongeurs danser la gigue au-dessus de ma tête, cette nuit.

— Mais, m'sieur Verne, fit-elle en soulevant le majestueux chat angora de la maîtresse de maison, j'peux quand même pas l'enfermer dans chés combles ! C'est lui qu'aurait peur des souris !

— Oui, Jules, je crois même qu'elles seraient mortes de rire en le voyant…, ajouta Lucien, en plaisantant.

Elle attrapa Mistigri, qui protesta en miaulant avec mollesse dans ses bras, et partit l'installer royalement sur un coussin d'un fauteuil du salon.

— Comme je suis heureux, Maurice, d'apprendre que le préfet t'a accordé à nouveau sa confiance ! Je suis certain que tu seras bientôt commissaire ! s'enthousiasma Jules Verne.

— Je ne sais pas si je vais rester. J'ai bien envie de rejoindre Gaston Chastagnol en Amérique.

— C'est une idée… Si j'étais plus jeune, je n'hésiterais pas une seule seconde. J'aime ses vastes paysages et…

— Mais j'y pense, s'exclama Lucien, en coupant la parole à son illustre aîné, cela ne nous dit pas comment Gamardin a appris pour le coffre dans le bureau !

— C'est simple. Il est intervenu le mois dernier pour vérifier la sécurité du bâtiment et Louis Dubrion, peu méfiant devant un représentant des forces de l'ordre, a dû se vanter d'avoir un tel équipement, expliqua Maurice.

— En tout cas, la lettre qu'on a retrouvée sous lui, celle de mes soi-disant aveux, a fait son œuvre, tout comme le chapeau de Bynov, lui aussi retombé au pied de son cadavre. Le journaliste a formellement identifié son haut-de-forme, preuve qu'il était bien son ravisseur.

— Sans oublier d'autres éléments matériels ! ajouta Maurice. Les deux balles qui ont tué les Dubrion ont été tirées par l'arme de service de Gamardin, la balistique est catégorique. Les empreintes sur la porte de la crypte sont également bien les siennes. Sans compter les lettres de revendications qu'il a rédigées pour faire endosser ses meurtres par Raoul d'Andrésy…

— Je crois que nous en avons terminé avec cette affaire.

— Vous oubliez le Gentilhomme cambrioleur, Jules, fit Lucien.

— Le comte d'Andrésy m'a écrit ce matin. Il a mis fin à la mission qu'il s'était conférée. Il est parti se mettre au vert en Italie, dans le fief ancestral de Josefa. Son épaule blessée, les doux soins de cette amie, l'amour qui sait, ne lui donneront peut-être plus envie de voler à nouveau l'argent mal acquis des riches pour le donner aux pauvres. Il préférera, je l'espère, changer le monde en faisant de la politique ou en éduquant des enfants… Après tout, que ces deux jeunes gens profitent de la vente d'une pierre du collier appartenant autant à Josefa qu'à son noble cousin, qui, soit dit en passant, n'a pas levé le petit doigt à l'époque pour la sauver, elle et sa famille ! Personne n'a appris qui il était, à part nous. Je crois en la rédemption. Raoul d'Andrésy n'a pas commis de crimes, seulement des vols à des fins altruistes. Ses intentions étaient louables, même si, pour cela, il enfreignait les lois. Je suis bien placé pour lui en tenir rigueur ; il a usurpé mon identité. Mais il m'a présenté ses excuses plusieurs fois et je ne lui en veux plus désormais. Cela n'a rien de comparable avec ce diable de Gamardin, lui qui a ôté des vies, projetant également de faire endosser à un innocent, en ma personne, le costume de l'assassin. Rien ne peut l'absoudre à mes yeux, pas même l'amour qu'il vouait à sa pauvre mère ! La douleur ne peut pas excuser le crime. Jamais !

— Josefa est donc partie avec Raoul d'Andrésy, soupira Lucien, avec un peu de déception dans la voix.

— Oui… Et je pense qu'elle ne reviendra pas ! Plus rien ne la retient ici. À la manière dont ils se regardaient l'autre soir, je crois qu'ils sont faits pour être ensemble… Au fait, Lucien, tu dissimules un beau passé de séducteur. La médaille de baptême que tu as donnée au Blaireau à l'abbaye n'en était pas une, mais était un bijou de femme ! Était-il à ta bien-aimée ?

— Je ne peux rien vous cacher, Jules ! J'ai fui Rouen à la suite d'une brouille avec elle. Mais elle m'a écrit dernièrement, c'est pourquoi j'ai décidé de repartir pour ma chère Normandie. C'est seulement dommage que je n'aie plus son présent en ma possession.

— En es-tu certain, mon enfant ?

Jules glissa la main au fond de la poche de son gilet, puis l'ouvrit.

Au centre de sa paume, le bijou étincelait dans la lumière du soleil.

— Mais comment est-ce possible ?

— J'ai croisé, ce matin, un dénommé monsieur Blaireau, en belle redingote mauve et coiffé d'un somptueux haut-de-forme. Il se promenait comme un gentleman sur le mail. Il semblait intéressé par le rachat de la propriété de monsieur Mignard... Il m'a rendu le bijou, par pur esprit de bonté, en nous remerciant tous bien chaleureusement pour les « papelards », a-t-il dit. Vous voyez bien qu'il faut croire en la rédemption !

— Vous êtes prodigieux, Jules ! Comme vous allez me manquer..., soupira Lucien.

— Comment cela, te manquer ? demanda Honorine en le tutoyant soudain. Tu pars, mon garçon ?

La maîtresse de maison venait d'entrer dans le jardin d'hiver.

— Oui, je m'en vais par le train de ce soir.

Une vague de tristesse assombrit son regard. Elle s'approcha de lui et lui prit les mains.

— Il faudra m'écrire ! J'espère que tu ne m'oublieras pas !

— Ah ça, non, chère Honorine ! Mais pour que vos lettres me parviennent, je dois à présent vous donner mon véritable patronyme...

— Comment ? fit Jules Verne. Lucien Carambel n'est pas ton vrai nom ?

— Non, c'est Maurice Leblanc ! Lucien Carambel est une anagramme.

— Maurice Leblanc ? Nous portons donc le même prénom ! s'exclama le policier. C'est cocasse ! C'est pour cela que je t'ai vu sursauter plus d'une fois quand Jules s'adressait à moi...

— Une anagramme, quelle drôle d'idée ! reprit Jules Verne. Mais pourquoi cette invention ? Crains-tu à ce point ton père ? Mais sait-il que tu séjournes ici, au moins ?

— Au début, non. Je le lui ai appris depuis dans une lettre. Je trouvais mon pseudonyme plus original que mon véritable nom, qui est on ne peut plus commun, soit dit en passant.

— Leblanc… Leblanc… Hmmm… Tu as bien fait, mon garçon ! Carambel rime avec sensationnel. Mais Leblanc, plutôt avec… roman !

— Lucien… euh ! Maurice, bredouilla Honorine, avant que tu ne partes, j'ai un petit présent pour toi.

Elle alla chercher une enveloppe dans un tiroir de son grainetier et la lui tendit.

Intrigué, le jeune homme l'ouvrit. Il y avait à l'intérieur une multitude de fèves blanches de formes irrégulières.

— Mon enfant, ce sont des graines, celles de mes fleurs préférées ! Je voudrais que tu les plantes en pleine terre, dans le jardin de ta mère, à Rouen, quand tu retourneras la voir. Un fils ne peut demeurer loin de sa maman très longtemps. Je suis certaine qu'elle en fera de très beaux bouquets et pensera toujours à toi, où que tu sois.

— Merci, Honorine. En ce qui me concerne, je me souviendrai toute ma vie de vous et de ce que j'ai vécu ici. Je n'oublierai jamais votre accueil au sein de votre foyer, nos échanges et plus particulièrement nos discussions sur la botanique. Mais… vous ne m'avez pas dit comment s'appelle cette graine que je dois planter.

— Mon enfant, elle porte le doux nom de *lupin*.

— Lupin… comme c'est beau et singulier ! reprit le jeune homme.

— Lucien… euh ! Maurice, je te conduirai tout à l'heure à la gare, dit Jules Verne en changeant de sujet.

— Mon cher Jules, lirai-je un jour prochain cette histoire dans un de vos livres ?

— Oh non ! Je l'ai vécue et cela me suffit amplement ! D'ailleurs, je parlerai de ce sujet à un romancier écossais dont j'aime beaucoup le style, un certain Robert Louis Stevenson, qui m'a dit dans une lettre vouloir se lancer dans une œuvre policière d'un genre nouveau. Sans doute pourra-t-il s'inspirer de notre commissaire ! C'est une idée… un homme qui voue sa vie à aider son prochain, bien établi dans la société, qui scinderait sa personnalité en deux et qui deviendrait, la nuit, un animal, un affreux criminel… Je pense que ce dualisme de l'âme suscitera tout son intérêt.

Jules observa le jeune garçon, qui rangeait précautionneusement, au fond de sa poche, l'enveloppe d'Honorine.

Leurs regards se croisèrent à nouveau. L'œil bleu pâle de Jules Verne se fendit d'un clignement de paupière.

Il ajouta avec une pointe de malice :

— En revanche, monsieur Leblanc, rien ne vous empêche, à l'avenir, de raconter l'histoire d'un Gentilhomme cambrioleur au grand cœur ! Peut-être qu'un jour, lassé de l'écriture de vos articles, vous aurez alors le dessein d'en faire tout un roman…

— Pourquoi pas, mon cher Jules ? C'est une idée séduisante… Qui sait ? Peut-être plus tard…

Le visage de Maurice Leblanc s'illumina encore un peu plus d'un large sourire. Il serra, au creux de sa main, ce trésor inestimable dont il prendrait soin, pour ne jamais oublier cette incroyable aventure vécue aux côtés de Jules Verne.

Il se promit que, de retour chez lui en Normandie, il ferait alors éclore ces précieuses graines de Lupin !

Postface

Chère lectrice, cher lecteur,

J'espère que vous avez passé un agréable moment avec *Jules Verne et le Gentilhomme cambrioleur.* Ce roman, je l'ai imaginé comme la genèse des aventures d'Arsène Lupin.

Durant mes lectures des chefs-d'œuvre de la littérature, je me suis toujours demandé ce qui inspirait les écrivains pour donner vie à leurs héros.

Maurice Leblanc a-t-il un jour croisé le chemin d'un bandit mondain ? Comment Lupin est-il né ?

L'auteur ne s'est jamais étendu sur le sujet.

Il y a longtemps, son fils a expliqué dans une émission de radio : « Il n'y a pas d'indices réels. On a prétendu qu'il s'était inspiré de l'anarchiste Marius Jacob qui avait vécu au début du siècle... Je ne le pense pas. En tous les cas, il n'en a jamais parlé. Ce qui est attesté, en revanche, c'est qu'au début de son invention mon père a appelé son personnage Arsène Lopin, comme un conseiller municipal parisien un peu véreux, qui avait eu des démêlés avec la justice de son époque. »

En changeant une voyelle au nom du héros, la première histoire mettant en scène le bandit mondain voit le jour en 1905, dans le magazine *Je sais tout* de l'éditeur Pierre Lafitte. Les différentes nouvelles sont ensuite reprises dans le recueil *Arsène Lupin, gentleman-cambrioleur,* deux années plus tard.

Si les spécialistes de Maurice Leblanc parlent souvent de filiation avec Maupassant et Flaubert à son sujet, en ce qui me concerne, l'œuvre de l'écrivain m'a toujours fait penser à celle de Jules Verne. Leurs histoires font toutes deux la part belle à l'imagination, à l'aventure, à la peinture de mœurs et aux prémices de la science-fiction.

Leblanc a lu Verne, c'est certain…

Cependant, on ne trouve nulle part la trace d'une rencontre entre les deux hommes.

C'est pourquoi j'ai eu envie d'en inventer une.

Et si Maurice Leblanc avait fait la connaissance de Jules Verne ?

Voilà le point de départ du roman que vous tenez entre les mains.

M'engouffrant dans les zones d'ombre des jeunes années de la vie de l'écrivain rouennais, je me suis servie de sa révolte contre son père, qui le destinait à une tout autre carrière. De cette querelle familiale, j'ai imaginé sa fugue afin de vivre son rêve de devenir journaliste en province, à Amiens.

J'ai ainsi envisagé ce court épisode dans la capitale picarde, ponctué par sa rencontre avec Verne. Là, il aurait pris un pseudonyme, car, comme Jules, il raffolait des jeux de lettres…

Lucien Carambel, anagramme de Maurice Leblanc, était né. Restait pour moi à donner corps à un Gentilhomme cambrioleur, pour ne pas dire un gentleman…

J'ai éprouvé un plaisir immense à créer une aventure à la source de l'imaginaire de l'auteur et à écrire les dialogues entre ces deux géants de la littérature populaire.

En somme, tout viendrait de cette rencontre avec Jules Verne. Ce dernier aurait même insufflé à Robert Louis Stevenson – soyons fous ! – ses personnages, le Docteur Jekyll et Mister Hyde…

Inutile de vous dire que je me suis bien amusée à mettre en scène un voleur aux bonnes manières, un brin anarchiste, qui redistribue aux nécessiteux ce qui a été mal acquis. J'ai joué avec les aventures d'Arsène Lupin que je préférais, celles qui font la part belle aux déguisements, à l'usurpation d'identité, la ruse, la fuite sur les toits… Un Fantômas avant l'heure !

J'ai beaucoup aimé écrire la rencontre de l'auteur avec la Cagliostro. Comme Maurice Leblanc, j'affectionne les héroïnes fortes et audacieuses. Du moins en apparence…

Quant à l'ambivalent Justin Gamardin, aux faux airs de Vidocq, il n'est autre qu'un hommage au commissaire Justin Ganimard (encore une anagramme).

Je vous laisse le soin de jouer, vous aussi, à trouver les multiples clins d'œil, les références aux aventures du bandit mondain. Elles sont nombreuses dans ce roman…

Enfin, vous l'aurez compris, les graines du meuble sans arrêt renversé d'Honorine Verne nous renvoient à celles que Maurice Leblanc plantera vingt ans plus tard pour que naisse Arsène Lupin.

Rien de mieux qu'une histoire pour en faire germer une autre…

Remerciements

Je voudrais à présent remercier Laurent, mon mari, qui m'a soutenue tout au long de la création de ce roman et m'a soufflé à l'oreille quelques très bons rebondissements.

Un immense merci aux éditions Fayard et surtout à Margaux Russo, ma très chère éditrice, pour son enthousiasme et sa confiance renouvelée. Ses précieux conseils et ses encouragements me font grandir jour après jour.

Merci également à Sarah Briand pour avoir vu en moi quelque chose que je ne soupçonnais pas, au moment où j'en avais le plus besoin. Nous sommes aux antipodes géographiquement, mais elle est toujours près de mon cœur.

J'adresse aussi mes remerciements à Magali Discours, ma collègue, autrice de talent, qui a eu la gentillesse de vérifier les expressions fleuries de Josefa en italien.

Un grand merci à Clément Bénech pour la justesse de ses corrections et son avis éclairé sur le texte.

Enfin, je vous remercie, vous, lectrices et lecteurs, de lire mes romans, de les recommander à vos proches et de venir à ma rencontre en librairie ou en salon toujours plus nombreux. Votre soutien et vos retours m'aident chaque jour à dépasser mes limites.

À très bientôt pour de nouvelles aventures.

Céline GHYS

Cet ouvrage a été imprimé en France
sur les presses de Normandie Roto Impression s.a.s.
61250 Lonrai (Orne)

pour le compte des Éditions Fayard
13, rue du Montparnasse, 75006 Paris
info-fayard@editions-fayard.fr
en avril 2025

Composition et mise en pages
Soft Office

PAPIER CERTIFIÉ

fayard s'engage pour
l'environnement en réduisant
l'empreinte carbone de ses livres.
Celle de cet exemplaire est de :
450 g éq. CO_2
Rendez-vous sur
www.fayard-durable.fr

N° éditeur : 78-5242-6/01
N° d'impression : 2501539

Imprimé en France